U0510417

本书受韩山师范学院 2017 年省市共建中国语言文学重点学科经费资助

历史抉择与逻辑建构

中国马克思主义文学批评实践观研究

吴亚南◎著

Historical Choice
and Logical Construction:

Research on Practice of Chinese
Marxist Literary Criticism

中国社会科学出版社

图书在版编目（CIP）数据

历史抉择与逻辑建构：中国马克思主义文学批评
实践观研究／吴亚南著．—北京：中国社会科学出版
社，2018.12
ISBN 978 - 7 - 5203 - 3387 - 0

Ⅰ.①历…　Ⅱ.①吴…　Ⅲ.①中国文学—文学评论
Ⅳ.①I206

中国版本图书馆 CIP 数据核字（2018）第 243598 号

出 版 人　赵剑英
责任编辑　宋燕鹏
责任校对　周　昊
责任印制　李寡寡

出　　　版　中国社会科学出版社
社　　　址　北京鼓楼西大街甲 158 号
邮　　　编　100720
网　　　址　http://www.csspw.cn
发 行 部　010 - 84083685
门 市 部　010 - 84029450
经　　　销　新华书店及其他书店

印　　　刷　北京明恒达印务有限公司
装　　　订　廊坊市广阳区广增装订厂
版　　　次　2018 年 12 月第 1 版
印　　　次　2018 年 12 月第 1 次印刷

开　　　本　710×1000　1/16
印　　　张　12.5
插　　　页　2
字　　　数　210 千字
定　　　价　59.00 元

凡购买中国社会科学出版社图书，如有质量问题请与本社营销中心联系调换
电话：010 - 84083683
版权所有　侵权必究

序

　　亚南是我指导的博士生，2011 年考入华中师大，之前他在汕头大学跟随燕世超老师攻读硕士学位，我对他的最初了解是通过邮件和他的论文。此前我正在申报国家社科基金重大招标项目"马克思主义文学批评的中国形态研究"，而之所以想申报这个项目，一是力图通过了解和研究中国马克思主义文学批评，以便与国际同行展开有效的对话；二是打算以重大项目为抓手，培养一支在高校从事马克思主义文学批评的教学和科研队伍。当我看到亚南在报考博士的自荐中发来的三篇研究法兰克福学派代表人物阿多诺的论文后，感觉他对马克思主义有兴趣，并有一定的理论功底，具有培养潜力，同时亚南的博士考试成绩也名列前茅。亚南成为我的博士之后，我居然听到了一种匪夷所思的声音，胡亚敏老师为什么会招一个素未谋面的博士生，他们之间说不定存在猫腻呢。听到这种传言，心中不免悲凉，感觉到人性里面的卑劣和堕落。我想说的是，钱权交易可能出现在个别导师身上，但整体上高校师生的关系是好的，是真诚的。我的学生都觉得读博的这几年是人生中最难忘的时光，而老师和学生的情谊更是人生中最重要的缘分，它将相伴我们终生。

　　亚南的博士学位论文选题是我建议的，我一直对理论中的关键词很敏感，因为一种理论是否成立，重要的依据就是看它是否提出一些有价值的核心范畴。在研究马克思主义中国形态的过程中，人民、民族、政治和实践等就属于中国马克思主义文学批评的核心范畴。其中实践这个范畴尤其需要专门研究，国人大多是从知与行的角度把握实践，其实，实践作为一个哲学命题，远比我们理解的要丰富得多。亚南接受了这个选题，并努力从历史和逻辑纵、横两轴展开对实践范畴的研究。在具体梳理和辨析马克思主义实践观的历史渊源和理论建树的基础上，他重点从认识论、主体论、价值论等方面探讨中国马克思主义文学批评实践论的理论构架和特色。亚南在撰写论文中下了苦功，里面既有艰苦的思考，又有发现的兴奋。但实践问题真是一口深井，亚南的研究只是一个好的开端，有待挖掘的东西还有很多。

在研究马克思主义文学批评的道路上，我常常想起马克思的表白，"我不是马克思主义者"，马克思之所以这样说，我想其中的原因之一就是马克思反对固化的马克思主义。在反复阅读《马克思恩格斯文集》的过程中，我强烈地感到，马克思主义最重要的特点有两个：一是直面和思考人类需要解决的问题，包括当下，也包括未来；二是不断地对各种现象的批判或反思，而理论正是在反思和解决问题中诞生和发展的。实践也是一个不断发展的历史概念，亚里士多德、康德以来的古典的实践命题正面临挑战。康德曾提出，鉴于理性的越界与僭妄，需要实践理性为理性能力划界并校正。那么，谁来为实践理性校正呢？也许只有实践本身。作为一种人的自由的生命活动，实践应具有尝试和探索之义。在新的历史条件下，马克思主义文学批评中国形态的实践观应在反思中不断探索，提出更具历史性和开放性的新见。

亚南为人朴实，不善言辞，做学问很用功，很努力，我为有亚南这样的学生感到欣慰。衷心希望亚南在未来的治学道路上，不断深化对实践范畴和相关的马克思主义文学批评的研究，切实为中国马克思主义文学批评的建设做出一份贡献。

胡亚敏

2018 年 1 月 29 日

寒假第一天于华大家园

目　　录

导　　论

中国马克思主义文学批评的一个重要的理论品格就是强调实践，可以说马克思主义文学批评在中国的实践过程就是马克思主义普遍原理与中国具体问题的结合过程。中国形态的马克思主义文学批评的现实意识、问题意识和理论主体意识正是在马克思主义文学批评回答和解决中国具体文艺实践的历程中逐渐生成和建构出来的。从这个意义讲，实践是我们深入把握中国马克思主义文学批评体系形态特征的一个重要研究路径和阐释角度。

一　问题的提出与课题的研究价值

在中国马克思主义文学批评研究的理论视野中，实践问题一直是中国马克思主义文学批评研究的核心内容，但是何为实践，实践之于中国马克思主义文学批评及其理论生成究竟有着怎样的意义，这些问题仍然在相当程度上困扰着马克思主义批评界。我们对中国马克思主义文学批评实践思想的反思即是试图通过聚焦实践范畴、实践的理论框架来揭示马克思主义文学批评中国形态的历史演进特征和自身理论特点。纵观中国马克思主义文学批评的历史发展过程，实践已经构成中国马克思主义文学批评体系形态一个不可或缺的思想内容。同时实践也是马克思主义文学批评范式所具有的重要理论内容，因此我们对实践的反思既是对中国马克思主义文学批评体系形态内涵的理解，也是对马克思主义文学批评范式特征的内在理解。从这个角度讲，马克思的实践观构成我们理解中国马克思主义文学批评实践观的理论基础。实际上，马克思超越黑格尔及传统哲学的地方就在于他在提出改变世界的理论中突出了实践的本体论地位，因此，从理论上不断历史反思实践概念就成为深化认识马克思主义及中国马克思主义文学批评本质特征逻辑的必然选择。实践作为一个哲学范畴，它是人类主体借助一定的媒介有目的地改造客观世界的对象化活动。从哲学的角度看，文学批评本身也是人类主体实践活动的一种形式，文学批评的过程就是批评主体以文学为中介与客观现实世界展开对话、施加影响的历史过程。从这个意义上讲，马克思主义文学批评中国化的过程，就是马克思主义文学批评与近现代中国社会现实、具体文艺实践相结合的实践过程，中国马克思主义文学批评的实践观内涵也就是在这种历史演进中不断得到拓展、深化和具体化的，最终表现出它特有的民族文化内涵和时代特征的。

那么，如何通过对中国马克思文学批评实践观的逻辑建构过程的梳理及所处历史环境的观照，更准确地理解中国马克思主义文学批评实践观的独特内涵和问题结构，并进一步从更深的理论层面上来丰富和发展中国马克思主义文学批评的体系形态，就成为我们当代文学理论工作者所面临的重大课题。

马克思在《1857—1858 年经济学手稿》中提到他的政治经济学研究运用的是从抽象上升到具体的辩证方法，这种方法是人们通过掌握事物各个方面的本质规定和内在关联，在思维行程中具体地再现事物多样性的方法。因此按照马克思的方法，研究资本主义社会首先就要从资本这个具体总体范畴开始，通过历史地分析资本与商品、货币、劳动等关系的基本问题结构才能够真正理解现代资产阶级社会。马克思的这种从结果回到前提的历史逆向研究方法，为我们从实践的基本问题结构出发研究中国马克思主义文学批评实践观的独特内涵和本质特征提供了深刻启示。

历史地看，中国马克思主义文学批评在长期的实践中形成了以反映论批评模式为主的批评观，这种批评观在文学类型上重视革命的现实主义文学观念。反映论批评模式赋予现实主义以重大的政治使命，为现代中国的革命和建设事业做出了重要贡献。中国严酷的革命现实环境使马克思主义文学批评与政治日趋紧密，形成"强调革命功利的价值论"① 文学观念，这种强调革命功利、政治功利的文学价值观必然要求能动的革命的反映论文学批评观。一些学者在反思中国马克思主义文学批评的理论模式特征时，即指出中国马克思主义文学批评本质上是建立在唯物主义认识论、反映论基础上的文艺观，这一认识论批评范式非常重视文学与政治、文学与革命、文学与人民的关系，以便发挥文学为中国革命服务的实践功能。因此可以说，中国马克思主义文学批评的反映论观点是能动的革命的反映论文学观。但是也有一些学者认为文学反映论忽视艺术反映生活的特殊性，是片面机械的反映论观点。由此可见，学术界对反映论文学观、认识论文学观是存在很大分歧的。因此我们有必要以客观冷静的学术心态去探究、考察中国马克思主义文学批评的认识论

---

① 黄曼君主编：《毛泽东文艺思想与中国文艺实践》，华中师范大学出版社 2002 年版，第 470 页。

批评观。胡亚敏教授认为："马克思主义认识论在中国马克思主义文学批评中始终处于主导和指导地位，舍此就不是马克思主义文学批评。同时，中国的马克思主义文学批评又不是照搬马克思主义的现成答案，或把马克思主义当作一成不变的教条，而是在坚持马克思主义的研究立场和方法的前提下创造性地认识和解决中国文学批评中出现的问题，并作出了一些新概括。"① 可以说，认识论、反映论的批评观已经内化于中国马克思主义文学批评的体系形态之中了，因此否定认识论、反映论文艺观是不符合历史事实的。我们把实践的观点引入中国马克思主义文学批评认识论文艺观当中，就是试图在马克思主义实践哲学的视野下重新梳理和反思中国马克思主义文学批评的理论价值和经验教训。从这个意义上讲，我们有必要继续追问中国马克思主义文学批评反映论文学观的问题实质是什么，以及作为实践的中国马克思主义文学批评具有什么样的特点。同时，我们还需要从实践的角度，研究实践的理论结构如何表现于中国马克思主义文学批评的历史演进过程当中的。

马克思认为社会生活的本质是实践的，实践是人类生存活动的根本存在方式，所以实践构成我们理解马克思主义文学批评的基本视角和问题论域。只有从马克思主义的实践观点出发，才能客观认识中国马克思主义文学批评的主体性、认识论、政治伦理观等实践思想结构中的理论特点。实践在马克思主义哲学中占有重要地位，我们从实践的本体论、认识论和方法论层面去阐释中国马克思主义文学批评中的实践主体问题、反映论问题、政治伦理问题，有助于我们全面把握中国马克思主义文学批评实践观的本质内涵、思想特点。中国马克思主义文学批评在革命战争年代，针对中国革命特点以能动的革命的反映论思想解决了许多现实问题、文学问题，充分发挥其实践作用，为中国革命的胜利做出了重要贡献。面对当今复杂多变的社会现实、文化局面，中国马克思主义文学批评更加需要面向现实问题的实践精神，从自身的历史经验中汲取思想资源以应对现实的危机。因此，中国马克思主义文学批评无论从所面对的当代文化经验，还是从历史和现实层面上的理论重构诉求，都迫切需要回到知识的逻辑起点上加强对实践观的问题研究。

中国马克思主义文学批评的实践观研究将问题的重点集中在实践这个核心范畴上，通过将马克思的实践思想与中国马克思主义文学批评范式所特有的实践内涵联系起来进行考察，有助于我们深入认识马克思主义经典文本，

---

① 胡亚敏：《马克思主义文学批评中国形态的内涵探略》，选自《华中学术》（第五辑），华中师范大学出版社 2011 年版，第 6 页。

促进理论创新，进一步提升中国马克思主义文学批评的自身问题意识和理论主体自觉。马克思主义文学批评与中国自身文艺实践的结合，并建构中国形态的马克思主义文学批评的过程，就是中国马克思主义文学批评的本土意识、问题意识和主体意识逐步树立起来的过程。通过对中国马克思主义文学批评范式的实践本质的研究考察和科学理解，有利于我们建立开放的理论视野，主动与其他文学批评范式展开平等对话，形成理论互补，提炼出符合中国特点的马克思主义文学批评话语体系、术语范畴。马克思主义文学批评在中国存在和发展的根本因素就在于能够面对中国现实说话，中国马克思主义文学批评的实践思想特点就是在面对现实的过程中形成其批评范式所特有的基本问题、研究对象和评价标准。就此而言，中国马克思主义文学批评的实践观研究，一方面是对传统批评模式的反思，另一方面也是通过对马克思实践思想的还原以建构符合中国当代现实需要的马克思主义文学批评形态。

二　课题的当前研究现状及其存在的问题

随着马克思主义哲学和马克思主义文学批评研究范式的转型和变革，中国马克思主义文学批评的实践观研究也日益引起学术界的重视。

（一）从认识论及主客体的辩证关系论述中国马克思主义文学批评的实践观内涵

胡亚敏教授在《马克思主义文学批评中国形态的内涵探略》中从建构马克思主义文学批评的中国形态立场出发，提出要从"理论范式"的层面梳理和总结中国马克思主义文学批评的历史发展经验。她认为马克思主义文学批评的中国形态是对经典马克思主义的继承和发展，这种继承和发展首先就是对马克思主义的历史唯物主义和辩证唯物主义的坚持。整体上看，马克思主义认识论在中国马克思主义文学批评中始终居于主导性地位。她认为在中国马克思主义文学批评当中"文学的实践性关涉的是文学的主客体关系问题，如果说机械唯物主义与唯心主义的根本缺陷在于过分强调客体或主体的话，那么辩证唯物主义则科学地认识到主客体之间的相互作用关系，强调意识对物质的反映是以实践为基础的能动的辩证的过程"①。由此，她进一步认为将马克思主义实践观点贯穿于中国现代文学整体活动当中是马克思主义文学批评中国形态的一个重要特质。从马克思主义的实践观点、主客体之间的辩证

① 胡亚敏：《马克思主义文学批评中国形态的内涵探略》，选自《华中学术》（第四辑），华中师范大学出版社2011年版，第9页。

关系角度出发总结和建构中国形态马克思主义文学批评实践观的内涵是深化认识中国马克思主义文学批评本质的重要理论途径。马龙潜教授在《主客体结构论文艺学的观念与体系构架——当代中国文艺学的整体结构特性与逻辑发展研究》① 中也从马克思主义的主客体结构论出发，力图把握当代中国文艺学整体结构特性与逻辑发展脉络。他认为单纯地从主体角度出发，把文艺的本质界定为审美主体情感，或者单纯地从客体角度出发，把文艺本质归结为对客体的再现，都是对文艺本质的片面认识。在他看来，只有坚持马克思主义的主客体结构论的文艺观，才能真正把握文艺的本质。马克思主义的主客体结构论文艺观是辩证的文艺本质论，它一方面肯定了艺术主体的作用，另一方面又肯定了艺术客体的基础和前提性意义。从主客体关系角度论述文学批评、审美问题的还有陆贵山教授的《审美主客体》②、马清福教授的《文艺创作中主体与客体的统一性》③ 等著作。

王元骧教授的《艺术的实践本性》《实践的思想与马克思主义文艺理论研究的变革》④、童庆炳教授的《实践是"审美"与"意识形态"结合的中介》⑤、董学文教授的《在实践中铸就中国当代文论的风格——关于马克思主义文艺理论中国化的点滴思考》⑥ 等众多文章从实践论角度对中国马克思主义文学批评实践观问题进行了研究。王元骧认为文艺理论在现代发展的基本走向，就是从认识论角度向实践论角度的研究范式转型。文艺理论研究的这种转型是现代哲学研究的实践论转向的合理发展。认识论文艺观以追求知识为目的，实践论文艺观则是以人为本、以人为目的。马克思主义的实践论是本体论、认识论、价值论的统一，建立在马克思主义实践论基础上的实践论文艺观不是追求本原意义上的对社会的知识、反映，而是张扬和维护人的根本价值和文艺的审美价值。在他看来马克思主义的实践论可以为中国马克思主义文学批评提供新的研究起点。童庆炳在《实践是"审美"与"意识形态"结合的中介》中从文学审美特征论问题出发，提出审美是审美意识形态

① 马龙潜：《主客体结构论文艺学的观念与体系构架——当代中国文艺学的整体结构特性与逻辑发展研究》，广西师范大学出版社2005年版。

② 陆贵山：《审美主客体》，中国人民大学出版社1989年版。

③ 马清福：《文艺创作中主体与客体的统一性》，选自全国毛泽东文艺思想研究会编《毛泽东文艺思想研究》（3），湖南人民出版社1984年版。

④ 王元骧：《文学理论与当今时代》，浙江大学出版社2002年版。

⑤ 陆建德主编：《马克思主义文艺理论研究》（第1辑），中国社会科学出版社2011年版。

⑥ 董学文：《在实践中铸就中国当代文论的风格——关于马克思主义文艺理论中国化的点滴思考》，《黑龙江社会科学》2007年第6期。

论的逻辑起点，人的审美情感是在实践中产生的。同时作家在创作实践、审美体验中反映出社会阶级、阶层的思想感情和理想等内容。可以说人在实践中导致审美意识形态的产生。董学文在《文艺学的沉思》中则提出："马克思主义的美学，是'实践'观（'劳动'观）美学，不是所谓'主客观统一'的美学。没有'实践'概念的引入，主客观统一就是表面的、浅层的、空洞的。"①

在马克思主义哲学、美学领域，有众多学者从主客体角度论述马克思主义的实践观内涵。杨耕教授在《为马克思辩护——对马克思哲学的一种新解读》②中认为人在实践中把外在的客观世界变成了自己活动的对象，变成了客体，同时也就是使客观世界变成主体性的存在。从对象性活动的视角去看人与世界的关系，就可以发现实践是突出主体与客体这两个范畴。在他看来，主体与客体的相互作用的内容和结果是通过主体对象化和客体非对象化的双向运动来实现的。王南湜教授在《辩证法：从理论逻辑到实践智慧》中吸收了哈贝马斯的交往实践观思想对主客体关系进行了新的阐释，他认为实践不仅包括人与自然之间的相互作用过程即主客体间的关系，同时也是人与人之间的相互影响过程，即主体之间的交往实践关系。萧前、杨耕等教授所著的《唯物主义的现代形态——实践唯物主义研究》中认为实践范畴之所以成为马克思主义辩证法的策源地，主要原因在于实践蕴含着人与周围世界的矛盾性关系，体现出人类自身本质中的矛盾。人作为实践的主体能够通过自身自由自觉的活动制造和解决主体与客体之间的矛盾，使现实世界向符合人的需要的方向发展，并确立自己在现实世界中的主动性地位。此外，还有孙正聿的《马克思主义辩证法研究》③等著作探讨了这方面的问题。

实践美学派对实践的主客体关系也有详细论述。在20世纪五六十年代，朱光潜、李泽厚等人对实践美学当中的主客体关系问题都有深入阐发，朱光潜提出了"美是客观与主观的统一"观点，李泽厚提出了"美是客观性与社会性的统一"观点。蒋孔阳提出了实践创造论美学，力图打破主客二分的形而上学思维方式，凸显人与现实的审美创造性关系，尝试从实践的角度揭示美学的基本规律。张玉能等人在《新实践美学论》④中认为美是实践中主客体间的相互作用、双向对象化的过程，在这个过程中人（主体）与自然（客

① 董学文：《文艺学的沉思》，人民文学出版社1992年版，第206页。
② 杨耕：《为马克思辩护——对马克思哲学的一种新解读》，中国人民大学出版社2010年版。
③ 孙正聿：《马克思主义辩证法研究》，北京师范大学出版社2012年版。
④ 张玉能等：《新实践美学论》，人民出版社2007年版。

体）的双向对象化就生成了审美关系和审美活动，主体的客体化就生成了审美客体，客体的主体化就生成了美感主体。可以说美和美感的生成过程就是主体的客体化和客体的主体化这样一个双向对象化的实践过程。朱立元在《走向实践存在论美学》中认为西方美学长期以来是在主客二元对立的思维模式下考察美的问题，因此有必要突破这种思维模式。他吸收了海德格尔等人的存在论、生存论哲学思想对马克思主义的实践观内涵进行了新的阐发，认为实践是人的存在的基本方式，它可以包括广义上的人生实践。实践是以生产劳动为最基础的活动，但同时也包括人的各种其他生活活动，如人类社会的道德活动、政治活动、经济活动、审美活动、艺术活动，等等。审美活动是人生实践的不同层次的展开，是动态的生成过程，也是人对自身生存本质的认同和确证的一种方式。新实践美学或者说实践存在论美学对当代中国美学的发展做出了重要努力，可以说实践美学还仍然是在发展中的美学。实践美学在新时期遭受了很多质疑，可以说在本体论、主客体关系结构、审美的超越性、审美体验的个性差异性方面仍有待进行理论体系上的完善。尽管实践美学存在一定局限和不足，但是客观来看，实践美学在试图打破旧有的马克思主义美学研究范式、建立有中国自身理论特色的马克思主义美学方面还是做出了重要的学术贡献。

　　认识论的问题牵涉主客体的关系问题，人们对客观世界的认识、反映就是主体通过实践作用于客体才获得的，中国马克思主义文学批评在历史发展过程中较为注重从认识论的角度阐发文学现象，解决中国具体文艺实践当中存在的问题，因此从认识论的层面反思和总结中国马克思主义文学批评的实践特点是一个重要的思路。夏甄陶教授在《认识论引论》[①] 中认为从认识论角度看，实践是体现主体和客体之间现实功能关系的范畴。从主体和客体间的实际相互作用这种功能关系看，实践是作为社会人的主体能动地、有目的地改造作为客体的外部现实事物的现实的、感性的客观活动。这种客观性活动就是主体通过实践这个中介条件有目的地影响改造客体，并使主体和客体、主观和客观趋于统一和一致的过程结构或动态结构。王家俊主编的《马克思主义认识论》[②] 中认为马克思主义认识论是能动的革命的反映论，它与形而上学唯物主义的消极的直观的反映论的一个本质区别就是它把实践纳入认识论，认为实践的观点是马克思主义认识论的第一的和基本的观点。他认为马

---

① 夏甄陶：《认识论引论》，人民出版社1986年版。
② 王家俊主编：《马克思主义认识论》，吉林人民出版社1986年版。

克思主义认识论科学地揭示了实践在认识过程中的决定作用和实践与认识的矛盾在认识过程中的核心地位。王幼殊主编的《马克思主义认识论——哲学体系初探》①中也认为实践观点是马克思主义认识论的首要的和基本的观点，从认识论角度看，实践是一种感性的物质活动，它是主体的人借助一定的工具和运用一定物质条件、物质手段进行的物质活动。构成实践的要素包括作为实践主体的人、实践手段和实践对象。杨耕在《为马克思辩护——对马克思哲学的一种新解读》中认为认识论当中主客体关系是辩证的结构关系，一方面客体的存在、属性和规律信息进入主体并被主体所反映，另一方面主体在反映、认识客体的同时，也观念地改造、创造着客体，并且主体在改造过程中会形成改造客体的目的、计划等实践理性，以形成符合主体需要的理想客体。

高岸起教授在《认识论模式》②中总结了马克思、列宁、毛泽东等人的认识论模式，他认为马克思的认识论模式有辩证唯物主义认识论、辩证唯物主义认识论必须进入实践领域等几个方面。毛泽东对马克思主义认识论模式的发展有重要贡献，主要体现在"一是实事求是的贡献；二是哲学就是认识论的贡献；三是认识论和认识能力统一的贡献；四是认识论和方法论统一的贡献"③。此外，这方面的代表性论著还有齐振海教授的《认识论新论》④、欧阳康教授的《社会认识论导论》⑤等著作。

中国马克思主义文学批评在其历史发展过程中比较关注认识论、反映论问题，新时期以来对文学批评的认识论问题特别是反映论文艺观的反思文章就比较多。钱中文教授在《最具体的和最主观的是最丰富的——审美反映的创造性本质》⑥中认为应该把简单机械的反映论和能动的反映论区别开来。反映论是一个哲学原理，人通过实践活动与周围世界发生联系，在反复的实践过程中认识、改造自然界和社会，同时也不断改造自己。这种认识和改造活动是能动的积极的反映、实践。反映论作为一种哲学观念，首先在于说明思维与存在的同一、物质的第一性、思维的第二性。他认为："反映是人的思维的根本特征和功能。文学艺术的创作是意识的一种形态，从根本上说是一

---

① 王幼殊主编：《马克思主义认识论——哲学体系初探》，云南人民出版社1990年版。
② 高岸起：《认识论模式》，人民出版社2010年版。
③ 高岸起：《认识论模式》，人民出版社2010年版，第232页。
④ 齐振海：《认识论新论》，上海人民出版社1988年版。
⑤ 欧阳康：《社会认识论导论》，中国社会科学出版社2010年版。
⑥ 钱中文：《最具体的和最主观的是最丰富的——审美反映的创造性本质》，《文艺理论研究》1986年第4期。

种反映。"① 从反映论角度看文学，文学的某些本质方面可以得到阐明，也可以用其他层次的方法研究文学，但不能把反映论直接移植于文学创作，在创作中要以审美反映代替反映论。钱中文对反映论的反思引起了众多学者的讨论。王元骧教授在《反映论原理与文学本质问题》② 中认为许多作者没有分清楚机械的反映论和辩证唯物论的反映论的根本区别，不加分析地把反映论笼统地一概说成机械的反映论，这实际上就是把能动的反映论也一起否定了，这样也使我们的文学批评失去了唯物主义的思想基础。他认为马克思主义反映论的观点是能动的反映论，它是以实践论为基础的。实践的主体是人，任何实践活动都是人们为了满足自身的需要而自觉进行的。因此，承认实践是认识的基础，这就意味着我们对于人的认识不能只是从客体方面来理解，还应该从主体方面来理解。反映论是辩证的反映论，我们应该从主体与客体的相互关系、相互作用方面去理解。朱立元教授在《对反映论艺术观的历史反思》中认为反映论文艺观对中国现代文艺理论的建设起着重要作用，我们应当有充分的估计，但同时应该看到它仍然存在理论上的不足。他认为："反映论文艺观在理论上隐含着一个根本性的内在矛盾：强调文艺主观（政治）倾向性的意识形态与强调文艺客观真实性的反映论之间存在实质性的对立。"③在作者看来，要突破反映论的这种内在矛盾就不能满足于或停留于审美反映论，而应当在认识论的哲学基础和理论框架上有所突破和创新。王元骧在《我所理解的反映论文艺观——读朱立元先生〈对反映论文艺观的历史反思〉所引发的一些思考》中则提出了一些商榷意见。他认为理论界对反映论文艺观表示各种怀疑是没有认识到马克思主义的认识论（反映论）、辩证法与历史观的统一的原则，往往只强调意识对存在的依存性，而没有真正或充分认识到反映过程中人的主观能动性和反映内容的社会历史性。马克思主义创始人是把实践观点引入认识论，认为人的反映不是对于事物的一种消极的、抽象的直观，它是经过人的实践活动作出的。在作者看来引入实践论可以解决人们在理解反映论时只重视知识层面，而忽视反映的价值层面的问题，这样就可以深入地说明文艺的审美价值问题。冯宪光教授在《马克思美学的现代阐

---

① 钱中文：《最具体的和最主观的是最丰富的——审美反映的创造性本质》，《文艺理论研究》1986 年第 4 期，第 7 页。

② 王元骧：《反映论原理与文学本质问题》，《文艺理论与批评》1988 年第 1 期。

③ 朱立元：《对反映论艺术观的历史反思》，选自《马克思主义美学研究》（第 2 辑），广西师范大学出版社 1998 年版，第 50 页。

释》① 中认为中国传统马克思美学主要遵循的是反映论模式，比较关注美的主观与客观的关系研究，其哲学基础是社会存在决定社会意识的辩证唯物主义。注重认识论、反映论是中国马克思主义文学批评实践观的一个重要特点，对反映论的反思有助于我们准确把握中国马克思主义文学批评的本质内涵。

众多学者从马克思实践观视野反思认识论为基础的中国马克思主义文学批评实践观问题，对于我们认识中国形态马克思主义文学批评的本质内涵具有启发作用。马克思主义认识论为建立中国形态的马克思主义文学批评做出了重大贡献，但也应该看到由于我们对马克思主义认识论理解存在片面的地方，导致我们对人的个体性价值关注得相对不够，这就迫切需要我们从马克思实践观出发反思中国马克思主义文学批评在形成过程、理论范式方面所存在的问题。

（二）按照马克思主义的实践观点研究实践主体的内涵

主体性是与实践问题密切相关的哲学范畴，实践是主体的实践，主体性是人在实践过程中表现出来的主体性。按照马克思主义的实践观点，实践是主体性的基础，主体性是实践的本质特征。在国内，李泽厚较早地从马克思主义的实践观点出发论述了主体性。他从 20 世纪 70 年代末开始连续撰文发表了《批判哲学的批判》（康德述评）、《主体性的哲学提纲》等系列论著。他从马克思主义实践观点出发，通过对康德哲学思想的阐释系统地论述了他的主体性哲学思想。李泽厚认为康德哲学的功绩在于，他超过了以前的一切唯物论者和唯心论者，第一次全面地提出了主体性问题，康德哲学的贡献不在于他的"物自体"有多少唯物主义内容，而在于他的这套先验论体系（尽管是在唯心主义框架里）。因为正是这套体系把人的问题（也就是把人类的主体性）非常突出地提出来了。他认为实用主义所理解的实践范畴，从根本上讲并不是历史具体的人类社会实践，而是适应环境的生物性活动，而马克思主义实践论则是人类学本体论的实践哲学，它强调作为社会实践的历史总体的人类发展的具体进程。刘纲纪在《实践本体与人的主体性》② 一文中分析了由于人是自然存在物和具有自觉意识的自然存在物的这种双重性存在特质，所以人类主体的实践活动既是有意识、有目的地活动，又是客观的物质活动。人的双重存在特质决定了人的主体与人的本体的统一，"没有脱离人的主体性

---

① 冯宪光：《马克思美学的现代阐释》，四川教育出版社 2002 年版。
② 刘纲纪：《实践本体与人的主体性》，武汉大学出版社 2006 年版。

的人的本体，也没有与人的本体相脱离的人的主体性。"①

　　贺善侃在《实践主体论》② 中认为实践主体的实质体现在主客体的辩证关系中，实践是主体性生成的基础。我们谈论的主体是从事现实的社会实践活动的人。我们在理解主体性时，既要看到主体的能动性、创造性，也要重视客观实在的本原地位及其对主体的制约作用。他认为实践主体性的实质在于是在一物与他物的相互关系中处于支配的地位。实践主体具有能在事物关系中自主自立、开拓创新、变革他物的规定性。张一兵教授在《马克思历史辩证法的主体向度》③ 中认为传统哲学解释框架由于仅仅关注马克思的社会历史理论的一个侧面，即历史唯物主义的基础性原则，因而忽略了马克思作为实践唯物主义同样十分重视的研究社会历史活动的主体向度。在他看来马克思主义哲学在本质上是革命的和实践的，它的理论逻辑必然指向人类主体地位的确立和全人类的解放，以及实现这个远大目标的具体路径。由此出发，他认为"从主体方面去理解"表明马克思仍然坚持他所重视的人类主体性的哲学话语。但马克思所说的主体性不是什么人的本质和逻辑的主体性，而是历史的现实的具体的实践主体性了。王浩斌在《马克思主义中国化主体论研究》中认为马克思主义中国化实践的主体性主要表现为实现民族的解放和人的自由全面的发展，具体来看就是指毛泽东提出和强调的"为人民服务"，邓小平提出的"三个有利于"的判断标准等。这方面的代表性论著还有高清海教授的《哲学与主体自我意识》④、吴晓明教授的《历史唯物主义的主体概念》⑤、丰子义教授的《主体论》⑥、王义军教授的《从主体性原则到实践哲学》⑦、贺来的《"主体性"的当代哲学视域》⑧ 等著作。

　　在文学批评领域也较早地展开了马克思主义文学批评主体性问题的探讨。20 世纪 80 年代中期，刘再复发表了《论文学的主体性》⑨，后引起广泛争论，这些讨论由红旗杂志编辑部文艺组汇编成《文学主体性论争集》⑩，针对刘再

---

① 刘纲纪：《传统文化、哲学与美学》，武汉大学出版社 2006 年版，第 153 页。

② 贺善侃：《实践主体论》，学林出版社 2001 年版。

③ 张一兵：《马克思历史辩证法的主体向度》，武汉大学出版社 2010 年版。

④ 高清海：《哲学与主体自我意识》，吉林大学出版社 1988 年版。

⑤ 吴晓明：《历史唯物主义的主体概念》，上海人民出版社 1993 年版。

⑥ 丰子义：《主体论》，北京大学出版社 1994 年版。

⑦ 王义军：《从主体性原则到实践哲学》，中国社会科学出版社 2002 年版。

⑧ 贺来：《"主体性"的当代哲学视域》北京师范大学出版社 2013 年版。

⑨ 刘再复：《论文学的主体性》，《文学评论》1985 年第 6 期；1986 年第 1 期。

⑩ 红旗杂志编辑部文艺组汇编：《文学主体性论争集》，红旗出版社 1986 年版。

复的观点陈涌、郝亦民等众多学人也发表了《文艺学方法论问题》①《创造主体与主体意识》② 等商榷文章。陈涌认为历史是由人们自己创造的，全部社会历史都是人的实践的结果，社会生活的一切方面都是与作为历史主体的人分不开的。但是人的实践和人的创造绝不能离开一定的社会历史条件而无限扩张。董学文教授等在《中国当代文学理论》（1978—2008）③ 中认为主体是一个历史概念，随着历史的发展主体的概念也会发生变化，因此主体不是抽象的、固定的、永恒的。我们谈论主体不能忽视主体的历史规定性。历史唯物主义的主体观与其他学说主体观的区别，就在于它是从具体的社会历史实践之中的人出发，来研究并解答包括文艺在内的各种基本问题和历史问题。他在《文艺学当代形态论："有中国特色马克思主义文艺学"研究》④ 中也认为文学主体性问题是能动反映论学说的一部分，因为主体对客观世界的反映是以实践活动来完成的。反映的过程是主体和客体参与互动的过程，而不仅仅是通过存在于主体之外的整个客观世界，反映活动就能完成。何国瑞教授主编的《艺术生产原理》⑤ 则从马克思的艺术生产理论角度论述了生产主体、艺术主体问题。他认为生产主体就是能够在一定的自然环境和社会历史条件下，能够进行本质力量对象化活动的人。它是个体和类的统一，是个人和社会的统一，是感性和理性的统一，是思维和实践的统一。他认为艺术主体可以超离外部世界的客观秩序（时空规范、必然性、因果律等），自由地创造一个与现实"似与不似"的心灵世界。中国马克思主义哲学界对实践主体性的探讨，深化了人们对马克思主义实践主体性内涵的科学认识和辩证理解，也有利于总结和提炼中国形态的马克思主义文学批评实践主体的具体特征。胡亚敏在《艺术生产与人的解放》⑥ 中则是从价值本体角度将艺术生产与人的解放结合起来进行了论述。

　　黄曼君、胡亚敏等教授所著的《毛泽东文艺思想与中国文艺实践》⑦ 中，提出毛泽东文艺思想是标举革命实践的本体论，特别是《在延安文艺座谈会上的讲话》体现了"毛泽东运用辩证唯物主义的基本原理，阐述了社会生活

---

① 陈涌：《文艺学方法论问题》，《红旗》1986 年第 8 期。
② 郝亦民：《创造主体与主体意识》，《文艺争鸣》1986 年第 3 期。
③ 董学文等：《中国当代文学理论》（1978—2008），北京大学出版社 2008 年版。
④ 董学文、金永兵等：《文艺学当代形态论："有中国特色马克思主义文艺学"研究》，北京大学出版社 1998 年版。
⑤ 何国瑞主编：《艺术生产原理》，武汉大学出版社 2010 年版。
⑥ 胡亚敏：《艺术生产与人的解放》，《学术月刊》2011 年第 10 期。
⑦ 黄曼君、胡亚敏等：《毛泽东文艺思想与中国文艺实践》，华中师范大学出版社 2002 年版。

是文学艺术的唯一源泉和能动的革命的反映论这些基本问题"①。能动的革命反映论表现出毛泽东非常推崇主体的能动作用，这种能动作用不仅是文艺创作中的创造性，而且是群体意志的主体论，应该说这个群体意志的主体就是推动历史前进的人民群众主体。黄曼君、胡亚敏等教授在《中国20世纪文学理论批评史》② 中，认为20世纪中国文学理论批评的一个总体特征就是与审美的社会价值论观念相一致，在理论形态上重视主体的主观情感态度和价值选择的特征。胡亚敏教授在《文学与马克思关于人的全面发展》③ 中，认为文学活动作为人的一种自由自觉的生命活动、实践活动，其本质不仅仅是对现实的模仿，更为重要的是体现出创作主体对于美的能动的创造性。文学活动的这种主体性是个人主体与社会主体、个人自我实现与时代民族精神相契合、相统一的主体性。应该说对文学主体性问题以及能动的反映论的探讨对于我们全面把握中国马克思主义文学批评的实践观内涵具有重要的理论意义。杨健民教授在《毛泽东的艺术接受活动及其接受美学思想》④ 中则从接受主体这个角度认为中国现代审美理论中一直是把创作主体作为中心，但是对审美接受主体一般重视不够。毛泽东的《在延安文艺座谈会上的讲话》则根据中国社会政治发展需要明确地将人民大众这个接受者提到了很高位置，这极大地拓展了接受主体的范围。王弋丁等主编的《历史与美学选择——毛泽东文艺思想新探》⑤ 中认为艺术家的主体性作用在于通过作品传递给接受者，同时又通过接受者作用于社会现实生活，以毛泽东文艺思想为代表的中国马克思主义文学批评，从中国革命和建设的实践需要出发，注重对创作主体的革命精神要求，同时在革命的实践要求下强调作为接受主体的人民大众是文艺创作的主要服务对象。

　　受胡塞尔、海德格尔等现代西方哲学的启发，中国马克思主义哲学、美学领域也开始关注到马克思主义实践观的主体间性问题。郭湛教授在《面向实践的反思》⑥ 中认为在主体和主体的交往中形成了主体间或主体际关系，由此产生出了主体间性或交互主体性。他认为传统的认识思路是"主体—客

① 黄曼君主编：《毛泽东文艺思想与中国文艺实践》，华中师范大学出版社2002年版，第415页。

② 黄曼君、胡亚敏等：《中国20世纪文学理论批评史》，中国文联出版社2002年版。

③ 胡亚敏：《文学与马克思关于人的全面发展》，《华中学术》（第1辑），华中师范大学出版社2009年版。

④ 杨健民：《毛泽东的艺术接受活动及其接受美学思想》，选自许怀中主编《理论与实践：福建省毛泽东文艺思想研究论文集》，海峡文艺出版社1992年版。

⑤ 王弋丁等主编：《历史与美学选择——毛泽东文艺思想新探》，广西教育出版社1992年版。

⑥ 郭湛：《面向实践的反思》，武汉大学出版社2010年版。

体"或"主体—中介—客体"模式，这种模式在处理人与自然、人与物的关系时是行之有效的，但是在处理人与人之间的关系就遇到了"他人不是客体"的困境。为解决这个困境，由"主体—客体"或"主体—中介—客体"模式向"主体—主体""主体—中介—主体"的模式转变是一种新的态度和思路。实践美学派也对实践的主体间性问题进行了思考，张玉能等人在《新实践美学论》中认为实践是一个生生不息、充满活动的动态过程，它包含着主客体间性、主体间性的动态开放过程，所以在他看来："实践美学并不是一种纯主体性的美学，也不是一种唯主体间性的美学，而是一种全方位的关系性美学，这正是由实践的概念所规定的。"① 马克思主义哲学界和美学界对马克思实践观内涵的拓展为我们建构中国形态的马克思主义文学批评实践观内容提供了理论启发。也有学者从意识形态的实践性问题涉及中国马克思主义文学批评的实践观问题。李胜清教授在《马克思主义文论的主体阐释视界建构》② 《文艺意识形态实践的内在性特点》③ 等文中，主要从意识形态的角度探讨马克思主义文学批评理论实践性转化的内在机制问题。他认为文艺意识形态对于现实生活与经济基础的实践反作用，主要是在一种审美语境中实现的。与那些非审美的理性意识形态以及物质变革等外在性实践模式相比，文艺意识形态实践主要体现为一种内在性的实践模式。它主要通过转化为主体的情感意志等内在心理因素，并就在这个领域产生出相应的情感心理效果来实现其实践目的。其理论探讨的视角和方法对我们探讨中国马克思主义文学实践主体问题具有启发意义。

实践活动是根据主体需要改造世界的对象化活动，这样实践就涉及价值问题，有些学者从实践价值论角度阐释了主体性问题。王玉梁教授在《百年价值哲学的反思》④ 中认为价值的本质是客体主体化，是客体相对于主体产生出来的需要，价值问题体现出人们希望社会的发展更加符合人的根本目的和本质需要的观点。在他看来，应把实践引入价值哲学理论，从实践、实践结果出发去理解价值的本质。这方面的代表性论著还有李连科教授的《价值哲学引论》⑤、李德顺教授的《价值论——一种主体性研究》⑥ 等著作。在文

---

① 张玉能等：《新实践美学论》，人民出版社 2007 年版，第 67 页。
② 李胜清：《马克思主义文论的主体阐释视界建构》，《学习与探索》2009 年第 4 期。
③ 李胜清：《文艺意识形态实践的内在性特点》，《中南大学学报》2009 年第 5 期。
④ 王玉梁：《百年价值哲学的反思》，《学术研究》2006 年第 4 期。
⑤ 李连科：《价值哲学引论》，商务印书馆 1999 年版。
⑥ 李德顺：《价值论——一种主体性研究》，中国人民大学出版社 1987 年版。

学领域中开展价值论的研究，这方面的论著有程麻教授的《文学价值论》①、冯宪光教授的《文学价值的追求》②、敏泽和党圣元教授的《文学价值论》③、赖大仁教授的《当代文学批评的价值观》④ 等著作。从价值学的角度审视和反思中国马克思主义文学批评的实践思想特征是一个非常重要的理论方法。程金城在《中国 20 世纪文学价值论》中认为："马克思主义文艺理论中国化中的实践性特点，深刻影响了中国新文学价值体系中的实践品格。"⑤ 他认为马克思主义对于中国文学的价值重建作用，主要体现为其作为一般原理对文学价值观念的影响，如关于物质与精神的关系、存在与意识的关系、阶级观点、实践观点，等等。从价值学角度探讨中国马克思主义文学批评的主体性问题、实践特点具有重要意义，也对我们从政治、道德伦理价值领域探讨中国马克思主义文学批评的实践特点具有重要启发。中国马克思主义文学批评的实践价值观问题牵涉如何看待文学价值与政治价值、伦理价值、历史价值、人学价值等一系列基本问题，是一个亟待重新反思的重要研究领域。近年来在构建当代形态的马克思主义文学批评以及文化研究的推动下，出现了对文学的政治价值、伦理价值维度的新探讨，这方面有陆贵山教授的《重构文学的政治维度》⑥、陶东风教授的《重建文学理论的政治维度》⑦、王杰教授的《伦理学：马克思主义美学理论的新起点》⑧ 等文章。

（三）从实践的政治伦理维度探讨中国马克思主义文学批评的实践观内涵

实践活动是人的行为活动，它不仅包括人的物质生产活动，也包括人的政治、道德伦理活动。中国马克思主义文学批评的一项重要功能就是为中国的革命和建设实践服务，因此，从实践的政治伦理维度把握中国马克思主义文学批评的价值取向，并进而总结出中国马克思主义实践思想的政治伦理内涵，是我们深化认识中国马克思主义文学批评实践观特征的重要途径。黄曼君、胡亚敏等教授所著的《毛泽东文艺思想与中国文艺实践》以毛泽东为中心阐发中国马克思主义文学批评实践观的一个重要特点，就是将实践性与强调革命功利的价值论密切结合。毛泽东作为革命政治领袖非常关注文艺工作

① 程麻：《文学价值论》，人民文学出版社 1991 年版。
② 冯宪光：《文学价值的追求》，四川文艺出版社 1993 年版。
③ 敏泽、党圣元：《文学价值论》，社会科学文献出版社 1997 年版。
④ 赖大仁：《当代文学批评的价值观》，社会科学文献出版社 2013 年版。
⑤ 程金城：《中国 20 世纪文学价值论》，甘肃人民美术出版社 2007 年版，第 179—180 页。
⑥ 陆贵山：《重构文学的政治维度》，《华中师范大学报》2008 年第 3 期。
⑦ 陶东风：《重建文学理论的政治维度》《文艺争鸣》2008 年第 1 期。
⑧ 王杰：《伦理学：马克思主义美学理论的新起点》，《文艺理论与批评》2009 年第 2 期。

在革命全局中的作用，而不是关注单纯的文艺自身的规律问题。张孝评教授在《毛泽东文艺思想与中国传统文化》① 中，也着重论述了毛泽东人民本位的文艺思想与传统儒家经世、入世的伦理政治哲学的关系。

刘森林教授在《实践的逻辑》中认为："'劳动'型'实践'和认识论意义上强调新'经验'的'实践'，其共同缺点是明显弱化甚至遗忘了'实践'的超感性维度及其意义，弱化甚至遗忘了实践的伦理维度及其意义。"② 他认为马克思主义实践观只是对现实生活世俗性的有限度的认可，不能把马克思主义的社会实践、现实生活还原为吃穿住层面的奢华、享乐与快感的程度。在他看来，中国传统思想的一个重要特点就是主要从超验规范的伦理层面界定"实践"的，中国传统思想是符合"实践"的道德——政治论模式的。董治良教授在《中国政治伦理研究》③ 中认为毛泽东思想蕴含着丰富的政治伦理思想，需要我们认真地去解读。毛泽东伦理思想的一个重要特征就是在确定中国革命的性质和对象时，指出新民主主义革命阶段的主要任务是实现民族的解放和独立，实现劳动人民当家做主。此外，党的群众路线也是毛泽东政治伦理思想的一个重要特点。陶德麟教授主编的《马克思主义哲学中国化：历史与反思》中，也从政治伦理角度探讨了毛泽东早期伦理思想特点。他们认为毛泽东受泡尔生的《伦理学原理》影响很大，毛泽东早期伦理思想的内容之一就是对自我提出了严格的道德要求，恪守"主观之道德律"，不断完善自我，提升自我的人生价值，并形成了两个伦理学主张：个人主义和现实主义。个人主义是其道德价值的奋斗目标和理想人格，现实主义则是通向这一目标的方法和途径。可以说毛泽东的早期伦理思想与当时的反对封建专制统治、个性解放思潮是遥相呼应的。陶德麟等同时又认为毛泽东早期伦理思想中表现出来的自我与他我的冲突，深刻地体现了毛泽东早期伦理思想的内在矛盾，其伦理思想后来也由个人主义价值向集体主义价值演变。

唐凯麟、王泽应教授在《20 世纪中国伦理思潮问题》④ 中，认为毛泽东伦理思想是马克思主义伦理思想与中国革命的具体道德实践，及其中国伦理文化的优秀传统的密切结合，是中国化的马克思主义伦理思想或马克思主义伦理思想的中国化，这是毛泽东伦理思想最为根本的特点。具体来看，毛泽东提倡用民族形式来实现马克思主义，赋予马克思主义普遍原理以新鲜活泼

---

① 张孝评：《毛泽东文艺思想与中国传统文化》，西安出版社 1995 年版。
② 刘森林：《实践的逻辑》，社会科学文献出版社 2009 年版，第 166 页。
③ 董治良：《中国政治伦理研究》，云南民族出版社 2006 年版。
④ 唐凯麟、王泽应：《20 世纪中国伦理思潮问题》，湖南教育出版社 1998 年版。

的并为中国老百姓所接受的中国作风和中国气派，比如毛泽东全心全意为人民服务伦理思想的提出就是对马克思主义为人类谋福利思想的中国化改造。毛泽东根据中国革命实践的需要还提出了理想主义与现实主义统一、爱国主义与国际主义统一的伦理思想，可以说毛泽东的伦理思想是马克思主义伦理学的普遍原理与中国的革命道德实践以及中国优秀文化传统的结合，也是对马克思主义伦理思想的创新性继承和发展。

还有一些学者通过回到经典马克思主义文本为当代中国马克思主义的政治伦理研究提供思路和方法。陶艳华在《马克思政治伦理思想研究》①中认为马克思的思想包含丰富的伦理诉求和价值关怀。马克思的政治伦理思想主要是从现实的、阶级的人出发，以正义制度为手段，追求一种相对合理、公平的政治关系，以实现人的解放。她认为马克思对政治主体的伦理关怀主要体现为对"丧失人性外观"的无产阶级的道德同情。马克思的革命实践理论是无产阶级改变自身地位、消灭私有制的理论武器。这方面的代表性论著还有刘琳教授的《马克思政治伦理思想研究——当代视野中的马克思若干经典文本解读》②。学者们的这些探讨为我们从实践的政治伦理维度探讨中国马克思主义文学批评的实践思想内涵提供了思路路径。

（四）从生存本体论的角度理解实践范畴，为中国马克思主义文学批评实践观研究拓展思路

按照马克思的实践观，实践是人的存在的一种根本方式，从生存本体论角度研究实践为总结和建构中国形态的马克思主义文学批评实践观打开了广阔的研究思路。萧前、杨耕教授等著的《唯物主义的现代形态——实践唯物主义研究》③中，认为马克思的实践本体论是把人的存在本身作为哲学所追寻的目标。这种实践的本体论所探究的不是"对象、现实、感性"的终极存在是什么，而是寻求"对象、现实、感性"的存在对于人的存在的根本意义。这样人的感性的对象性活动就与人的生存实践联系在一起了，体现出本体论与人的生存实践紧密相关。贺来教授在《辩证法的生存论基础——马克思辩证法的当代阐释》中认为，长期以来马克思辩证法的本源性根基始终未曾得到充分的澄明，我们对辩证法缺乏必要的边界意识和对其限制条件的自觉。

---

① 陶艳华：《马克思政治伦理思想研究》，人民出版社 2009 年版。

② 刘琳：《马克思政治伦理思想研究——当代视野中的马克思若干经典文本解读》，江苏人民出版社 2013 年版。

③ 萧前、杨耕等：《唯物主义的现代形态——实践唯物主义研究》，中国人民大学出版社 2012 年版。

正是辩证法的无根状态，使我们不加任何限制地在任何语境中使用辩证法，这样辩证法成为实用性、工具性的方法，或者说成为一种"变戏法"。正是有感于这种现状，他认为必须寻求和确立辩证法的真实根基，这个真实的根基就是"生存论实践本体论"根基，在他看来"马克思指出，辩证法的两大基本理论原则，即推动原则和创造原则只有植根于实践活动这一人的本源性的生命存在和活动方式基础上，才能获得其坚实的根基并充分显示其真实的含义"①。"生存论实践本体论"就是要摆脱对实践理解的"经验常识性的范式"和"知识论性的范式"，确立实践理解的"生存论本体论范式"。这个实践的生存论本体论范式的重点在于把实践范畴视为人的本源性的生命活动及其历史发展的生存论的本体论范畴。他认为实践活动在根本上是人的最为基本的生命存在和生命活动方式，马克思实践观的重要性在于它为全面地理解人的现实生命及其历史发展提供一种基本的理论观点和思维方式。这方面代表性论著还有丁立群等著的《实践哲学：传统与超越》②。可以说，将生存论或者说存在论引入马克思实践观的内涵理解当中对我们反思和建构中国形态的马克思主义文学批评实践观具有重要意义。

还有学者联系实践与自由的关系阐释实践生存论的内涵。俞吾金教授在《实践与自由》③ 中认为尽管有学者把马克思哲学理解为"实践哲学""实践唯物主义"或"实践本体论"，但并没有真正理解这些概念的含义。他认为实践如果把人的生存问题这样一个本体论问题完全搁置起来，代之而起的则是以认识的起源、本质和界限作为研究对象的认识论，那么实践范畴就失去了本体论维度，成了认识论中的一个环节。俞吾金教授通过联系康德哲学的传统，认为马克思正是从历史唯物主义或生存论的本体论的立场出发来论述自己的实践范畴和自由范畴的。在他看来马克思的实践范畴首先是一个本体论意义上的概念，即使他在谈论实践的基本形式——生产劳动时，也首先是从本体论着眼的，所以他关心的不是人通过生产劳动去认识什么，而是在私有制情况下人的劳动的异化的本质，以及如何通过消灭私有制来扬弃异化，达到人性的复归。王南湜教授在《辩证法：从理论逻辑到实践智慧》④ 中认为马克思实践哲学区别于其他实践哲学的根本之处在于："马克思那里物质生产

---

① 贺来：《辩证法的生存论基础——马克思辩证法的当代阐释》，中国人民大学出版社 2004 年版，第 164 页。
② 丁立群等：《实践哲学：传统与超越》，北京师范大学出版社 2012 年版。
③ 俞吾金：《实践与自由》，武汉大学出版社 2010 年版。
④ 王南湜：《辩证法：从理论逻辑到实践智慧》，武汉大学出版社 2011 年版。

劳动是最为基本的实践活动，而其实践概念的根本特征是以艺术为自由活动之典范，因而其实践概念从根本上说来是一种艺术——生产范式，而非技术——功利主义范式，从而马克思的实践哲学也便只能是一种艺术——生产型的实践哲学范式。"① 王南湜教授把马克思的实践观界定为艺术——生产范式，这对我们理解马克思主义批评的范式特征和中国马克思主义文学批评的体系形态特点都很有启发意义。这方面的代表性论著还有陈刚的《实践与自由》② 等。

实践美学派也从生存论、存在论角度拓展了马克思的实践观内涵。按照朱志荣教授等人在《从实践美学到实践存在论美学》③ 中的看法，李泽厚强调的美是客观性和社会性的统一的观点与朱光潜主张的美是主客观的统一的观点一起构成了实践美学丰富的内涵和可以进一步拓展的空间，为 20 世纪八九十年代实践美学的多元发展提供了可能。朱光潜、李泽厚之后，实践美学吸收了现代西方美学海德格尔等人的思想进一步发展了马克思的实践观内涵。刘纲纪教授在《马克思主义美学在当代的发展》中认为："从世界范围来看，不论苏联或东欧的马克思主义美学，都没有像中国的马克思主义美学这样高度重视实践观点，把它确立为马克思主义美学的根本，并作了许多深入的探讨与阐发。"④ 张玉能教授在《实践的超越性与审美》⑤ 中则进一步从生存的审美超越性问题出发论述实践本体论内涵。他认为美和审美就是人的本质力量的对象化。而这个对象化的过程也就是实践的超越性展开的过程，也就是实践由必然王国向自由王国飞跃的过程。这个飞跃的过程就是人类在实践之中逐步实现物质和精神、合规律性和合目的性、个体和社会、功利性和非功利性、现实和理想对立统一的历史过程。朱立元教授在《我为何走向实践存在论美学》⑥ 中认为实践存在论美学是以实践论为哲学基础，但是已经将实践论的根基从认识论转移到生存论上来。我们应该从存在论（本体论）视野把实践的内涵界定为人最为基本的存在方式，或者说理解为广义的人生实践，从而实现实践论与存在论的有机结合。实践美学对实践内涵的拓展深化了我们对马克思实践观的认识，也为建构中国形态的马克思主义文学批评提供了

① 王南湜：《辩证法：从理论逻辑到实践智慧》，武汉大学出版社 2011 年版，第 164 页。
② 陈刚：《实践与自由》，凤凰出版社 2010 年版。
③ 朱志荣等：《从实践美学到实践存在论美学》，苏州大学出版社 2008 年版。
④ 刘纲纪：《马克思主义美学在当代的发展》，选自《刘纲纪文集》，武汉大学出版社 2009 年版，第 365—366 页。
⑤ 张玉能：《实践的超越性与审美》，《西北师大学报》2005 年第 1 期。
⑥ 朱立元：《我为何走向实践存在论美学》，《文艺争鸣》2008 年第 11 期。

一种研究思路。

（五）在对中国马克思主义文学批评的问题和经验总结中涉及中国马克思主义文学批评的实践观问题

中国马克思主义文学批评的体系建构是一个历史过程，这个过程决定了我们对中国马克思主义文学批评的理论经验进行总结是一项重要工作，并在此工作基础上提炼出具有中国自身特点的实践内涵。胡亚敏教授在《中国马克思主义文论研究三十年》中认为长期以来我们对马克思主义的研究主要侧重于理论层面，而对中国当代文学问题和现象的关系研究不够。中国马克思主义文学理论批评的实践性问题，牵涉如何理解和看待理论与实践关系的问题。她从理论与实践结合的角度考察中国马克思主义文学批评的实践性及其发展的问题，认为"马克思主义是实践性很强的科学"，要"用发展着的马克思指导新的实践，在实践中不断丰富和发展马克思主义，成为中国马克思主义文论今后的重要任务"。① 宋建林、陈飞龙主编的《中国马克思主义艺术理论发展史》② 中认为毛泽东文艺思想的一个突出特征就是实践性与革命功利主义的结合。党圣元教授在《马克思主义文论中国形态化的问题意识及其提问方式》③ 中从问题意识和提问方式的角度反思近20年来马克思主义文论研究热衷构建脱离生活现实的专业学科话语，与此相应的则是实质上的文学阐释能力和批评话语建构能力的下降，他认为马克思主义文论中国形态化的构造是在具体介入当代文学思想和思潮的话语实践中得以实现的，而不是仅仅在于学术史的撰写中，更不存在于理论的推演探讨之中。

童庆炳教授主编的《20世纪中国马克思主义文艺理论研究》④ 在总结毛泽东文艺思想的具体特点时提到毛泽东重视文艺工作者的思想改造、文艺工作的统一战线等问题，这实际上揭示了中国马克思主义文学批评的实践思想特点。孙文宪教授在《试析马克思主义批评与其中国形态的关系》⑤ 中从"问题域"的角度出发，提出如何认识马克思主义文学批评在一百多年的历史

---

① 胡亚敏：《中国马克思主义文论研究三十年》，选自胡亚敏《中西之间：批评的历程》，华中师范大学出版社2012年版，第145页。

② 宋建林、陈飞龙主编：《中国马克思主义艺术理论发展史》，生活·读书·新知三联书店2011年版。

③ 党圣元：《马克思主义文论中国形态化的问题意识及其提问方式》，《贵州社会科学》2012年第9期。

④ 童庆炳主编：《20世纪中国马克思主义文艺理论研究》，北京大学出版社2012年版。

⑤ 孙文宪：《试析马克思主义批评与其中国形态的关系》，《华中学术》（第3辑），华中师范大学出版社2011年版。

发展过程中所形成的多种不同、形态各异的马克思主义文学批评问题。作者认为各种形态的马克思主义批评之间，不仅存在由于历史语境、文化特点和文学对象的不同而形成的理论差异，同时还存在用马克思主义的什么理论观点、以何种问题意识和从什么角度来阐释文学所形成的差异。这就可能造成由于我们出于实践需要自觉或不自觉地加工和误读了马克思主义文学批评的真正思想内涵。这方面的代表性著作还有黄曼君教授主编的《中国 20 世纪文学理论批评史》，陆贵山教授的《文艺理论与文艺思潮》①，周忠厚、边平恕教授等主编的《马克思主义文艺学思想史》（上、下）②，张炯教授的《论马克思主义与文学》③，季水河教授的《回顾与前瞻：论新中国马克思主义文艺理论研究及其未来走向》④。这方面的代表性论文主要有王先霈的《"20 世纪中国文学理论批评的发展与建构"述略》⑤，张宝贵教授的《马克思主义文艺理论中国化的早期历程》⑥，张永清教授的《马克思主义文论研究的问题意识与语境原则》⑦，赖大仁教授的《马克思主义文艺理论中国化的理论形态》⑧，王杰、段吉方教授的《六十年来马克思主义文论在中国的范式转换及其基本问题》⑨，谭好哲教授的《马克思主义文艺理论研究的边界、问题与方法》⑩等文章。这些文章对中国马克思主义文学批评的历史实践过程的梳理，整体上较为宏观地呈现出了中国马克思主义文学批评的本质特点和发展规律，对于指导中国马克思主义文学批评的现实和未来发展具有重要意义，也对我们反思中国马克思主义文学批评的实践观问题提供了重要的参考。

（六）国外对中国马克思主义文学批评实践观问题的研究

国外学者在论述中国马克思主义文学批评的特点时不同程度地涉及中国马克思主义文学批评的实践观问题，这可以为中国马克思主义批评研究提供新的思路和方法，是很有理论意义的。

---

① 陆贵山：《文艺理论与文艺思潮》，中国人民大学出版社 2007 年版。
② 周忠厚、边平恕主编：《马克思主义文艺学思想史》（上、下），中国人民大学出版社 2007 年版。
③ 张炯：《论马克思主义与文学》，中国社会科学出版社 2013 年版。
④ 季水河：《回顾与前瞻：论新中国马克思主义文艺理论研究及其未来走向》，中国社会科学出版社 2009 年版。
⑤ 王先霈：《"20 世纪中国文学理论批评的发展与建构"述略》，《文艺研究》2004 年第 2 期。
⑥ 张宝贵：《马克思主义文艺理论中国化的早期历程》，《中国社会科学》2008 年第 2 期。
⑦ 张永清：《马克思主义文论研究的问题意识与语境原则》，《学术月刊》2008 年第 1 期。
⑧ 赖大仁：《马克思主义文艺理论中国化的理论形态》，《中国人民大学学报》2008 年第 6 期。
⑨ 王杰、段吉方：《六十年来马克思主义文论在中国的范式转换及其基本问题》，《社会科学家》2011 年第 3 期。
⑩ 谭好哲：《马克思主义文艺理论研究的边界、问题与方法》，《文史哲》2012 年第 5 期。

　　威廉斯在《马克思主义与文学》① 中认为毛泽东非常重视改造作家同人民之间的社会关系，这样作家的党性问题就成为毛泽东较为关注的一个方面。在威廉斯看来作家的党性立场使作家自觉地要同人民大众打成一片，从而摆脱了专业作家的观念与人民群众融在一起，这就是为什么"毛泽东从理论上或实践上反复强调的是结合［integration］"②。西方左派理论家阿兰·巴迪欧（Alain Badiou）、齐泽克（Slavoj Žižek）等人对毛泽东的《实践论》《矛盾论》（以下简称"两论"）给予了高度的评价，齐泽克认为以"两论"为代表的毛泽东思想是马克思主义发展史上继马克思—列宁阶段之后，实现了马克思主义发展从列宁到毛泽东阶段的第二次继承和转变。③ 巴迪欧则从巴黎公社这个具有象征意义的共产主义政治实践，来看待毛泽东在新中国成立后所采取的一系列基于共产主义假设条件下的政治民主实践，他结合世界范围内的资本主义发展所遇到的现实困境及其矛盾，对毛泽东的实践理论、矛盾论等思想给予了高度评价。④

　　美国学者布兰特利·沃马克在《毛泽东政治思想的基础》(1917—1935)⑤ 中认为毛泽东重视以有效的革命行动为目标的理论与实践的互动，在认识与实践的反复循环过程中接受实践检验以获得正确的认识，这种重视理论与实践相结合的认识论方法论，创造出一种有集中又有民主，有纪律又有自由，有统一意志又有个人心情舒畅、生动活泼的政治局面的目标。美国学者 Andrew G. Walder 在 *Marxism，Maoism，and Social Change* 一文中认为毛泽东并不是一位经济决定论者，而是比较重视主体意志和人的主观努力的一个人。⑥ 也有一些国外学者通过研究李大钊、瞿秋白等早期中国马克思主义者不同程度地涉及中国马克思主义实践观问题。美国学者迈斯纳在《李大钊与中国马克思主义的起源》⑦ 中认为在 1919 年初，李大钊研究马克思主义理论时决定抛弃关于历史变化建立在精神和心理基础上的观念，但他并没有放弃对有意

①［英］威廉斯：《马克思主义与文学》，王尔勃等译，河南大学出版社 2008 年版。

② 同上书，第 215 页。

③ *Slavoj Žižek, introduction, Mao Tse-tung, On practice and contradiction, Verso, 2007.*

④ *Alain Badiou, The century, Polity Press, 2007.*

⑤［美］布兰特利·沃马克：《毛泽东政治思想的基础》(1917—1935)，霍伟岸等译，中国人民大学出版社 2013 年版。

⑥ *Andrew G. Walder, Marxism, Maoism, and Social Change, Modern China（Sage Publications, Inc），Vol. 3, No. 1, (Jan., 1977), pp. 101-102.*

⑦［美］迈斯纳：《李大钊与中国马克思主义的起源》，中共北京市委党史研究室编译组，中共党史资料出版社 1989 年版。

识、有主动性的改造社会的信心，也没有完全接受他所领悟到的马克思主义关于不可抗拒的经济规律是历史的决定作用的观点。澳大利亚学者 Nick Knight 在 *The Dilemma of Determinism*：*Qu Qiubai and the Origins of Marxist Philosophy in China*① 一文中也涉及这个问题。南非学者格雷泽等人编写的《20 世纪的马克思主义——全球导论》② 认为中国马克思主义的鲜明特点包括：农村革命中重视农民；重视群众路线这样的组织手段等。他们认为之所以产生这样的特点其中一个重要原因是以毛泽东为代表的中国马克思主义者重视中国经验，将马克思主义普遍原理与中国的革命实践相结合。这方面的代表性论著还有美国学者本杰明·史华慈的《中国的共产主义与毛泽东的崛起》③、约翰·斯塔尔的《毛泽东的政治哲学》④ 等著作。应该说，西方学者对中国马克思主义实践问题的阐释，为我们深入理解中国马克思主义文学批评实践观的内涵提供了理论参照。

总体上看，当前课题研究的现状主要存在以下几个方面问题。

第一，对实践作为理解中国马克思主义文学批评的核心范畴具有什么样的独特内涵探讨不够，进而影响到对作为整体的中国形态马克思主义文学批评的历史经验的反思。

第二，在批评实践中，实践是一个不断生成转换的复杂历史过程，如何在中国马克思主义文学批评范式的历史演进中，准确地把握住批评的实践问题结构及其内在展开过程，并进而在总体上确认中国马克思主义文学批评的实践思想特点，这方面的文章探讨得并不是特别充分。

第三，研究者在确认中国形态马克思主义文学批评的主导特征是反映论文学观、政治文学观时，并没有进一步从实践观的总体视野清晰界定反映论所属的实践结构层面以及文学的政治观与政治伦理实践观的具体关系。

第四，在大格局的比较视域中，如何理解中国马克思主义文学批评的实践观与马克思主义的实践观，特别是马克思的实践观的同一性与差异性，并在这种认识基础上对中国形态的马克思主义文学批评价值进行合理评价定位，这方面的探讨文章比较少。

---

① Nick Knight. *The Dilemma of Determinism*：*Qu Qiubai and the Origins of Marxist Philosophy in China*. *China Information*，Vol. 13，（Spring 1999），pp. 1-26.

② ［南非］格雷泽等编：《20 世纪的马克思主义——全球导论》，王立胜译，江苏人民出版社 2011 年版。

③ ［美］本杰明·史华慈：《中国的共产主义与毛泽东的崛起》，陈玮译，中国人民大学出版社 2013 年版。

④ ［美］约翰·斯塔尔：《毛泽东的政治哲学》，曹志为等译，中国人民大学出版社 2013 年版。

三　基本思路和结构框架

实践是理解中国马克思主义文学批评本质特征的核心范畴之一，因此要把握实践范畴首先就是要通过对实践观的历史梳理和逻辑建构过程的考察，确立马克思主义实践观的哲学变革的革命性价值和科学内涵。我们通过历史地分析西方实践观的历史演进过程，有利于深入实践内部，探讨实践观的研究主题、基本问题、结构要素是什么，以及随着理论的历史演进，实践的问题结构、理论框架又出现了哪些变化。西方实践观的知识梳理，一方面是为了在历史传统中凸显马克思主义实践观的革命性变革及其重大意义，另一方面就是为了清晰呈现中国马克思主义文学批评实践观的本质特点和知识内涵，揭示中国马克思主义文学批评如何结合自身的历史语境、现实问题融入马克思主义文学批评的基本理论模式，实现中国马克思主义文学批评形态的自身理论创构和价值诉求。可以说，在马克思主义实践观的总体视野下认识、反思、合理评价中国马克思主义文学批评实践观的内涵特点是本书的重心所在。

中国马克思主义文学批评的实践观内涵，主要是在马克思主义中国化的过程即参与中国革命、建设和文艺批评的实践过程中体现出来的，因此，从整体上看，要把握中国马克思主义文学批评的实践观内涵，我们需要从三个方面的问题分析入手：一是放在实践哲学的传统中定位马克思主义实践观的历史价值和基本内涵；二是在厘清马克思主义实践观的基础上把握中国马克思主义文学批评实践观的独特内涵和问题结构；三是阐发中国马克思主义文学批评的实践要素结构是如何在中国文学实践中的主体性、反映论、政治伦理等基本问题上贯彻实践的逻辑，并最终建立起中国马克思主义文学批评的实践范式的。

从亚里士多德、康德、黑格尔到马克思，我们可以发现实践观的演进有着清晰的发展脉络。考察西方实践观的历史，就是探讨实践与存在、理论、理性、政治、伦理、主体、自由关系的问题结构的演变史。西方传统的实践观囿于理论哲学立场，没有给予作为人类反思自身行为实践的一个合理定位，而是强调理论及理论理性的优先性地位，最终没有揭示出实践的本质。后来胡塞尔、海德格尔、伽达默尔等人从现象学、存在论出发提出了主体间性实践观、存在论实践观以及解释学实践观，在一定程度上突破了传统形而上学实践观的局限，拓展和深化了实践问题的理论内涵，但是由于没有科学揭示出理论活动与人的现实活动的关系本质，最终回到理论哲学的传统路径依赖当中。西方马克思主义及苏联马克思主义对马克思的实践观有许多继承和创新性的发展，但是从总体上看，他们的实践观要么受到黑格尔等思辨哲学影响无法真正理解实践结构内部人与历史的本质，要么片面发展马克思实践观的认识论等单一层面，而无法形成全面科学的马克思主义实践观，只有马克思才真正揭示出实践的本质之谜，将实践问题立足于感性的人的历史性的生存活动中来理解。

按照马克思的实践观，实践就是感性的人的本质力量的对象化活动和历史性的价值创造活动，这种对象化的价值创造活动是主体与客体、理论与现实、感性与理性、能动性与受动性、限定性与超越性关系辩证统一的历史性活动，其根本目标就是不断推动社会向和谐良善的方向发展，最终实现人的全面自由发展。从这个意义上讲，实践又是人的自由生存的根本存在方式。马克思关于实践的论述构成了我们理解实践问题的方法基础。立足于资本主义所开创的现代世界历史，马克思所建立的实践唯物主义哲学，确立了实践的本体论地位，超越了主客二元对立的理论哲学思维，是对传统哲学世界观的革命性转变，其理论目标就是通过哲学的世界化、现存世界的革命化把人从奴役的社会处境中解放出来。从这个意义上讲，马克思主义实践观既是一种恢宏的历史视野，又是通过对传统学说理论进行反观、清理与重构而建立起来的知识批判视野。

我们所说的马克思主义实践观的知识批判视野就是要立足实践的立场、观点，来反思和检讨我们在理解中国马克思主义文学批评的知识内容、历史经验时所存在的问题与偏见。中国马克思主义文学批评所经历的近百年的发展过程，已经成为现代中国摆脱民族危机追寻现代化历史的一个不可分割的有机组成部分，并为此做出了重大贡献。以机械唯物论、认识论为代表的传统马克思主义批评研究视野，并不能完全呈现中国马克思主义文学批评的历史存在价值，也没有看到文学主体论、反映论、文学政治论与马克思主义实践哲学的真正内在本质联系，自然无法发展出建构当代马克思主义文学批评的内在路径和逻辑选择。尽管我们强调了中国马克思主义文学批评的实践思想特点，但是长期却从中国革命和建设的社会功利性方面去强调和考察，并没有把中国马克思主义文学批评的实践逻辑作为一种知识批判视野、问题结构和根本的路径依赖贯穿于中国马克思主义文学批评的体系研究当中，从而无法真正把握中国马克思主义文学批评的根本特质和历史经验价值。

如果从马克思实践观的知识批判视野来看，中国马克思主义文学批评重视文学主体论、文学认识论、文学反映论、文学阶级论，在一定程度上是中国马克思主义文学批评基于自身国情、文化语境的历史选择。中国的历史语境特别是紧迫的革命语境规定了中国马克思主义文学批评的实践问题结构只能将重点放在实践之"用"的方法论层面、认识论层面上，而不是把主要精力用在实践之"体"的本体论、生存论层面上探讨。但是"主观论"论争、文学主体性讨论、文学的人学观念与人道主义立场、人文精神的讨论，则是中国马克思主义文学批评实践问题结构的固有本体层面的逻辑的必然显现。可以说，当代实践美学（包括新实践美学、实践存在论美学）、文学的审美意识形态的提出，在一定程度上是中国马克思主义文学批评实践观的理论主体自觉意识的体现。我们不能停留在理论哲学思维下的实践观来反观中国马克思主义文学批评的体系形态、历史价值，而应该在马克思主义实践观的总体视野下去看待中国马克思主义文学批评的本质内涵、主体性问题、认识论问题、政治问题等一系列基本问题。

我们从实践的角度分析中国马克思主义文学批评体系的形态内涵，可以从三个方面来探讨。一是从中国马克思主义文学批评体系的生成过程，可以看出是实践的主客体双向建构的结果。中国传统的实践型伦理文化批评以及救亡的现实需求推动中国马克思主义文学批评实践体系的形成。二是从中国马克思主义文学批评的历史选择方面看，中国的革命文艺对新的人民大众主体的召唤以及政治实践与文学实践的结合，都在规定着中国马克思主义文学批评的历史选择。三是实践构成中国马克思主义文学批评话语的内在逻辑，从话语的伦理属性、话语的策略选择以及话语的形态表现上都在表明中国马克思主义文学批评话语的实践逻辑属性。

中国马克思主义文学批评的认识论（反映论）问题以及主体性问题，本质上是中国马克思主义文学批评的实践问题结构或者实践逻辑的内在展开。无论从阶级实践主体、人民大众主体、精神主体、艺术生产、实践美学、主体间性问题的讨论，我们都需要建立在马克思主义实践主体论的理解上来测度、评价这些概念的历史合理性和局限性。同样，我们在理解中国马克思主义文学批评的认识论、反映论理论批评模式时，也要从实践认识论、本体论的总体视野去观照反映论文艺观的得与失，以正确认识、评判中国马克思主义文学批评理论模式与苏俄文论批评模式关系、理论与实践关系以及审美反映论与审美意识形态论的关系等。

按照马克思的实践观，"实践"是一个极具包容性特征的概念，它包括生产活动，也包括人的政治活动、道德伦理活动。作为类的存在物的主体根据人自身的根本目的需要在改造客观世界的过程中建立起人与人之间的价值意义关系，这样实践又内在地包含政治伦理属性。实践的政治伦理价值属性构成我们理解中国马克思主义文学批评政治观的重要维度。传统上由于对实践的政治伦理属性的忽视，我们片面地对待中国马克思主义文学批评的政治实践取向，没有厘清文学的政治伦理本质与政治的实用策略的关系。宽泛地谈论政治观无法有效整合中国马克思主义文学批评的历史经验，我们需要进一步细化文学批评的政治观内涵，把它纳入实践的政治伦理问题结构中来厘定中国马克思主义文学批评的政治维度的合理价值。从中国马克思主义文学批评政治观的演变内容过程来看，无论是从传统伦理批评还是从思想改造、革命伦理意识、党性修养分析，我们都可以发现政治伦理价值一直是中国马克思主义文学批评实践价值评判的内在尺度，也是马克思主义文学批评在中国的具体化中值得认真挖掘的实践智慧和历史经验。

　　实践是马克思主义哲学的逻辑原点，实践作为马克思主义文学批评的宏观视野体现了马克思主义人学思想与哲学的本体论、价值论、认识论的统一。正是在马克思主义普遍原理解决中国问题的实践中，实践问题贯穿于中国马克思主义文学批评体系建构的各个理论环节、历史阶段，因此从实践的本体立场、问题结构出发来整体把握中国马克思主义文学批评的体系形态，是深入揭示中国马克思主义批评的理论特征和内在运行机制的一个根本有效的途径。马克思主义文学批评作为一种批评范式，并不是静止僵化的理论存在，而是通过与时代问题、不同文艺批评流派的不断展开开放式的对话来永葆自身的生命力，这种在现实中不断开创马克思主义文学批评理论新境界的实践品格，决定了要以实践为理论基点来构建当代形态的马克思主义文学批评。

第一章 西方实践观与马克思实践观的历史考察

实践是理解中国马克思主义文学批评体系形态特征的一个重要的理论范畴，因此，从历史的角度去梳理实践观的理论演变过程就成为我们解读中国马克思主义文学批评实践观内涵的一个必要的理论基础。我们分析自古希腊以来的西方实践观的理论内容，既是为了清晰呈现实践哲学所关注的基本问题、研究对象和主要任务，也是为了说明马克思实践哲学在西方实践观的理论演变历程中所具有的革命性意义。可以说，马克思的实践观是我们研究中国马克思主义文学批评实践思想特点的一个基本理论参照。

第一节 西方实践观的理论述评

在过去相当长的一段时间内，我们误认为马克思的实践哲学是具有原创性意义的思想，实际上这个看法是不够准确的。随着人们对马克思实践思想研究的深入，人们逐渐认识到马克思实践哲学的背后，有着非常悠久的西方实践哲学传统。这个实践哲学传统，我们可以一直追溯到古希腊的苏格拉底、柏拉图，不过真正开始系统性地论述实践范畴内涵的是亚里士多德。在亚里士多德之后，实践问题一直是西方哲学关注的重要问题，特别是康德、黑格尔等人对实践哲学的重大发展。

一 亚里士多德与康德、黑格尔等人的实践观探讨

在古希腊，实际上在亚里士多德之前，就已经有一些关于"实践"的零散看法。苏格拉底就一改毕达哥拉斯学派和赫拉克利特等人主要从求真的、自然科学的角度探讨"世界是什么"的问题，开始转向人自身，从求善的、社会科学的视野探讨如何成为一个好的良善的世界。希腊德尔斐神庙的名句

"认识你自己"，在苏格拉底那里，不仅成为哲学探讨的基本要求，而且他将这一基本要求和外部的城邦社会世界、共同体中的他人，内在化地联系在一起了。苏格拉底认为："如果你通过为人服务，就会发现谁肯为你服务，通过你施惠于人，就会发现谁肯施惠于你。"① 在和智者希庇阿斯谈论什么是城邦正义的时候，他认识到一个人的言论与行为的统一性，也就是说，他初步认识到了理论和实践的统一性问题，而且他特别强调实践行为的重要性，认为"行为比言论更有凭信的价值"，"对城邦来说，同心协力是最大的幸福！"② 柏拉图继承和发展了苏格拉底的实践思想，并进一步将这一思想集中于国家、法律、正义、理想国等公共性的政治实践领域。他在《国家篇》中深刻指出："一个人一定不能允许自己灵魂的各个部分相互干涉，做其他部分该做的事，而应当按照'正义'这个词的真实意义，安排好自己的事，首先要能够成为支配自己的人，能做到自身内部秩序良好"，"这样一来，他就成了一个人，而不是许多人。这个时候，如果他必须做些什么，那么他就可以转入实践，无论是挣钱、照料身体，还是从事某种政治事务或私人事务，所有这些行为都堪称正义的和高尚的"。③ 柏拉图将实践看作能自觉意识到个体与城邦整体利益协同一致的公民主体行为，这一主体行为并且和追求城邦正义是统一的。但是应该看到，无论是苏格拉底还是柏拉图，他们都没有对实践概念进行明确的界定和系统的论述，在他们那里实践常常是宽泛而充满歧义的。

考察实践哲学的历史发展过程，可以说亚里士多德是第一个真正把实践概念纳入哲学并进行系统性思考的人。④ 亚里士多德之所以将实践纳入哲学思考，一个重要原因是与古希腊城邦社会存在的危机密切相关，特别是公元前490年波斯的大举入侵、数次伯罗奔尼撒战争，这些战争不仅消耗了希腊的实力，也引发了人们对古希腊政治文明制度的思考。随着古希腊雅典城邦制的衰落和不断出现的城邦政治生活危机，古希腊知识界开始对政治共同体与社会秩序、公民权与个体自由、道德与善等政治伦理议题较为关注。何谓政治共同体，它的本性是什么，如何在一个共同体中让个体的行动达于至善、臻于幸福，这是引发亚里士多德对实践命题关注的现实原因。

亚里士多德在实践概念上的思索来源于对城邦政治生活问题的协商与筹

① ［古希腊］色诺芬：《回忆苏格拉底》，吴永泉译，商务印书馆1984年版，第31—32页。
② 同上书，第163、165页。
③ ［古希腊］柏拉图：《柏拉图全集》（第二卷），王晓朝译，人民出版社2003年版，第424页。
④ 参见张汝伦《历史与实践》，上海人民出版社1995年版，第95页；叶汝贤、李惠斌主编《马克思主义实践哲学的现代解读》，社会科学文献出版社2006年版，第10—66页。

划，他更为关注如何通过实践改善城邦的治理，以实现城邦最高的善。与柏拉图重视各门知识的联系不同，亚里士多德注重知识的分类，通过对研究对象的分解来解决问题。亚里士多德将各门知识主要分为三类，即理论的知识（*theoria*）、实践的知识（*Energeia*，或者 *praxis*）和创制的知识（或制作，*poiesis*）。实践知识不同于个人经验活动（个别性的"*practice*"）、技艺生产知识（包含普遍性的创制"*poiesis*"、做"*doing*"）、理论部门的知识（纯粹理论，*theoria*），它的目标在达于善治、良善的幸福生活，其行为本身就是有目的地实践（*praxis*）。在亚里士多德看来，经验活动大致类似创制、技艺活动，人们通过经验活动得到技艺生产知识。技艺的生产、制作活动，目的在于外部产品的生成实现，它关心产品的好坏，而实践的目的就是活动本身，它不关心产品的外在生成实现，更关注实践活动本身的善恶好坏。例如建筑技术是一种技艺，也是一种与制作、生产相关的生成某种事物的活动，而人们对德性、修养、正义、幸福的追求活动，其活动本身就是目的。亚里士多德在《形而上学》中认为："不完成目的的活动就不是实践。实践是包括了完成目的在内的活动。"① 所以亚里士多德说"人的每种实践与选择，都以某种善为目的"②。亚里士多德认为实践是自身构成目的的正确行为，它体现的是人生价值和意义的圆满完成和实现，也就是说实践是求好、求善的人的理想活动。理论之学则是以求真为目的的人的最为高级的沉思活动，它与创制、生产劳动距离最远。生产劳动只是满足人的基本生存需要的活动，它以产品为目的，自身只是手段，而只有实践是以行为自身为目的，是与他人和社会的福祉相关的活动，从这个意义上讲实践主要是指人的伦理道德行为和政治行为。

亚里士多德的实践概念更关注道德伦理、政治活动领域，以求善为目的，而且他认为城邦政治追求的善是最为高贵、完满的善。在这个意义上讲，亚里士多德的实践哲学更重视政治伦理层面的善的实现问题，这个政治伦理层面的核心问题就是人选择什么是最有利于实现幸福生活的一种价值判断能力，亚里士多德称之为"实践的智慧"（*phronesis*，又译为"明智""睿智"）。这个概念在亚里士多德那里是一个较为复杂的概念，究其原因可能在于他认为城邦共同体的探讨既牵涉不断变化的具体的现实经验生活，又关联到普遍性的形而上学的伦理实体，如幸福与善的问题，这就需要一个知识的桥梁连接这两个不同的理论区域，而这个桥梁就是"实践的智慧"。所以亚里士多德指

① ［古希腊］亚里士多德：《形而上学》，吴寿彭译，商务印书馆1959年版，第178页。
② ［古希腊］亚里士多德：《尼各马可伦理学》，廖申白译注，商务印书馆2003年版，第3页。

出："明智（实践的智慧）是一种同善恶相关的、合乎逻各斯的、求真的实践品质。"① 亚里士多德的实践智慧不仅包含工具理性、手段的层面，更重要的是它要上升到伦理的善这个终极目的的价值层面，使得人的行为活动趋向良善，合乎德性和理性的决定，这也是亚里士多德实践哲学的价值精义所在。亚里士多德还区分了理论智慧和实践智慧的差异，他认为实践智慧处理的是与人的事务密切相关的事情，而且实践智慧主要考虑的是个别的东西、具体的事实，善于考虑、深思熟虑、考虑得好、恰到好处是实践智慧的主要特点。在一般意义上而言，富有实践智慧的人善于通过推理把握具体事务而实现人的最大的善，它是一种求好的行动。而理论智慧则考虑更多的是与普遍性相关的东西，它关注永恒的、不变的事情，它主要通过证明、始因的推论寻求事物的原因，解答事物存在的普遍、必然的规律。可以说，亚里士多德的实践观具有丰富的理论内涵和思想的延展性，他对实践、创制、理论知识的划分，以及对理论智慧与实践智慧的深刻认识，对后来西方实践哲学的发展都具有深远影响，尽管当今时代出现了新的变化和新的问题，他的实践观仍然具有理论价值和现实意义。

　　亚里士多德对马克思的影响是巨大的，麦卡锡认为："从马克思关于认识论和方法论的整个著作范围来考察，我们可以试探性地总结出，马克思的实践观念应当被理解为更切近于亚里士多德所指的 *phronesis*（实践智慧），而非他所指的 *techne*（技术知识）。"②马克思与亚里士多德实践观的渊源，至少让人明白从马克思的博士论文到后来的思想成熟背后有一个巨大的古典传统的支撑，而不是仅仅把马克思理解为一个承接德国古典哲学、古典政治经济学传统的现代性的批判者。亚里士多德对实践的整体思考，反映了古希腊人令人敬佩的古典智慧，他洞见了苏格拉底以来以工具理性思维为代表的西方传统的另一面，及其存在的问题。苏格拉底提出"美德即知识"，而亚里士多德则是看到了这种理论理性的脆弱性。实践作为人类才具有的一种反思性行为的范畴，它是人类自身内在的一种要求，尽管实践在逻辑上和工具性关联，但它是本身即为目的（如生活、幸福、看、沉思）的活动。需要指出的是这种建立在自然秩序基础上的城邦视野必然由混沌性的和谐统一走向一种现代的分离，并在更高的一种社会层次上寻求统一整合，也可以说马克思实践哲学的现实意义和理论价值也在于此。

---

① ［古希腊］亚里士多德：《尼各马可伦理学》，廖申白译注，商务印书馆2003年版，第173页。
② ［美］麦卡锡：《马克思与古人——古典伦理学、社会正义和19世纪政治经济学》，王文扬译，华东师范大学出版社2011年版，第139页。

亚里士多德之后，形成了以弗兰西斯·培根、笛卡儿为代表的实证主义的实践观和理论理性为基础的认识论实践观。康德继承和发展了古希腊的实践哲学传统和近代的经验主义、理性主义实践传统，他从"1. 我能够知道什么？2. 我应当做什么？3. 我可以希望什么？"① 这三个根本的理性问题出发提出了理论哲学和实践哲学、思辨理性和实践理性的知识划分，并在此基础上构建了以实践理性为核心的实践哲学体系。康德对实践哲学的思考集中在他的三大批判之一《实践理性批判》里面。康德继承了亚里士多德把实践纳入道德、政治伦理领域当中来探讨的思考路径，并赋予了这个领域的拱顶石——建基在"先验的自由"，这个"纯粹的实践理性"要素之上。康德认为要想摆脱在纯粹理性知识领域中自然因果律的二律背反问题，以实现现象界与本体层面、认识与实践的合目的性统一，哲学就要在整个理性知识体系内纳入实践理性，以便构建以自由为根基的先验的实践理性哲学。康德的实践哲学观就是要在道德伦理领域内，实现个体从实践理性出发，凭着自由意志在现实感性经验中世界执行良善的道德法则，追求并实现自己的自由，所以康德说："实践理性现在就独自地、不与思辨理性相约，就使因果性范畴的一个超感性的对象亦即自由，获得了实在性（尽管是作为实践的概念也只是为了实践的运用），因而通过一个事实证实了在那里只能被思维的东西。"② 如果说理论理性是解决人如何认识外在客观世界的自然法则，确认人的"先天综合判断如何可能"的命题，以寻求知识的普遍必然的客观有效性，那么在实践理性则是先验知识原理应用到日常生活领域以论证它的性质和表现。从这个角度看，李泽厚认为："康德在伦理学方面的巨大贡献，正在他毫不含糊地坚持道德不是根源于感性的人（总是以个体存在为现实基础）的幸福、快乐和利益，它是超越于这种经验感性之上的先验的绝对命令，人不得不服从于它而行动。"③

从一定意义上讲，康德是介于亚里士多德和马克思之间承上启下的重要人物，他承袭了传统的实践观，又开启了新的现代实践哲学理念。在康德那里，实践有着严格的概念规定和使用范围，他反对实践概念的扩大，主张把实践主要限定为道德生活本体上的自由问题，而且他把实践理性与亚里士多德的实践智慧思想联系起来，他认为："在实践上、亦即为了我们的合理性的行为的准则而充分规定这个理念，这也就是智慧学，而智慧学作为科学又是

① 李秋零主编：《康德著作全集》（第3卷），中国人民大学出版社2007年版，第514页。
② 李秋零主编：《康德著作全集》（第5卷），中国人民大学出版社2007年版，第7页。
③ 李泽厚：《李泽厚哲学文存·批判哲学的批判》（上编），安徽文艺出版社1999年版，第326页。

古人理解这个词的意义上的哲学，在古人那里，哲学曾是对至善必须在其中设立的那个概念和至善必须借以获得的那个行为的指示。"① 在论证纯粹思辨理性与纯粹实践理性谁处于优先性地位时，康德指出："在纯粹思辨理性与纯粹实践理性结合成为一种知识时，后者占有优先地位，因为已经预设的是，这种结合绝不是偶然的和随意的，而是先天地基于理性本身的，因而是必然的。"② 尽管他是在抽象的纯粹实践理性领域中，强调实践的优先性地位，却打破了以笛卡儿为代表的认识论实践观将理性和实践、认识和实践对立起来的观点，这也预示着后来马克思实践观的进一步发展。康德对现代启蒙理性的局限性认识表明，康德对实践理性的理解具有了现代的意识与内涵。对于理性的越界与僭妄，康德认为要为理性能力划界并用实践理性为之校正，正是在这个意义上康德说："理性作为诸原则的能力，规定着一切心灵力量的兴趣，但它自己的兴趣却是自己规定自己的。它的思辨应用的兴趣在于认识客体，直到那些最高的先天原则，而实践应用的兴趣则在于就最终的和完备的目的而言规定意志。"③康德认为实践理性作为主体的一种理性能力，有别于思辨理性要认识先验的客观原则，它的目的在于理性主体的存在价值本身，这种鲜明的实践主体性转向对马克思从主体、感性的角度来理解人的生存活动具有重大的启示意义。学术界多重视黑格尔传统对马克思的影响，而往往忽略康德的思想特别是他的实践哲学思想对马克思的重大影响，这的确是值得令人深思的问题。

继康德之后，黑格尔对实践哲学的重大发展首先是把实践纳入历史的发展轨道，给实践哲学注入了巨大的历史感。黑格尔将实践与历史问题结合起来，既是对康德、费希特、谢林实践观的继承和发展，更是建立在自身绝对理念哲学体系的历史运动基础上提出来的。黑格尔认为："哲学用以观察历史的唯一'思想'便是理性这个简单的概念。'理性'是世界的主宰，世界历史因此是一种合理的过程。……'理性'并不是毫无能为，并不是仅仅产生一个理想、一种责任，虚悬于现实的范围以外、无人知道的地方；……它既然是它自己的生存的唯一基础和它自己的绝对的最后的目标，同时它又是实现这个目标的有力的权力，它把这个目标不但展开在'自然宇宙'的现象中，而且也展开在'精神宇宙'世界历史的现象中。"④ 黑格尔那里理念具有在现

① 李秋零主编：《康德著作全集》（第5卷），中国人民大学出版社2007年版，第115页。
② 同上书，第129页。
③ 同上书，第127页。
④ ［德］黑格尔：《历史哲学》，王造时译，上海书店2006年版，第9页。

实世界中实现自己、创造自己的实践意志，这个实践意志在现实世界的展开过程，即是理性实现自己的世界历史实践过程。但应当注意的是黑格尔的历史不过是绝对精神理念自我实现的运动史，而实践在这种运动中不过是理念自我实现的对象化的精神劳作，远没有在马克思那里获得它应有的现实意义。黑格尔把康德对实践推进的东西又重新回到思辨理性的抽象领域。

值得指出的是，黑格尔深刻论述了理论与实践活动的辩证关系。在《精神哲学》中，黑格尔从理论精神和实践精神这两种关系出发，深刻说明了理论与实践的辩证关系，他认为理论和实践活动都内在统一于自在自为存在的理性之内，同时它们又有着相互不同的规定内容："在理论精神中占支配的是知的冲动，即对知识的追求。……实践精神采取相反的出发点，它不是像理论精神那样从表面上独立的客体开始，而是从自己的目的和兴趣，因此是从主观规定开始，而进展到使这些规定成为一个客观东西的地步。"① 黑格尔认为理论与实践活动都具有自身的片面性，只有把认识和实践结合起来，才能达到主观与客观的统一，因此它们的关系是相互规定、相辅相成的，所以他说："理论的东西本质上包含于实践的东西之中。……人不可能没有意志而进行理论的活动或思维，因为在思维时他就在活动。"② 这已经非常接近马克思对于理论与实践关系的辩证理解了。

总体上而言，黑格尔基于绝对理念哲学体系对实践持思辨的抽象理解，把实践当作观念领域内主体自我实现的中介环节，而现实活动不过是印证了这种观念实践的外部表现。显然黑格尔没有像康德那样认识到人的理性能力在实践活动中实现外部扩展的现实意义，而热衷于为世界寻求一般性的普遍原理，这是典型地仅满足于去解释世界的理论思维。在康德、黑格尔、费尔巴哈理论止步的地方，马克思把实践哲学思想又进一步向前推进。马克思继承和发展了黑格尔的实践观，将其纳入历史唯物主义的轨道，把实践活动看作观念主体通过自身的不断外化、对象化等历史性活动的展开过程，并在这一对象性的创造活动中确证人自身的本质力量，从而最终在主观世界与客观世界、自在世界与属人世界的统一中实现人的自由存在的最高生存实践旨趣。

费尔巴哈是通过对黑格尔哲学的颠倒，逐渐完成由唯心主义到唯物主义的转变，确立了人本主义的实践哲学立场。但费尔巴哈的实践观是建立在抽象的人的概念基础上的感性直观意识，他没有把人看成全部世界历史的感性

---

① ［德］黑格尔：《精神哲学》，杨祖陶译，人民出版社 2006 年版，第 245 页。
② ［德］黑格尔：《法哲学原理》，范扬等译，商务印书馆 1961 年版，第 13 页。

实践活动的产物，而只是将人理解为具有抽象的爱、幸福、尊崇等感性意识的自然存在的人。本质上而言，费尔巴哈所谈论的人是抽离了历史具体内容和特定条件的生物学意义上的人。所以费尔巴哈在《基督教的本质》中认为："如果人的本质就是人所认为的至高本质，那么，在实践上，最高的和首要的基则，也必须是人对人的爱。（对人来说，人就是上帝）——这就是至高无上的实践原则，就是世界史的枢轴。"① 他把具有类意识倾向的人对人的爱看成实践的最高原则，可见他虽然恢复了人的感性、感情意识的地位，看到了作为肉身化存在的人，但他只是将人看成纯粹自然的联合体，而不是从人的社会生活、社会存在的角度理解人。他谈论的人只是爱等感性的对象、精神的自我意识、主观幻想的对象，而不是要在现实世界中行动，进而实现自我本质力量的感性的活动，所以马克思认为："他把人只看作'感性对象'，而不是'感性活动'，因为他在这里也仍然停留在理论领域，没有从人们现有的社会联系，从那些使人们成为现在这种样子的周围生活条件来观察人们——这一点且不说，他还从来没有看到现实存在着的、活动的人，而是停留于抽象的'人'，并且仅仅限于在感情范围内承认'现实的、单个的、肉体的人'。"② 恩格斯也认为"在费尔巴哈那里，爱随时随地都是一个创造奇迹的神，可以帮助克服实际生活中的一切困难"，"在现实世界面前，是和康德的绝对命令一样软弱无力的"。③ 恩格斯认为费尔巴哈没有找到他所批判的思辨理性王国走向现实生活世界的道路，他仅看到自然界和人，但是没有看到现实的人及其历史发展。由于费尔巴哈对人的理解是以自然的、生理学意义上的感性实体，而不是历史实践活动过程的主体，所以他的实践是直观的唯物主义，并没有完全克服以黑格尔为代表的德国古典哲学思辨性的实践观。

但是，我们也要看到费尔巴哈在一定程度上揭示了实践的唯物主义特征。尽管费尔巴哈提出的"感性的对象"没有达到实践唯物主义的高度，但是他的直观唯物主义对人的感性维度的强调，揭示了实践的感性特征。费尔巴哈从人的存在、本体论的高度谈论人的爱、欲望、意志等直观的感性对象，他说："人的最内秘的本质不表现在'我思故我在'的命题中，而表现在'我

---

① ［德］费尔巴哈：《费尔巴哈哲学著作选集》（上卷），荣震华等译，商务印书馆1984年版，第315—316页。

② ［德］马克思、恩格斯：《马克思恩格斯文集》（第一卷），人民出版社2009年版，第530页。

③ ［德］马克思、恩格斯：《马克思恩格斯文集》（第四卷），人民出版社2009年版，第294页。

欲故我在'的命题中。"① 他认为感性的存在是人的本初意义上的存在方式。费尔巴哈这里提出人的本质是人、人的自然存在问题，这是费尔巴哈以感性为基础的"新哲学"对传统形而上学史上关于"人的存在"和"人的本质是什么"的唯物主义回答。他在《未来哲学原理》中直接将实践与人的生存、存在的本体论问题联结起来，这无疑是具有重大理论意义的："如果有人辩驳道：黑格尔关于存在的说法和这里不一样，他不是从实践立场说的，而是从理论的立场说的，那么就该回答他说：这里正好是应当从实践立场说话的地方。关于存在的问题，正是一个实践的问题，一个涉及我们的存在的问题，一个关于生死的问题。"② 费尔巴哈以感性为理论基础的唯物主义所蕴含的生存论路向，预示着马克思实践生存论或实践存在论学说的开启，这也是对传统理论理性实践观致思路径的一种重要的范式转换。

整体上看，在亚里士多德之后，实践哲学传统一直没有得到足够的重视，特别是近代启蒙运动以来一直受到启蒙理性的挤压，这种启蒙理性在康德那里就是以先验理性原则为基础的理论理性，它实质上是人类工具理性的无限扩张。不过也正是从德国古典哲学时代开始，实践及其理论结构中的实践理性要素在理论哲学领域中获得了重要地位，这为后来马克思建立历史唯物主义为基础的实践哲学体系打下了传统基础。马克思正是在现代资本主义世界发展的新的时代境遇中提出实践学说的。理论理性、工具理性的无限扩张在带来现代资本主义文明现代性的同时，也带来了一系列的新问题，这些问题反映在西方哲学理论结构内部，就是理论与现实、思维与存在、感性与理性、主体与客体的活动陷入了一种无法和解的矛盾与冲突当中。作为一种回应，马克思结合时代问题批判性地反省了这种理论哲学传统，对哲学传统进行了革命性转换，创立了实践唯物主义学说，赋予了人的实践、实践理性一种本体论的地位。

二 以胡塞尔、海德格尔为代表的现代实践观

在传统理论哲学视域下谈论实践问题，即使给予了实践在哲学体系上的地位，但由于问题解决的思想框架，基本上还是停留在像康德那样，把理论理性和实践理性分割为现象界和本体界两个知识层面上，最后建立的只能是理性的或者像黑格尔那样的绝对独立存在的自我意识的抽象之物，所以理论

①［德］费尔巴哈：《费尔巴哈哲学著作选集》（上卷），荣震华等译，商务印书馆1984年版，第591页。

② 同上书，第159页。

哲学的致思路径并没能真正解决人的本质是什么以及人与自然、现实社会的实践关系等问题。马克思在《德意志意识形态》中认为："在思辨终止的地方，在现实生活面前，正是描述人们实践活动和实际发展过程的真正的实证科学开始的地方。"① 马克思是立足于人的历史性的现实生存活动来理解人的实践问题的，马克思哲学革命的根本转换在于不再去追问人的本质是什么的形而上学问题，而是去追问人是如何存在、理论活动与人的生活实践的关系，以及如何在现实的存在中真正实现人的解放的历史实践问题，所以马克思主义的实践观开启了现代西方以胡塞尔、海德格尔为代表的生活世界哲学观和存在论（生存论）实践观的探讨。

在马克思看来，"全部社会生活在本质上是实践的"，这一思考路向开启了现代西方哲学的生活世界转向。在马克思之后，胡塞尔建立了以生活世界为本体论基础的现象学实践观。胡塞尔在前期的理论工作主要是对先验意识的本质结构的分析，后期胡塞尔有感于现代欧洲科学的危机开始转向对生活世界的探讨。在胡塞尔看来，"科学危机所指的无非是，科学的真正科学性，即它为自己提出任务以及为实现这些任务而制定方法论的整个方式，成为不可能的了"②。以客观实证科学为代表的现代科学遗忘了世界的价值本性以及在其中的人的生存的本真意义，胡塞尔认为这个危机是自文艺复兴期间的科学革命以来，客观主义占主导地位的直接后果。要克服科学的这一危机，就必须回到科学世界的真正基础——生活世界当中。胡塞尔认为生活世界是一个前科学的日常经验世界，是人们共同拥有的共同体世界，是不言而喻的前提，是一切意义和价值发生的源泉，它提供了科学世界的充分性基础，现代科学的工具理性观所理解的世界只是生活世界的局部，胡塞尔从存在、生存论的角度阐明这个问题的重要性："生活世界对于人类而言在科学之前已经一直存在了，正如同它后来在科学的时代仍继续其存在方式一样。因此人们可以提出生活世界本身的存在方式问题；人们完全可以站到这个直接直观的世界的基础之上，排除一切客观的科学的意见和认识，以便全面地考虑，在生活世界所特有的存在方式方面，会产生什么样的'科学的'、因此可普遍有效地判定的任务。"③

胡塞尔以生活世界为本体的现象学实践观，是其通向先验还原获得世界

---

① ［德］马克思、恩格斯：《马克思恩格斯文集》（第一卷），人民出版社 2009 年版，第 526 页。

② ［德］胡塞尔：《欧洲科学的危机与超越论的现象学》，王炳文译，商务印书馆 2001 年版，第 13 页。

③ 同上书，第 149 页。

价值和真理性的一个通道。现象学哲学思维态度通过对生活世界现象的本质还原、悬搁，回到周围世界存在之前更纯粹、直观的世界或者说纯粹的先验意识、先验自我，于是生活世界的根基、知识基础获得最终的奠基，所以胡塞尔说："在这些互为基础的局部态度的这种变换中——在这里，集中注意生活世界中现象的态度被当作出发点，即被当作通向更高水平上的相关的态度之超越论的指导线索——超越论还原的普遍的研究任务就得以实现了。"① 由此观点出发，如何认识纯粹的先验自我、先验意识就成为解决问题的关键，胡塞尔就此提出了交互主体实践观或主体间性实践观。

胡塞尔的主体间性实践观的提出，是建立在对先验主体、先验自我的理论逻辑认识上的。胡塞尔认为"只有先验主体才有其绝对存在的存在意义，只有它才是'非相对性的'（即只相对于自身的），而实在世界虽然是存在的，但具有一种针对此先验主体的相对性，因为它只有作为先验主体意向的意义产物才具有其存在意义"②。但是先验自我要达到对世界的可靠认识，就需要排除世界独自为我的认识限制，将先验主体还原为一种共在主体、先验主体共同体或"交互主体"，这种"先验主体共同体因此是这样一种东西，在其中实在世界是作为客观的，作为对'人人'都存在的东西被构成的"③。先验主体共同体是先验统觉意义的普遍主体，它是人人能够相互理解的基础。这样胡塞尔的交互主体理论就超越了传统形而上学所存在的主客二元对立问题，而达到对世界的真理认识，因此"胡塞尔坚信，只有借助于交互主体性理论，才可能完成对实在是什么的哲学理解。这样，他就把交互主体性的——先验的社会性，刻画为一切实在真理和存在的根源"④。应该看到胡塞尔的生活世界实践观包括主体间性实践观在内，具有强烈的主观主义性，他把生活世界的实践内容看作其先验知识还原的逻辑出发点，而不是看作生活的本质，在他那里最终构成生活本质内容的不过是纯粹的意识、抽象化的概念理解，胡塞尔鲜明指出："直接将一切实践构成物（甚至作为文化事实的客观科学的构成物，尽管我们克制自己不对它们发生兴趣）吸收到自身之中的生活的世界，

---

① ［德］胡塞尔：《欧洲科学的危机与超越论的现象学》，王炳文译，商务印书馆 2001 年版，第211 页。

② ［德］胡塞尔：《纯粹现象学通论》，李幼蒸译，商务印书馆 1992 年版，第 460—461 页。

③ 同上书，第 460 页。

④ ［丹］扎哈维：《胡塞尔先验哲学的交互主体性转折》，藏佩洪译，《哲学译丛》2001 年第 4 期，第 3 页。

在不断改变的相对性中当然是与主观性相关联。"① 胡塞尔实践观的唯心主义特征在于他并没有真正贯彻作为人类普遍境域的社会生活世界，他本质上仍然像康德那样在现实的彼岸世界构建了一个类似物自体的先验理念世界。

客观地看，胡塞尔的交往主体实践观对后来以哈贝马斯为代表的马克思主义交往实践观的提出具有重大的理论启示，他的实践观深化了人们对马克思实践主体性观点的理解，重新认识到马克思实践哲学的当代意义。胡塞尔的生活世界理论或者说生活世界实践观与马克思以实践为本体的生活世界理论具有一定程度的契合性。② 但是回归真实的生活世界本身，不是从地上升到天国，用抽象神秘的思辨来搁置或遮蔽丰富的生活世界内容，而是要回到历史的感性的人的实践活动，用现实的人的物质生活、生产方式来说明世界本身及其价值意义，这是胡塞尔实践观给予人们最大的理论启示。

由于胡塞尔致力于使哲学成为一门为所有科学提供基础的知识学或严密科学，所以整体上胡塞尔仍然处于传统哲学特别是近代哲学的理论路向上，有鉴于此，海德格尔继承并改造了胡塞尔的现象学思想，这种改造主要表现在两个方面："一是把先验意识的现象学改造成为'存在现象学'或'此在现象学'；二是把本质直观的现象学改造成为'现象学的解释学'。"③ 表现在实践观的认识上，海德格尔的存在论实践观是西方实践哲学史上对实践研究的一次重要推进。海德格尔是从存在现象学或存在论的角度对人类行为的存在论层次，这个根本前提出发来研究实践的。不过应当注意的是，海德格尔对存在问题并没有完全彻底地展开，在他的代表作《存在与时间》中更多的是关注"此在与时间"的问题，所以他的存在论实践观更多的是表现为生存论的实践观。

海德格尔的存在论哲学就是要追问存在的意义，认为实践是人的存在的展开，人的实践正是在存在的展开过程中被赋予了生存论意义，这个问题之所以重要就在于："任何存在论，如果它不曾首先充分澄清存在的意义并把澄清存在的意义理解为自己的基本任务，那么，无论它具有多么丰富多么紧凑

①　[德] 胡塞尔：《欧洲科学的危机与超越论的现象学》，王炳文译，商务印书馆2001年版，第210页。

②　杨耕：《为马克思辩护——对马克思哲学的一种新解读》，中国人民大学出版社2010年版，第359页。

③　倪梁康：《现象学及其效应——胡塞尔与当代德国哲学》，商务印书馆2014年版，第166页。

的范畴体系，归根结底它仍然是盲目的，并背离了它最本己的意图。"① 人的一切实践活动，包括理论活动，都是以存在论为基础而具有了意义，所以对实践的思考首先是对实践之为实践的始源意义的追问，国内学者张汝伦认为海德格尔的存在论实践观的重要性在于："它不具体研究和告诉我们应该做什么，但却使任何做有意义。世界正是在这种行为中产生的，而我们的一切行为和对行为的评判只有在此世界中才有意义。就此而言，我们完全有理由称海德格尔哲学为源始实践哲学。它不是与理论哲学相对立，而是揭示一切人类实践和理论的存在论条件。它本身当然是理论，但它的研究对象却是（源始意义上的）真理在人的存在中展开。由于这种展开，人的任何实践才有意义，才是实践。"② 海德格尔使人的实践与存在论问题联结了起来，复兴了以亚里士多德为代表的古希腊时期的古典实践观，打破了传统西方理论哲学单纯以主体理性角度贬低实践的片面认识，将实践活动提升到人的本体存在意义的高度。

总体上而言，西方实践观的发展历史，既具有清晰的历史发展脉络，同时也有它问题框架不断经历转换的复杂演变过程。如何理解实践在不同的历史时段所经历的这种复杂转换过程，就成为深入认识实践的关键点。可以说考察西方的实践观历史，就是考察实践与存在、实践与自由、实践与理性、实践与理论、实践与主体，这些基本概念的问题演变历史。历史是理解实践范畴的本体论条件，人的实践活动的历时性展开构成了人类存在的历史，就此而言实践是对人的本质的历史规定。实际上只有到了马克思的历史实践哲学那里才真正解开了实践的本质之谜，马克思实践唯物主义的建立是对西方实践哲学传统的继承和创造性发展。本质上讲，从古希腊亚里士多德的实践探讨开始到马克思的实践哲学、现代西方实践哲学，西方实践观的历史就是人们关注人的生存自由，试图通过人的实践理性、实践智慧不断提升对人类文明价值进行反思，以实现人的自身全面解放、社会得以善治的历史。

---

① ［德］海德格尔：《存在与时间》，陈嘉映等译，生活·读书·新知三联书店 2006 年第 3 版，第 13 页。
② 张汝伦：《海德格尔的实践哲学》，《哲学研究》2013 年第 4 期，第 66—67 页。

第二节　实践观与马克思哲学思想的根本变革

马克思的实践观是对自古希腊以来的西方实践哲学思想的革命性变革。马克思的实践观，一方面继承了西方实践观的一些研究对象和理论内容，另一方面马克思又对西方实践观的内涵进行了革命性转换和创造性发展。具体来讲，马克思实践观内涵的这种革命性转换和创造性发展，主要体现在哲学形态、哲学思维方式、哲学本体论的根本变革这三个方面。

一　马克思实践哲学的革命变革

（一）哲学形态的根本变革：从理论哲学到实践哲学的转变

哲学的一个重要问题是理论与实践的关系问题，但是传统哲学一直充当理论的合法代言人。强调理论优先性地位的传统理论哲学忽略了理论与实践的内在统一性，无限扩张理论的作用，热衷于建立一个包罗世间万象的理性观念体系。实际上代表人类现实生活本质内容的实践一直在不断地打破哲学的这种形而上学企图，马克思的实践观正是西方这种实践哲学传统从量变到质变发展的结果，可以说马克思的实践哲学真正开始了哲学形态的根本转变，确立了实践在整个哲学问题中的基础地位，在《关于费尔巴哈的提纲》中他认为："哲学家们只是用不同的方式解释世界，问题在于改变世界。"① 马克思从哲学观、世界观的本体意义层面指出，传统理论哲学的根本弊端，就是醉心于通过理论思维构建形而上学体系大厦去阐释现实世界，而忘记了哲学的根本意义在于它的现实性、它与现实生活的固有联系，哲学只有面对人类的现实感性活动、人的生活世界的实践理性活动，才能实现它作为哲学理论的价值意义。

以黑格尔为代表的思辨理论哲学，将哲学导向了一种抽象神秘的唯心主义绝对观念论当中去，颠倒了观念与现实世界的根本关系。这种理论哲学观强调理论、理论理性对实践、实践理性的根基性作用，主张通过人的理论理性解决万物的本原、本体、终极实在问题，因此人们用同一性哲学、本质主义、逻各斯中心主义、理性形而上学等称谓都是从不同视角揭示了传统理论哲学的基本特征，哈贝马斯在《后形而上学思想》中认为："撇开亚里士多德

---

① ［德］马克思、恩格斯：《马克思恩格斯文集》（第一卷），人民出版社 2009 年版，第 502 页。

这条线不论，我把一直可以追溯到柏拉图的哲学唯心论思想看作'形而上学思想'，它途经普罗提诺和新柏拉图主义、奥古斯丁和托马斯、皮科·德·米兰德拉、库萨的尼古拉、笛卡儿、斯宾诺莎和莱布尼茨，一直延续到康德、费希特、谢林和黑格尔。古代唯物论和怀疑论，中世纪后期的唯名论和近代经验论，无疑都是反形而上学的逆流。但它们并没有走出形而上学思想的视野。"① 哈贝马斯认为传统理论哲学走向形而上学，就是用"强大的理论概念"为人类的活动确立一个先验普遍的指导原则，从而使哲学远离了人们的日常经验和现实兴趣，逐渐形成了绝对主义的理论理性观。马克思则认为："在思辨终止的地方，在现实生活面前，正是描述人们实践活动和发展过程的真正的实证科学开始的地方。⋯⋯对现实的描述会使独立的哲学失去生存环境，能够取而代之的充其量不过是从对人类历史发展的考察中抽象出来的最一般结果的概括。这些抽象本身离开了现实的历史就没有任何价值。"② 哲学应该面对人类的现实社会生活，传统理论哲学远离感性的人的活动、社会生活，使哲学成为对现实历史没有任何意义的精神思辨活动，因此哲学首先要回到现实，回到人们感性的实践活动。

马克思认为理论深植于人的现实生活的实践当中，即"社会生活在本质上是实践的"③，因此实践相对于理论是处于优先地位的。理论哲学追求知识的终极性解释，它的知识逻辑的推理形式是抽象归纳的，这种抽象归纳过程就是不断舍弃具体丰富的现实生活内容，最终确立放之四海而皆准的普遍真理。实践哲学则不同，实践哲学认为理论的普遍性导源于实践的具体性、多样性、广泛性，它的知识逻辑的推理形式是具体演绎的，这种具体演绎过程不是抽离理论与生活的联系，而是要充分考虑到现实生活的复杂性、具体性，最终实现理论指导和实践行动的圆满合一，即达到善的结果。国内有学者在谈到马克思与当代后现代哲学的不同时实际上也指出了这样一个区别："马克思哲学又与后现代主义哲学有着根本性的区别，那就是它虽然反对体系哲学，反对理论哲学的方式，但并不一般地反对理论体系，反对理论思维。这是因为否定理论活动主体能够绝对地超越于生活世界之上，并不否认理论主体能够相对地超越于现实生活，能够借助于语言符号的作用象征性地超越于现实世界。但既然是相对的超越，那么，由此构造的理论体系便不具有理论所设

---

① ［德］哈贝马斯：《后形而上学思想》，曹卫东等译，译林出版社 2001 年版，第 28 页。

② ［德］马克思、恩格斯：《马克思恩格斯文集》（第一卷），人民出版社 2009 年版，第 526 页。

③ 同上书，第 505 页。

想的那种绝对性、封闭性，而只能是一种相对的、开放的体系。"① 可以说，经过思想的根本变革之后，"哲学"这个范畴在马克思那里发生了重要变化，哲学不再是抽象思辨的纯粹理论体系，而是来自理论与现实生活之间的动态交往与当下建构，也是理论回到历史生活，从历史生活上升到理论的互文性过程。按照詹姆逊在《晚期资本主义的文化逻辑》中所说的，"马克思主义既不是本体论也不是哲学"，"马克思与弗洛伊德两者的独到之处在于，它们都致力于马克思主义传统中所谓的'理论与实践的结合'。也就是说，世界上并不存在任何可以写在纸上的马克思主义哲学体系"。② 可以说，马克思的哲学革命变革就是要使哲学走出形而上学的理论思辨误区，让哲学面对感性动态的社会生活、实践问题，从而实现哲学与社会实践的相互推动、相互发展，永葆哲学理论的生机与活力。

（二）哲学思维方式的根本转变：实践的思维方式

马克思的实践观实质上代表了一种全新的世界观，而世界观的转变必然表现为思维方式的转变。哲学思维方式的转变意味着思考哲学问题的基本进路或范式的转换。从这个意义上讲，马克思实践观的革命性变革也就是由理论思维方式向实践思维方式的变革。马克思实践思维方式的变革就是要以实践作为观察世界、认识一切哲学问题的基础，这种转变克服了传统唯心主义、唯物主义哲学在探讨主体与客体、人与自然、思维与存在、抽象与具体等基本问题的局限性，所以马克思在《关于费尔巴哈的提纲》第二条中指出："人的思维是否具有客观的真理性，这不是一个理论的问题，而是一个实践的问题。人应该在实践中证明自己思维的真理性，即自己思维的现实性和力量，自己思维的此岸性。关于思维——离开实践的思维——的现实性或非现实性的争论，是一个纯粹经院哲学的问题。"③ "实践的思维"的提出表明哲学本身不能在理论自身的玄思中找到答案，理论作为一种思维它的本性在于它的现实性，因此对理论矛盾问题的解决首先应该通过面向社会历史生活、人的现实活动来解决。马克思的实践哲学确立了实践论的哲学思维方式，使哲学世界观的性质发生了根本变换，使它摆脱了旧哲学世界观由于离开人和人的活动孤立地考察世界而不可避免的抽象性和思辨性，因此可以说："在哲学史

---

① 仰海峰：《形而上学批判·资本逻辑与总体性·社会批判理论——马克思哲学的三个批判维度》，选自田丰、李旭明总编《诠释与澄明：马克思哲学的当代理解》，商务印书馆2010年版，第62页。

② ［美］詹明信：《晚期资本主义的文化逻辑》，张旭东编，陈清侨等译，生活·读书·新知三联书店1997年版，第18页。

③ ［德］马克思、恩格斯：《马克思恩格斯文集》（第一卷），人民出版社2009年版，第500页。

上，马克思第一次把实践提升为哲学的根本原则，转化为哲学思维方式，从而创立了一种实践、辩证、历史的唯物主义。"①

实践思维方式的确立改变了哲学思考问题、看待世界的基本方式，把哲学回归到现实的人与自然、社会生活、人自身的基本关系框架中去思考问题，马克思在《关于费尔巴哈的提纲》中指出："从前的一切唯物主义（包括费尔巴哈的唯物主义）的主要缺点是：对对象、现实、感性，只是从客体的或者直观的形式去理解，而不是把它们当作感性的人的活动，当作实践去理解，不是从主体方面去理解。"② 费尔巴哈只是以感性直观的方式去理解人，将单个人所具有的爱、欲望等感性存在抽象化为人的类本质，而没有将人理解为以感性的对象化活动形式而存在的现实的人。费尔巴哈的这种人本学思维方式，本质上割裂了人是自然性与社会性、存在与意识、受动性与能动性的辩证统一。实际上在费尔巴哈之前，就存在与实践思维方式对立的两种理论哲学思维方式：一是以直观认识为特征，由脱离人的（或溶化人）的自然出发，从本原把握事物本性的存在论思维方式；二是以思辨认识为特征，由脱离自然的人出发，从最高发展形态把握事物本性的"意识论思维方式"。③ 马克思实践思维方式的提出则是根本上改变了哲学的提问方式，他把传统哲学思考的理论本体、世界的本原、知识的绝对基础等终极实在问题，转换为从现实的生活世界出发思考何为人类生活的本质、何为人类知识的现实基础等问题。也是从这个角度讲，国内一些学者认为马克思的实践思维方式是人类学的思维范式，这种思维范式自觉地认识到了人类存在的有限性、理性的有限性而改变了传统哲学追问知识基础的无限绝对态度，这样"人类学思维范式既然回归到了人类生活自身，既然人总是存在于它的生活世界里，总是对他生活于其中的生活世界有某种领悟，那么，自我与世界如何统一的问题便只是一个假的问题，是抽象思维给自身造成的困难"④。

（三）哲学本体论的革命性转换：从实践的认识论到实践的生存论转向

马克思在《德意志意识形态》中认为"全部人类历史的第一个前提无疑是有生命的个人的存在"，"因此我们首先应当确定一切人类生存的第一个前提，也就是一切历史的第一个前提，这个前提是：人们为了能够'创造历

① 萧前、李淮春、杨耕主编：《实践唯物主义研究》，中国人民大学出版社1996年版，第40页。
② ［德］马克思、恩格斯：《马克思恩格斯文集》（第一卷），人民出版社2009年版，第499页。
③ 高清海：《哲学思维方式变革》，吉林人民出版社1997年版，第6页。
④ 王南湜：《哲学思维的三种范式》，选自王南湜《追寻哲学的精神：走向实践哲学之路》，北京师范大学出版社2006年版，第9页。

史'，必须能够生活"。① 马克思在这里实际上确立了人的现实生存活动、感性的生命实践活动和追求自由幸福生活的实践创造活动具有超越理论思辨的绝对优先性，理论、理论理性唯有在人的生存实践活动中才能确证自己的现实存在价值。可见马克思实际上开启了现代哲学的观念变革，将哲学关注的基本对象从追求世界的终极解释、奠定知识绝对基础的认识论问题转向人类存在的生活实践活动这一存在论问题，由此问题框架出发马克思将实践上升到人的存在论层面，以寻求对人的现实生活世界的意义阐释。后来现代西方哲学的发展，特别是胡塞尔提出"生活世界"理论、海德格尔所指出的"存在之被遗忘"，则使人们重新认识到了马克思实践观的生存论意蕴，从而深化了对马克思实践观的认识。

由于传统理论哲学的思维惯性，人们对实践的认识主要是从认识论、知识论的角度认识实践，把实践主要看作人们在服从理论原则的前提下解释世界的一种知识、手段，而没有把实践看作人们改造世界、创造适合人的自由幸福生活的合目的性的生存实践活动。以实践认识论的眼光看实践，大致形成了两种对实践的理解：第一种是把实践看作人面向外在客观世界时获取知识、经验的方式，这形成经验论的实践观，以近代培根为代表的英国经验主义为代表；第二种是把实践看作解决世界的存在是什么的形而上学本体论任务，这形成了思辨性的或理论理性的实践观，以康德、黑格尔的实践观为代表。但这两种近代实践观本质上都是以知性、理论理性逻辑为底蕴的概念思维范式，它以主客二元对立为前提，去捕获概念背后永恒绝对同一的超感性实体，因此不可避免地形成自我与世界如何统一的理论思维上的困境。而在马克思看来，这只是理论思维提出的一个逻辑上的假问题，人总是生活于现实的世界之中，并在现存世界中去领会包括理论地反思和把握生活世界的总体，所以马克思说："理论的对立本身的解决，只有通过实践方式，只有借助于人的实践力量，才是可能的；因此，这种对立的解决绝对不只是认识的任务，而是现实生活的任务，而哲学未能解决这个任务，正是因为哲学把这仅仅看做理论的任务。"②

马克思曾经说过"人体解剖是猴体解剖的一把钥匙"，所以现代哲学的发展演变为我们重新审视马克思实践观生存论转向的革命性意义提供了对照。考察西方现代哲学的演变一个令人瞩目的现象就是对传统形而上学本体化哲

---

① ［德］马克思、恩格斯：《马克思恩格斯文集》（第一卷），人民出版社 2009 年版，第 519、531 页。

② 同上书，第 192 页。

学的批判，哲学的主题由本体论到存在论、生存论视域的转变。马克思可以说是开启这一现代批判先河的人，但是马克思这一哲学成就没有得到足够的重视，但是后来西方现象学、存在哲学和解释学的发展印证了马克思的这一批判的革命性意义。尽管对生存论哲学与存在论哲学的认知在海德格尔等人那里还存在不同的认知，但有一点可以肯定的就是对传统形而上学致思方式的反思，哲学主题的追问不再是"世界的本质是什么""存在是什么"，然后去构建一个封闭的理论体系，而是人如何在世界中存在的、世界之于人的意义是什么，这样存在论的转向就把抽象的理论问题还原于人类生活本身。马克思哲学的实践存在论转向使哲学的思维空间呈现一种开放的思想视野，这一理论路向在叔本华、尼采、胡塞尔、海德格尔等人的现代生命哲学、现象学运动、存在论哲学那里得到回应。哲学开始专注人的生存境遇问题，聚焦于哲学理论与人所生活的现实世界的关联。马克思的实践生存论就是从人是社会的存在物这个基本事实关系出发，将人看作现实存在的、从事实际感性活动的实践的人，然后人以此为本质规定展开历史性的实践活动最终实现对人的此在生存本质的领悟，所以马克思说："既然人是从感性世界和感性世界中的经验中获得一切知识、感觉等等的，那就必须这样安排经验的世界，使人在其中能体验到真正合乎人性的东西，使他常常体验到自己是人。"① 就此国内学者杨学功认为与传统本体论哲学把"存在"最终理解为概念化的抽象实体不同，马克思哲学所理解的"存在"是作为"现实的存在"的现实世界，"具体地说，是以人的实践活动为基础和纽带联结而成的'感性世界'、'对象世界'、'人类世界'。在这个世界中，'自然'、'社会'和'人'都是现实的存在，而实践则是把它们联结起来的方式。因此，马克思哲学的存在论是关于自然存在、社会存在和人的存在相统一的理论，而实践的观点则是打开马克思哲学存在论之谜的一把钥匙"②。马克思通过实践建立了人与世界的意义关联，颠覆了传统理论哲学通过精神理念抽象建立起来人与世界关系的思维方式，这也为人们寻求改变世界确立人自身存在本质的超越性提供了理论方法基础。

---

① ［德］马克思、恩格斯：《马克思恩格斯文集》（第一卷），人民出版社2009年版，第334页。
② 杨学功：《超越哲学同质性神话——马克思哲学革命的当代解读》，北京大学出版社2010年版，第157页。

二　理解马克思实践思想内涵的三个维度

（一）实践是主客体的双向建构活动

从马克思的哲学观点来看，实践构成了人的生存世界最基本的规定，人的生存实践活动就是主体利用现存的物质条件有目的地变革客体世界的感性对象化活动，所以马克思说："通过实践创造对象世界，改造无机界，人证明自己是有意识的类存在物，就是说是这样一种存在物，它把类看作自己的本质，或者说把自身看作类存在物。"① 人是通过客体世界来确证主体自身的本质力量，客体又通过主体的活动表现了自身的历史能动性与本质规定性。在实践活动中，主体与客体的相互作用是自然的人化与人化的自然、目的与手段、能动与受动、创造者与被创造者之间的关系。一方面，在这种关系中，主体受到客体的制约与限定；另一方面，主体又以能动的活动不断打破客体的限定，超越客体。因此，实践是主客体的双向建构的对象化活动，主体既建构、改造客体，客体也在建构、改造主体，主体和客体之间是相互建构、相互依存、相互规定、相互转化的辩证存在关系。

马克思的实践哲学超越了传统理论哲学关于主客体关系的论述，真正实现了对主客体关系的辩证科学的理解，赋予了实践哲学以深刻的现实内容和历史的质的规定性。马克思认为："整个所谓世界历史不外是人通过人的劳动而诞生的过程，是自然界对人来说的生成过程。"② 实践蕴含着人的全部生活本质，人的现实生活实践活动是我们思考世界问题的一切出发点，没有主体与客体的矛盾关系生成，就不会有人与自然、人与历史、人与自身意识的真正展开和对话，人类社会也不可能获得不断的进步，因为"实践既是消除主观性与客观性各自的片面性、使主体与客体达到统一的活动，又是发展主观性与客观性的对立、造成主体与客体新的矛盾的活动"③。马克思关于现实的人的历史发展目标正是通过实践的主客体关系的相互作用、不断螺旋式的提升得以实现的，从这个意义上说："实践是人类的有目的、有意识的对象化的感性活动，是一个自然的人化与人的自然化（人的人化）相统一的过程，是人类超越自然和自我超越的生存方式，是人类确证自己的本质力量的

---

① ［德］马克思、恩格斯：《马克思恩格斯文集》（第一卷），人民出版社 2009 年版，第 162 页。
② 同上书，第 196 页。
③ 高清海：《哲学与主体自我意识》，吉林大学出版社 1988 年版，第 205 页。

活动。"①

需要指出的是实践作为改变世界的主体思维意志，本身内在地就和主体联系在一起的，可以说："在唯物主义历史观中，实践原则也就是主体性原则。"② 马克思不再是把主体当作一个脱离现实生活过程的人的行为，而是和感性的人的活动联系在一起的实践主体，正是在这个意义上他认为"人的科学本身是人在实践上的自我实现的产物"③。西方近代哲学之所以被称为主体性哲学，就在于他们脱离了现实生活的实践活动去抽象地发展人类主体的理性能力，在人类的生活世界之外构建一个思维的体系大厦企图一劳永逸地解释世界。但是脱离现实的主体的理性能力的发展，不受现实制约和规定的主体，是僵化的封闭的体系，解释不了世界，也陷入了主体自身的危机当中，所以法国学者巴利巴尔认为："（马克思）指出唯一真正的主体是实践主体或实践的主体，或者更确切地说，主体不可能是实践以外的别的什么。"④

人的主体性本质特性首先在于它的现实性，即人作为主体是社会性的主体，不是脱离现实生活离群索居的抽象主体，所以马克思说"人的本质不是单个人所固有的抽象物，在其现实性上，它是一切社会关系的总和"⑤。人通过劳动、使用工具满足人的实践活动的需要，改造现存的生活世界，同时人作为自由的存在物，又会对现实世界提出更高的要求以满足和提升人的生命存在的质量，这个历史的进步过程即是人通过实践创造理想的世界，实现整个人类社会不断趋于合理化的过程。因此说马克思所理解的主体是现实性与超越性统一的实践主体。

传统主体性哲学否定了感性在主体中的地位，这种哲学夸大了人的理性的作用，实质上是理性的形而上学。马克思实践观的生存本体论革命，就是强调人的感性的活动在人类生存世界中的意义。马克思在《1844年经济学哲学手稿》中颠覆了传统理性形而上学的历史偏见，认为"感性必须是一切科学的基础"，"全部历史是为了使'人'成为感性意识的对象和使'人作为人'的需要成为需要而做准备的历史"。⑥ 感性的强调体现了人作为实践主体

---

① 张玉能等：《新实践美学论》，人民出版社2007年版，第66页。

② 萧前、杨耕等：《唯物主义的现代形态——实践唯物主义研究》，中国人民大学出版社2012年版，第235页。

③ ［德］马克思、恩格斯：《马克思恩格斯文集》（第一卷），人民出版社2009年版，第242页。

④ ［法］埃蒂安·巴利巴尔：《马克思的哲学》，王吉会译，中国人民大学出版社2007年版，第43页。

⑤ ［德］马克思、恩格斯：《马克思恩格斯文集》（第一卷），人民出版社2009年版，第501页。

⑥ 同上书，第194页。

的内在生命本质的自由特性。作为实践主体能力的感性和理性不是在于谁是第一位、第二位，而是马克思从实践人学思想出发，肯定和确认了人的感性的生存事实，它是观察世界和人自身的无法超越的基本维度。

（二）实践的理论：理论与实践的辩证法

理论与实践的关系问题是哲学面对现实、理解世界必须要考虑的基本问题，哲学考察理论与实践关系的特殊性与矛盾性在于，哲学本身首先是一种以理论形式存在的理论理性活动，正是这种思维逻辑上的在先性使哲学在传统的发展中固化了理论相对于实践的优先性地位，从而形成了理论哲学形态，这也是形而上学的另一种哲学形态表述。从柏拉图、亚里士多德、康德到黑格尔，都属于理论哲学的传统，这个传统有一个共同的特征就是确信"理论活动能够超越于生活实践，能够在理论理性自身中找到其把握实在的立足点，能够独立于生活实践将世界在理论中建构起来"①。传统的理论哲学没有给予实践应有的本体地位，对实践缺乏深入的认识直接把实践理解为理论的应用，一种理论指导下的做（doing）的行为，它属于个别事件，而理论关注的是普遍性的知识。传统理论哲学把实践的理解简单化、实用主义化，没有从本体论的角度把实践作为人的根本意义的生存方式。从辩证法的角度看，轻视实践源于缺乏对人的理论理性与实践理性的辩证理解，没有真正看到理论与实践的关系是一种辩证的关系结构。

马克思颠覆了传统对理论与实践关系的理解，从实践的辩证唯物论角度明确实践在理论与实践关系中的优先性地位，确立实践在处理人与现实世界关系的本体论地位。马克思认为哲学的根本是面对现实世界、解决现实世界进而解决现实人自身的异化问题，理论哲学的立场在处理理论与实践关系时强调理论的本体地位忽视了人的现实感性实践活动的意义，表面上突出了主体实质上则是脱离了现实的抽象主体。

马克思的实践哲学从实践视域全面审视了理论与实践的辩证关系。理论哲学是把主体的意识变成意识化了的哲学，唯心主义的理论哲学与实践唯物主义的区别就在于"前一种考察方法从意识出发，把意识看作有生命的个人。后一种符合现实生活的考察方法则从现实的、有生命的个人本身出发，把意识仅仅看作他们的意识"②。马克思的实践唯物论，超越了理论哲学对理论与实践关系的二元对立的理解模式，在承认实践本体论的基础上认为理论与实

---

① 王南湜：《追寻哲学的精神：走向实践哲学之路》，北京师范大学出版社 2006 年版，第 257 页。
② ［德］马克思、恩格斯：《马克思恩格斯文集》（第一卷），人民出版社 2009 年版，第 525 页。

践的关系是相互联系、互为补充的对象性关系。传统的马克思主义哲学一直明确说明马克思关于理论与实践关系，往往把理论与实践作为一个绝对对立的概念来解释，而实际上它们是相互规定、互为补充说明的一对概念。理论作为对人类实践活动、世界文明成果的升华和反思通过一套概念逻辑系统规范和指引人的实践方向，从这个角度讲理论就内在地包含在人类的实践活动里面，理论自身就具有强烈的实践意味，所以马克思说"从历史的观点来看，理论的解放对德国也有特殊的实践意义"①，"光是思想力求成为现实是不够的，现实本身应当力求趋向思想"②。这里应该注意的是理论的超越性是建立在实践的超越性基础上的，即是在历史实践活动过程中形成的概念与实践、现实与理想的统一基础上的超越性。

在马克思之后，阿多诺、阿尔都塞、伽达默尔等思想家都对理论与实践问题进行了深刻反思。阿多诺相对突出了理论相对于实践的重要性。阿尔都塞认为："应该赋予马克思主义哲学的实践的存在以一种对这种实践的存在和对我们来说都是不可缺少的理论的存在形式，因为马克思主义哲学实践的存在本身只是以实践的状态存在于分析资本主义生产方式的科学实践即《资本论》中，存在于工人运动史上的经济实践和政治实践中。"③ 西方马克思主义者鉴于无产阶级历史实践的失败，侧重于从理论上反思实践及其背后的革命理论问题，他们认为确立实践的本体论地位不应该建立在损害理论有效性价值的基础上完全肯定实践。伽达默尔也认为："一切实践的最终含义就是，超越实践本身。"④ 实践是现实的人的自由生存活动，作为自由的生存活动决定着实践具有超越性的一面，这个超越性就是人类通过实践创造出更加适应人的需要的合理世界。而理论的超越性必须建立在实践的超越性基础上，否则就会重回理论哲学的体系逻辑困境。从根本上讲理论的超越性、理想性来源于人在历史的实践生存活动过程中孕育出来的理想，人的实践活动分化出自然世界和属人世界，同时又在更高的层次整合人与自然世界、属人世界的分化。从发展的角度讲，现实是不断趋向理论所筹划的理想世界的实践过程，马克思认为："哲学不消灭无产阶级，就不能成为现实；无产阶级不把哲学变

① ［德］马克思、恩格斯：《马克思恩格斯文集》（第一卷），人民出版社 2009 年版，第 12 页。
② 同上书，第 13 页。
③ ［法］阿尔都塞、巴里巴尔：《读〈资本论〉》，李其庆等译，中央编译出版社 2001 年版，第 27 页。
④ ［德］伽达默尔：《赞美理论——伽达默尔文集》，夏镇平译，生活·读书·新知三联书店 1988 年版，第 46 页。

成现实，就不能消灭自身。"① 马克思这句话也非常集中地阐明了理论与实践的辩证法，无论是理论哲学还是实践哲学，根本的价值目的就是正确认识世界改造世界，最终实现人的自由和解放。但是传统的理论哲学倚重理论理性对生活世界的高度抽象化、普遍化，阉割了世界的特殊性、具体性、无限性和丰富性。从马克思的实践辩证法角度看，理论的这种高度抽象化与人自身生活实践的具体性、丰富性应该是互为补充，和谐统一的。

（三）实践的价值维度：个体的伦理关怀

马克思的实践概念具有丰富的价值内涵，他继承和发展了从亚里士多德到康德、黑格尔以来的实践思想。尽管马克思主要是从生产、劳动、主客体关系等结构要素论述实践活动的，没有直接从价值角度论述实践，但是马克思将经济学的生产、劳动、需要、商品价值与哲学的实践问题融会在一起形成了完整意义上的实践价值论。正是从这个角度讲，马克思所说的"动物只是按照它所属的那个种的尺度和需要来构造，而人却懂得按照任何一个种的尺度来进行生产，并且懂得处处都把固有的尺度运用于对象；因此，人也按照美的规律来构造"②，对我们理解马克思的实践价值论具有指导性意义。在马克思看来，真正的人类生产劳动是一种自由自觉的活动，一种体现人的本质力量的对象化活动。主体能够按照自身的本质需要在掌握事物客观规律的基础上创造符合人的目的和理想的价值世界。价值不是一个孤立的存在物，而是一个关系范畴，它是主体与客体在双向建构的对象化实践活动过程中创造出来的特定属性，所以说："价值的客观基础，是人类生命活动即社会实践所特有的对象性关系——主客体关系，价值是这种关系的基本内容和要素；价值产生于人按照自己的尺度去认识世界改造世界的现实活动；价值的本质，是客体属性同人的主体尺度之间的一种统一，是'世界对人的意义'。"③

值得指出的是马克思的实践价值论是在尊重历史客观性基础上强调主体本质需要的概念。主体的尺度就是价值尺度，它决定了价值现象的本质和特征，它是价值的根源，所以马克思认为："全部历史是为了使'人'成为感性意识的对象和使'人作为人'的需要成为需要而做准备的历史（发展的历史）。"④ 马克思实践哲学的革命变革就在于真正地把人的价值实现与人的自

---

① ［德］马克思、恩格斯：《马克思恩格斯文集》（第一卷），人民出版社 2009 年版，第 18 页。

② 同上书，第 163 页。

③ 李德顺：《价值论》，中国人民大学出版社 2007 年版，第 37 页。

④ ［德］马克思、恩格斯：《马克思恩格斯文集》（第一卷），人民出版社 2009 年版，第 194 页。

由本质的创造性活动结合起来。理论哲学在处理价值问题时把主体的价值变成为无法在现实安身立命的空想，马克思的实践价值论则把人的本质价值问题实现了从空想到科学的飞越。马克思通过对资本主义社会商品价值、劳动工资、异化劳动的资本现代性批判为人们通过实践特别是无产阶级的革命实践摆脱人的异化现实状况，实现社会公平与正义、政治与人的解放，提供了科学的革命理论武器。可以说马克思的实践价值论，包含着鲜明的政治理想和丰富的伦理诉求，表现出对人的个体价值充分尊重的人文关怀，所以有学者认为："伦理追求不是马克思的政治思想的显性话语，却是马克思政治思想的价值意蕴。"①

　　以上分析可以看出马克思的哲学是以实践为首要观点的唯物主义，在他那里实践就是感性的人的本质力量的对象化活动和历史性的价值创造活动，这种对象化的价值创造活动是主体与客体、理论与现实、感性与理性、能动性与受动性、限定性与超越性关系辩证统一的历史性活动，其根本目标就是不断推动社会向和谐良善的方向发展，最终实现人的全面自由发展。从这个意义上讲，实践也是人的自由生存的根本存在方式。可以说，马克思关于实践的论述构成了我们理解实践问题的方法基础。正是立足于资本主义社会现实，马克思所建立的实践唯物主义哲学，确立了实践的本体论地位，超越了主客二元对立的理论哲学思维，是对传统哲学世界观的革命性转变，其理论目标就是通过哲学的世界化、现存世界的革命化把人从奴役的社会处境中解放出来。

第三节　西方马克思主义及苏联马克思主义对马克思实践思想的阐发

　　世界历史的持续发展、社会主义运动的蓬勃进行以及现代性语境中的社会文化问题的凸显，使得西方马克思主义以及苏联马克思主义对马克思的实践思想多有新的阐发。西方马克思主义的代表人物卢卡奇提出了历史的主客体合一的实践观；意大利的葛兰西将马克思的实践哲学推向文化意识形态实践领域；法国的阿尔都塞则致力于弥合理论与实践的分裂问题，促使人们从总体性的视野去观照马克思的实践哲学思想；哈贝马斯则主要根据《德意志

---

① 陶艳华：《马克思政治伦理思想研究》，人民出版社 2009 年版，第 1 页。

意识形态》的生产交往思想，提出了交往实践观。

一　卢卡奇与葛兰西对马克思实践观的继承与发展

卢卡奇哲学的一个重要特点就是突出了马克思实践哲学的历史维度，并在历史总体框架下提出了历史的主客体合一的实践观。在卢卡奇看来，正是由于总体性的理论方法才使在现存资本主义全面物化的条件下，无产阶级的革命成为一种可能，因为"面对资产阶级的这些优势，无产阶级的唯一的武器，它的唯一有效的优势就是：它有能力把整个社会看作具体的、历史的总体；有能力把物化形式把握为人与人之间的过程；有能力积极地意识到发展的内在意义，并将其付诸实践"。① 资产阶级实证科学方法和物化意识，会使人们的认识限定在专业化、分工化了的研究对象当中，在这种物化意识中，理论根本不可能真正地把现实当作一种总体来加以透视，而是将自身的目光拘泥于某一具体领域。在卢卡奇看来，只有马克思的历史辩证方法，即以主体—客体的辩证运动为中心的总体性方法，才能透视现实，辩证地超越资产阶级物化意识结构。卢卡奇认为："历史一方面主要是人自身活动的产物，另一方面又是一连串的过程，人的活动形式，人对自我的关系就在这一串过程中发生着彻底的变化。"② 这样无产阶级作为历史实践的主客体的同一，只有它才能达到历史总体性的观念，克服物化意识结构。可以说，世界作为人的对象化实践活动的历史生成结果，是历史的主体和客体交互作用的过程，"对卢卡奇来说，为了突出辩证方法即总体性方法的革命性，必须把它仅仅理解成'历史辩证法'、'实践辩证法'、'主体—客体辩证法'（这三者是同一东西）"。③

卢卡奇的历史实践哲学深刻地揭示了实践的本体意义，把实践与历史统一起来，从而超越了自然本体论和直观反映论的唯物主义观念，肯定了人的历史性与能动性。可以说卢卡奇基本把握住了马克思实践与历史、认识的关系本质。但是卢卡奇的"实践辩证法"否认了自然辩证法的存在，从而将恩格斯所提出的自然、社会与人的三维辩证法体系压缩到历史辩证法之中了，结果违背了马克思所说的历史是人类史与自然史的统一思想。也要看到，卢卡奇对总体性方法与历史辩证法、实践辩证法的本质同一的论证，采用的理论方法带有明显的黑格尔思辨哲学的痕迹，正如卢卡奇在后来反思中所说明

① ［匈］卢卡奇：《历史与阶级意识》，杜章智等译，商务印书馆1999年版，第294页。
② 同上书，第279—280页。
③ 孙伯鍨：《卢卡奇与马克思》，南京大学出版社1999年版，第77页。

的那样是偏离了马克思历史唯物主义方向，而与黑格尔走得很近。

在卢卡奇之后，南斯拉夫实践派在卢卡奇的基础上进一步确认了实践与马克思辩证方法在本质上的内在关联性："辩证法既不是一种绝对、抽象的精神结构（如黑格尔所说），也不是自然界的一种一般结构（如恩格斯所说），而是人类历史的实践及其本质方面的一种总体结构——批判思维。"① 由此展开，南斯拉夫实践派的一个重要贡献就是确立了辩证法作为一种思维方法与人类生活的实践活动、人的内在的自由创造本性三者的统一性，注重挖掘实践当中蕴含的人道主义思想和反思意识。马尔科维奇就认为"*Practice*"是一个无价值指向中立性概念，而"*praxis*"则是指"一种人类特有的理想活动，这种活动就是目的本身，并有其基本的价值过程，同时又是其他一切活动形式的批判标准"。② 可见，南斯拉夫实践派通过强调实践活动中人的自由性和创造性本质的显现，形成了一种人道主义视阈下的实践观。

继卢卡奇之后，葛兰西是较早关注马克思实践哲学的西方马克思主义者。葛兰西的著作尽管很多是思想的片断，缺乏严密的体系论证，但其实践哲学思想很丰富，他较为全面地论述了实践哲学的各个范畴并联系他的文化霸权理论进行阐发，继承和拓展了马克思的实践哲学思想。在葛兰西那里，他经常是在同一个意义上来称谓"实践哲学"和"马克思主义哲学"的。用实践哲学来指称马克思主义哲学表现出葛兰西在试图重建一种新型马克思主义哲学形态，以便区别当时所谓正统马克思主义的机械唯物主义观念。

葛兰西与卢卡奇一样重视实践的历史维度，他明确指出："人们要问实践哲学是否特别是一种历史理论，回答必须说这确实是真的，但是，人们不能把政治、经济——而且甚至政治科学和艺术、经济学和政策的专门化的方面——从历史中分割开来。"③ 马克思主义经典作家称他们的理论为"历史科学"，可以说历史是马克思哲学的本质，实践则是揭示历史的本体范畴，所以葛兰西说："只有实践哲学才能使哲学前进一步，它把它自身建立在德国古典哲学的基础上，但又避免了走向唯我论的任何倾向，它使思想具有历史真实性。"④

葛兰西在很多方面继承了卢卡奇的实践思想，但是他认为卢卡奇的历史

---

① ［南斯拉夫］马尔科维奇、彼德洛维奇编：《南斯拉夫"实践派"的历史和理论》，郑一明等译，重庆出版社1994年版，第26页。

② 同上书，第23页。

③ ［意］葛兰西：《实践哲学》，徐崇温译，重庆出版社1990年版，第124页。

④ 同上书，第28页。

实践哲学假定了自然和历史的二元论，取消了人和自然的关系，违背了马克思所说的人类史是自然的真正复活的思想，因此"人们必须研究卢卡奇教授关于实践哲学的观点。似乎卢卡奇认为，人们只能就人类历史、而不是就自然谈论辩证法。他可能是正确的，也可能是错误的。如果他的断言预告假定了自然和人之间的二元论，那么他就是错误的，因为他落入到为宗教和希腊—基督教哲学所特有的，也为在实际上并没有把人和自然成功地统一起来和关联起来的唯心主义所特有的自然观中去"①。这体现了葛兰西对实践一元论的强调。

　　实践哲学作为一种"创造性的哲学"，葛兰西认为它是以"一种积极的行为准则这样的方式进行散播的世界观和'健全的见识'"②。因此为了创造一个更为合理的世界，就需要建构一种伦理世界观以塑造人民群众的政治与道德认同，从而在此基础上提高人民群众的政治觉悟，进而实现变革资本主义世界的革命策略，达到理论和实践的合一，他认为："对自我的批判理解，是通过在政治争取'领导权'和相反方向的斗争，首先在伦理领域，随后在政治领域中实现的，以便达到人们自己的现实观的更高的水平。成为一个特定的领导权的力量的组成部分的意识（那就是说，政治意识），是走向更进一步的自我意识的第一步，在这种自我意识中，理论和实践最终将合而为一。"③在这里，葛兰西对实践的政治伦理与革命道德的意识形态认同问题进行了深刻分析，他认为革命本质上就是一场文化领导权的争夺。由于强调意识形态的文化实践问题，所以他认为："实践哲学担负着两项任务：战胜各种冠冕堂皇、天衣无缝的现代意识形态，以使自己的独立的知识分子集团得以组成；对那些在文化上还处于中世纪状态的民众进行教育。"④

　　葛兰西思想有其重要贡献，一方面他结合时代问题把实践哲学推向文化意识形态领域，重新肯定了马克思在当代文化领域的重要地位，影响深远。另一方面他也有很大的局限，葛兰西的思想过多地受到了黑格尔、克罗齐等人关于历史、人的负面影响，特别是在关于人是什么的问题上面明显地暴露出其实践哲学观的局限性。

---

① ［意］葛兰西：《实践哲学》，徐崇温译，重庆出版社1990年版，第142页。
② 同上书，第29页。
③ 同上书，第14页。
④ ［意］葛兰西：《葛兰西文选》，李鹏程译，人民出版社2008年版，第226页。

二 阿尔都塞与哈贝马斯的实践观

阿尔都塞对人本主义的马克思主义解释框架进行了深入批判，他认为马克思哲学革命变革的根本就在于抛弃了早期的人本主义，走向了科学的历史理论，这个科学的历史理论和方法就潜在地存在于马克思的《资本论》这一理论的实践当中，而为了发现这一掩盖的马克思哲学领域，阿尔都塞提出了通过"征候读法"把握其著作的"问题域"（problematic）①。"问题域"是理解马克思理论著作、理论范畴起决定作用的理论问题体系或理论结构。任何理论、意识形态都有自己的问题体系，这个问题体系或总问题决定了它们所提出的问题、提出问题的方式以及解决问题的方法，所以阿尔都塞说："马克思的理论革命不是在于回答的改变而是在于问题的改变。"② 由此出发，阿尔都塞认为马克思关注的核心问题是理论的实践问题，但这在他看来是马克思思想本身存在的一个悖论："基本上说来，马克思的整个悖论就在于此。他接受了哲学的塑造，却又拒绝从事哲学写作。他几乎从不谈论哲学（只是在费尔巴哈提纲第1条中写'实践'一词时就已动摇了全部传统哲学的根基），却依然在《资本论》的写作中实践了他从未写过的哲学。"③ 如何理解马克思的这一悖论呢？阿尔都塞认为马克思的理论作为一门科学的理论，首先要对实践的不同形式、理论与实践的关系进行科学的区分。他把实践分为经济的实践、政治的实践、意识形态的实践、技术的实践和科学的实践（或者理论的实践）。通过这些划分阿尔都塞实现了理论与实践关系的整体转换，把理论与实践关系不再理解为两个对立的概念关系的转换，而是理论实践与其他各种形式的实践的关系问题。在他看来"理论是一种特殊的实践，它作用于特殊的对象，并制造特殊的产品，即认识"。④ 理论的实践性在于它通过运用概念、方法等理性形式把表象、现实加工成为知识、认识。阿尔都塞尔认为尽管马克思没有留下一部直接阐述他的唯物辩证法的理论著作，却以理论的实践状态存在于马克思的《资本论》《政治经济学批判导言》等著作当中。

阿尔都塞进一步发展了马克思的意识形态理论，他认为意识形态构成一

①　对 problematic（法文 problématique）有不同译法，有"问题域""问题结构""理论构架""总问题"等。参见孙文宪《马克思主义文学批评的问题意识》，《华南师范大学学报》2014 年第 4 期。

②　［法］阿尔都塞、巴里巴尔：《读〈资本论〉》，李其庆等译，中央编译出版社 2001 年版，第74 页。

③　［法］阿尔都塞：《哲学与政治——阿尔都塞读本》，陈越编译，吉林人民出版社 2003 年版，第 244—245 页。

④　［法］阿尔都塞：《保卫马克思》，顾良译，商务印书馆 2007 年版，第 165 页。

切实践的普遍性特征，实践要通过意识形态来表现实践自身。意识形态并不是一种意识形式，而是人类所生活的现实世界本身、社会历史生活的基本结构，它具有物质性的存在属性认为："不存在脱离意识形态的实践，并且任何实践——包括科学的实践在内——都要通过某种意识形态来实现自身。"① 由于意识形态的生产性，理论实践也必然带有意识形态属性，阿尔都塞认为马克思主义作为一种科学的理论实践的理论，也是由意识形态的理论实践过程向科学的理论实践过渡的过程。

阿尔都塞的理论贡献在于跨越了人们在理解马克思的理论与实践之间的鸿沟，弥合了理论与实践认识上的分裂，真正在马克思的实践整体视野下看待马克思的思想，这超越了以往人们对马克思的理解。阿尔都塞的理论冒险的局限性也是很明显的，他虽然确立了实践在马克思主义哲学中的重要地位，但又同时将理论看成实践的一种形式，这直接导致人们理解理论与实践关系的混乱。

与阿尔都塞相似，哈贝马斯对理论与实践问题也一直保持着密切的关注，这一方面来源于他对马克思思想的理解，另一方面来自自身对社会批判理论的反思。在《理论与实践》中，哈贝马斯认为："我们首先在马克思那里看到的、业已形成的那种社会理论的明显特征是：理论从两方面看是反思的。历史唯物主义想要全面地说明社会进化，因此这种说明既涉及理论本身的形成联系，同时也涉及理论本身的运用联系。"② 历史唯物主义作为马克思的思想本身就来源于资本主义在现代社会中的现实发展，并在这种现代发展中形成了针对资本主义的批判理论，理论离不开现实实践的联系。哈贝马斯不认为理论可以通过一套概念符号系统就可以达成对事物的客观认识，理论所依靠的支撑点依然是历史及其实践活动，所以哈贝马斯认为："理论研究的是理论与实践之间的双重关系：它一方面研究全局利益的历史结构联系；另一方面也研究历史活动的联系，理论可以通过给行为指明方向来影响历史活动的联系。"③

与阿尔都塞不同，哈贝马斯吸收了马克思在《德意志意识形态》中的生产交往思想，提出交往实践观。马克思认为："思想、观念、意识的生产最初

---

① ［法］阿尔都塞：《哲学与政治——阿尔都塞读本》，陈越编译，吉林人民出版社2003年版，第238页。

② ［德］尤尔根·哈贝马斯：《理论与实践》，郭官义等译，社会科学文献出版社2004年版，第1页。

③ 同上书，第2页。

是直接与人们的物质生产活动，与人们的物质交往，与现实生活的语言交织在一起的。人们的想象、思维、精神交往在这里还是人们物质行动的直接产物。"① 马克思指出交往实践是以物质交往为基础，它包括精神、思维、语言话语等形式的实践主体间的交往活动，现代资本社会的一个巨大发展就是交往共同体秩序的形成。马克思的交往实践观点对哈贝马斯的交往实践理论产生了深刻影响，并进一步发展了马克思的交往实践理论，对西方社会的人文社会领域引起了巨大变化，有西方学者认为"哈贝马斯的交往范式理论替代了原有的意识哲学范式，这种理论规划的根本转换形成了新的理论框架已经引起了主体与历史这些基本概念的再形成"。② 由于工具理性哲学观缺乏意识自身的反思性，把自然、社会及人自身仅仅当作实现主体自身目的的客观化对象来看待，这使意识哲学自身走向了现实困境。意识哲学的现实困境迫使工具理性哲学观向交往理性哲学观转变，也就是超越主客体二元对立关系建立相互承认和理解互动的交往实践观，所以哈贝马斯说："在 19 世纪，对交往方式和生活方式的物化和功能化的批判，以及科学技术的客观主义自我理解的批判，也随之广泛开展起来。这些动机也促进了对把一切都用主客体关系加以概念化的哲学基础的批判。正是在这个意义上，发生了意识哲学向语言哲学的范式转换。"③

哲学向语言哲学范式的转换是交往实践观形成的基本条件，正是建立在对语言、话语在现代社会生活中的意义理解基础上，哈贝马斯提出以话语为中心的交往实践观。哈贝马斯认为交往实践理论以语言话语理解模式为出发点，克服了主体哲学的困境，是从洪堡开始的。但哈贝马斯认为语言理解模式不能建立在形式语义学上面，而必须建立在实践话语为特征的语用学基础上。因为形式语义学不考虑说话者的言语情境、措辞语境、对话角色，在命题与事态的陈述中进行抽象化分析脱离了现实生活，它在语法结构的规则系统中呈现的是客观性的自我概念，主体与生动的对象世界、系统与周围世界的价值意义本质上消失了。建立在现实生活世界中的主体间交往的语用学立场，则使话语、言语成为协调各实践主体间的行为活动的基本媒介形式。哈贝马斯认为"由于主体间的语言沟通从本质上讲存在着许多漏洞，由于语言共识并没有彻底消除说话者视角的差异性，而是把这种差异化作为必不可少

---

① [德] 马克思、恩格斯：《马克思恩格斯文集》（第一卷），人民出版社 2009 年版，第 524 页。

② Joan Alway. Critical Theory and Political Possibilites：Conceptions of Emancipatory Politics in the Works of Horkheimer，Adorno，Marcuse，and Habermas. Greenwood Press，1995. p. 99.

③ [德] 哈贝马斯：《哈贝马斯精粹》，曹卫东选译，南京大学出版社 2004 年版，第 324 页。

的前提，所以，以交往为趋向的行为也适合于充当使社会化和个体化融为一体的教化过程的媒介"①。正是在此条件下，现代社会人们基于对道德良善生活、正义幸福的理解和认同，在理性、民主的基础上展开协商对话在公共领域达成一种符合普遍利益的社会共识，以取代依靠权力、权威所维持的少数集团利益的社会统治秩序。语言话语对形成主体间性对话的良善社会交往格局具有重要的意义，"语言揭示了一切行为和经验的范围"②，由文化、社会以及个性结构等构成的生活世界成为一个意义整体，要表现这些要素的意义也都要通过日常交往的实践话语来实现。从这个意义上看："只有转向一种新的范式，即交往范式，才能避免作出错误的抉择。具有语言和行为能力的主体用共同的生活世界作背景，就世界中的事物达成共识。相对于语言中介而言，他们既是自律的，又是依附的：他们能够把使他们的实践得以可能的语法规则系统据为己用。"③

哈贝马斯的以实践话语为基础的交往实践理论是在新的时代条件下对马克思交往实践思想的重要发展。本质上而言，哈贝马斯所谈到的语用学立场以及交往对话所围绕的核心理论概念就是交往理性观，他希望通过交往理性来重新整合在现代社会之后已经分裂的理性。从这个角度讲，哈贝马斯基本上追随了法兰克福学派第一代霍克海默、阿多诺、马尔库塞等人的理性批判工作。哈贝马斯的建设性在于他并没有像他的老师阿多诺等人那样走向激进的理性批判的陷阱，而是在看到资本主义在今天依然迅猛发展的事实中，务实地提出重建现代良善道德社会的理性规划方案。但建立在语言对话为基础的交往理性是否真能在生活世界中做到彻底的平等对话，还需要克服种种的主客观条件，有些条件在现实没有得到根本触动的条件下获得共识似乎不太可能。哈贝马斯的交往理性观颠倒了语言话语与生活世界的关系，要想实现实践主体间的平等对话以达成共识，应该建立在生活实践基础上针对具体现实问题展开商谈对话，因为语言话语的交往实践只是生活世界对话的表现形式和一种条件而不是达成共识和理解的根本条件。

三　苏联马克思主义哲学关于实践的论述

实践哲学思想在列宁那里有很多丰富的论述，列宁的辩证法哲学蕴含着丰富的实践思想，列宁哲学上的突出贡献就是揭示出实践哲学与辩证法思想

---

① ［德］哈贝马斯：《后形而上学思想》，曹卫东等译，译林出版社 2001 年版，第 46—47 页。
② 同上书，第 88 页。
③ ［德］哈贝马斯：《哈贝马斯精粹》，曹卫东选译，南京大学出版社 2004 年版，第 332 页。

的深层契合，即以实践为本质的唯物辩证法。列宁主要从人的实践活动与人的认识活动的辩证法关系角度来谈实践问题的，他认为："人以自己的实践证明自己的观念、概念、知识、科学的客观正确性。"① 他确立了实践哲学在哲学中的地位："实践高于（理论的）认识，因为它不但有普遍性的品格，而且还有直接现实性的品格。"② 列宁还认为："只有当概念成为在实践意义上的'自为存在'的时候，人的概念才能'最终地'把握、抓住、通晓认识的这个客观真理。也就是说，人的和人类的实践是认识的客观性的验证、准绳。"③ 不过也有学者指出列宁实践哲学思想中出现的问题，这个问题就在于"在他的语境中仍然缺少一种重要的质性规定，即缺少将马克思的新世界观突现出来的本体维度，或者说是缺少真实的现实性、具体性和历史性。实践辩证法的根本基础是历史唯物主义和历史辩证法。这是极其重要的问题。唯物主义、辩证法甚至实践的观念，如果不能与现实的社会历史过程一致起来，就不可能真正达及马克思恩格斯所指认的'历史科学'的境界"。④ 这实际上指出列宁的实践观忽视历史本体论维度，这导致后来苏联马克思主义包括实践观，都侧重于认识论的视野来看待实践、主体与客体、认识与实践之间的关系，而往往忽视实践的历史性与具体性，导致苏联及受其影响的众多马克思主义政党经常出现脱离实际的教条式理解马克思主义理论。

列宁之后，苏联马克思主义哲学的主流主要是受斯大林关于马克思哲学思想的概括表述"辩证唯物主义和历史唯物主义"。斯大林在 1938 年 9 月《辩证唯物主义和历史唯物主义》一文中指出的："辩证唯物主义是马克思列宁主义党的世界观。它所以叫作辩证唯物主义，是因为它对自然界现象的看法、它研究自然界现象的方法、它认识这些现象的方法是辩证的，而它对自然界现象的解释、它对自然界现象的了解、它的理论是唯物主义的。历史唯物就是把辩证唯物主义的原理推广去研究社会生活，把辩证唯物主义的原理应用于社会生活现象，就用于研究社会，应用于研究社会历史。"⑤ 斯大林关于辩证唯物主义和历史唯物主义的表述是对以往马克思主义理论成果的经典总结，在苏联相当长的时间内成为对马克思恩格斯思想的唯一表述，并对我

---

① 国务院研究室哲学组编：《马恩列斯毛泽东关于认识和实践关系的论述》，中国人民大学出版社 1978 年版，第 19 页。

② 同上。

③ 同上。

④ 张一兵：《回到列宁》，江苏人民出版社 2008 年版，第 333—334 页。

⑤ [苏联] 斯大林：《斯大林文选》（1934—1952）（上卷），人民出版社 1962 年版，第 177 页。

国产生了很大影响。但是后来苏联国内滋生了严重的个人崇拜、政治体制僵化，在这种政治氛围下斯大林关于马克思思想的表述成为唯一的解读模式。以斯大林为代表的马克思主义曲解了马克思的历史唯物主义，把历史唯物主义理解为辩证唯物主义的推广，由于这种曲解同时又裹胁着政治权威力量，苏联马克思主义实践观的探讨长期陷于停滞。从研究方法上来看，以认识论为基础研究方法把哲学研究变成了概念的演绎，从而把哲学的研究封闭在概念的体系中，切断了哲学与现实之间的联系，这导致实践的历史具体性维度的缺失。从传统体系的叙述方式和表述来看，苏联马克思主义以科学的方式追问哲学问题，构建哲学体系，但并没有真正确立马克思主义的科学实践观。如何真正以哲学方式追问、思考哲学问题以及马克思的科学观真正是什么非常重要，而苏联马克思主义常常是在现代实证科学意义下来理解科学，这必然形成对实践的孤立直观抽象的理解，因为哲学不仅是科学，也不仅是实证知识，而且是人对自然、社会以及人的历史活动的整体理解。苏联马克思主义哲学范式及其实践观对我国马克思主义产生很大影响，但其理论局限性也是很明显的，就是脱离了现实的人的感性实践活动，形成了对辩证唯物主义和历史唯物主义的割裂抽象式理解，从而背离了马克思的基本观点。

总体而言，西方马克思主义以及苏联马克思主义对实践思想都有深入探讨，深化了人们对马克思实践观的认识和理解，但也存在一定的历史局限性。应该说他们的历史探讨及其理论局限性，对于我们今天进一步推进马克思主义研究仍有诸多借鉴意义。

第二章　中国马克思主义文学批评实践观的生成

　　实践，作为一个宏观的范畴，需要放在具体的历史语境、理论框架、问题结构中去阐释。因此，我们在分析马克思或者马克思主义的文学批评实践观内涵时，需要联系马克思的经济基础/上层建筑、社会存在/意识形态、资本现代性等理论去对其加以定位并理解。同样，我们对中国马克思主义文学批评实践观的研究也应该放在具体的历史发展过程、理论结构中来进行。从理论形态发展的历史渊源上看，中国形态的马克思主义文学批评是属于马克思主义文学批评的一部分，中国形态的马克思主义文学批评与马克思主义文学批评整体的这种同质性构成了我们理解中国马克思主义文学批评实践观内涵时不可缺少的一个维度。这样，中国马克思主义文学批评在其历史发展中继承了马克思主义批评的实践品格，表现出强烈的实践意识，这种实践性意识构成中国马克思主义文学批评的一个基本特征。中国马克思主义文学批评和马克思文学批评在本体论意义上没有表现出实质上的不同，它们都是实践唯物主义视野下的文学批评形态，然而这并不意味着中国马克思主义文学批评在发展中没有自身的本质特性，没有自身的研究对象、基本问题和研究方法。如果马克思对文学批评的价值认识是体现在未来的共产主义社会关于人的全面解放的理想远景与资本主义第一次工业革命的世界生产及其社会后果的近景关系之中的，那么我们对中国马克思主义文学批评的理解就应该放在中国近现代摆脱民族压迫建立现代富强民主的民族国家的这个大的时代背景中体认。中国特殊的历史国情和文化语境使得中国马克思主义文学批评在具体的历史演进中先后呈现出启蒙实践观、人民本位实践观等独特的历史形态，这种独特的历史形态和话语逻辑的实践特征内在地表现出中国形态的马克思主义文学批评实践观的本质内涵。

第一节　中国马克思主义文学批评实践观历史形态的初步确立

中国马克思主义文学批评实践观的初步形成是随着中国近现代社会的变革、革命形势的推动，逐渐确立起来的。在五四思想启蒙运动时期，陈独秀、李大钊等人一方面是民主启蒙运动的领导者，另一方面又接受了马克思主义，形成了中国马克思主义文学批评的启蒙型实践观。五四新文化运动之后，革命文学兴起，文学活动的主要任务表现为由文学革命到革命文学的转移，形成了中国马克思主义文学批评的无产阶级大众型实践观。

一　五四时期中国马克思主义文学批评实践思想的萌生

从鸦片战争开始，中国现代知识分子就逐渐认识到要建设西方现代意义上的富强民族国家迫切需要用现代社会意识改造传统民众观念以凝聚群体民众的力量，而文学小说是对广大民众进行现代精神启蒙教育的适合中介。早在 1902 年梁启超在《论小说与群治之关系》中就认为"欲新一国之民，不可不先新一国之小说"，"欲新政治，必新小说"，"乃至欲新人心、欲新人格，必新小说"。① 可以说康有为、严复、梁启超、黄遵宪等维新派人士所倡导的"小说界革命""诗界革命"等文体革新运动极大地推动了当时政治改良运动的开展，也在一定程度上起到了开启民智、鼓舞民心的作用。但是整体上看，梁启超所说的文学具有"支配人道"的四种力量"熏""浸""刺""提"，仍然是在古典文化传统的理论框架中提出来的文学批评观念，在范式的意义上这些批评观念远没有达到马克思主义批评所提供的政治、意识形态、阶级、经济基础/上层建筑等理论观点所具有的现实针对性和解释现代世界的有效性。可以说在旧的文学及批评观念下文学最终仍然是远离广大民众的小圈子，文学的创作、欣赏、接受基本上还是少数人享有的权利。在这种局面下，文学活动自然也就无法整合广大民众力量，以达到开启民心、鼓舞民志、改造社会的实践目的。新的时代现实迫切需要一种

---

① 梁启超：《论小说与群治之关系》，选自陈平原、夏晓虹编《二十世纪中国小说理论资料第一卷》（1897—1916），北京大学出版社 1989 年版，第 33 页。

能够促使民族意识觉醒、调动群众集体力量的实践形态的现代文学及其批评观念，以配合社会变革的实践要求。马克思主义文学批评在理论上鲜明的科学意识和在实践上介入社会变革的意识形态价值诉求在整体上顺应了历史的要求。而中国儒家文化传统中存在的民本思想、经世致用精神、"文以载道"思想以及知行统一观与马克思主义文学批评的实践精神也存在理论上的契合性。在这种情况下，具有强烈实践意识的马克思主义文学批评受到了当时中国一些知识分子的关注。

陈独秀是中国最早的马克思主义者之一，他于 1917 年 2 月在《新青年》杂志上发表《文学革命论》，他认为："推倒雕琢的阿谀的贵族文学，建设平易的抒情的国民文学；曰，推倒陈腐的铺张的古典文学，建设新鲜的立诚的写实文学；曰，推倒迂晦的艰涩的山林文学，建设明了的通俗的社会文学。"① 陈独秀同时也是五四思想启蒙运动的重要领导者。陈独秀的这篇文章是五四思想启蒙运动的纲领性文献，对当时的新文学运动起到重要的推动作用。如果将陈独秀的这篇文章置于中国马克思主义文学批评视野下去观照，也有着重要的意义。他把文学革命放在世界革命的社会框架中来理解的，他认为："今日庄严灿烂之欧洲，何自而来乎？曰，革命之赐也。欧语所谓革命者，为革故更新之义，与中土所谓朝代鼎革，绝不相类；故自文艺复兴以来，政治界有革命，宗教界亦有革命，伦理道德亦有革命，文学艺术，亦莫不有革命，莫不因革命而新兴而进化。近代欧洲文明 史，宜可谓之革命史。故曰，今日庄严灿烂之欧洲，乃革命之赐也。"② 在社会革命的视野下倡导文学革命，说明陈独秀在开展文化思想启蒙之初即把文学作为实践社会革命的一种工具。因此可以说陈独秀的《文学革命论》充满着启蒙意识、平民意识，同时又具有突出的社会变革意识，与传统文学批评强调艺术的自律性、个性化体验、贵族趣味明显不同。陈独秀的思想启蒙者与马克思主义者的双重身份，使他的文艺思想是具有启蒙实践观特点的马克思主义文学批评。

五四之后，陈独秀在思想中不断强化马克思主义因素。他在 1920 年 4 月 1 日的《新文化运动是什么》中认为新文化运动要"注重团体的运动"，"注重创造的精神"。新文化运动要影响到别的运动上面，比如影响到政治上，就要创造新的政治理想，不要受现实政治的羁绊，在他看来："新文化运动是人的运动；我们只应该拿人的运动来轰散那狗的运动，不应该抛弃我们人的运

---

① 陈独秀：《文学革命论》，选自《陈独秀文章选编》（上），生活·读书·新知三联书店 1984 年版，第 172 页。

② 同上。

动去加入他们狗的运动！"① 他在 1920 年 4 月 21 日《五四运动的精神是什么》的一篇演讲词当中谈道："这不同的地方，就是五四运动特有的精神。这种精神就是：（一）直接行动；（二）牺牲精神。直接行动就是人民对于社会国家的黑暗，由人民直接行动，加以制裁，不诉诸法律，不利用特殊势力，不依赖代表。"② 可以说陈独秀的人生活动可以用"文学革命"和"社会革命"两个方面来概括，这两个概括即是陈独秀的思想启蒙者与马克思主义者的双重身份的体现。这双重身份也使他的文艺思想表现为启蒙型的马克思主义文学批评实践品格。他在 1920 年 7 月《〈水浒传〉新叙》中认为："文学的特性重在技术，并不甚重在理想。理想本是哲学家的事，文学家的使命，并不是创造理想；是用妙美的文学技术，描写时代的理想，供给人类高等的享乐。"③这里陈独秀所说的"用妙美的文学技术，描写时代的理想"已经是典型的马克思主义文艺思想了。

俄国十月革命的胜利让中国早期探索救国真理的革命者看到了劳工大众主体的社会力量。1918 年蔡元培在纪念"一战"胜利的天安门广场演讲中，首次喊出"劳工神圣"的口号，李大钊则于五四运动爆发的前三天在《晨报》上发表了《"五一节"（*May Day*）杂感》，称五一劳动节是"世界工人的神圣经典颁布的日子"④，陈独秀则在 1920 年 5 月的《新青年》杂志第 7 卷第 6 号中推出"纪念劳动节专号"。这些措施推动了中国劳工运动的发展，也促进了马克思主义思想的传播，为中国革命走向胜利必须依靠占中国大多数的无产阶级大众主体的思想意识深入人心提供了精神铺垫。中国的早期革命者认识到中国要实现现代社会变革，摆脱积贫积弱的民族现实，就必须重视劳工大众的力量。同时也让他们看到，要实现民族独立和国家富强必须依靠马克思主义的理论指导，调动无产阶级和人民大众的力量以取得政权，从而实现国家独立和个人的解放。马克思主义文艺思想的宣传促进了马克思主义和中国民主革命的文艺运动的结合，也强化了文艺为当时的革命形势、民主革命运动服务的实践意识。

和陈独秀同一时期，李大钊也是五四运动时期最早涉及马克思主义文艺

---

① 陈独秀：《新文化运动是什么》，选自《陈独秀文章选编》（上），生活·读书·新知三联书店1984 年版，第 517 页。

② 陈独秀：《文学革命论》，选自《陈独秀文章选编》（上），生活·读书·新知三联书店 1984 年版，第 518 页。

③ 陈独秀：《〈水浒传〉新叙》，选自《陈独秀文章选编》（中），生活·读书·新知三联书店1984 年版，第 530 页。

④ 中国李大钊研究会编注：《李大钊全集》（第二卷），人民出版社 2006 年版，第 335 页。

思想的人。他早在 1918 年 11 月就于《新青年》杂志第 5 卷第 5 号发表《庶民的胜利》，认为俄国十月革命的胜利是劳工主义的胜利。在他看来将来的世界是劳工的世界，这是世界的潮流，因此人们要想在世界上当一个庶民，就应当去工作成为一个工人。他发表于 1919 年的《新青年》杂志第 6 卷第 5、6 号的《我的马克思主义观》中认为："马氏与昂格思合布'共产党宣言'，大声疾呼，檄告举世的劳工阶级，促他们联合起来，推倒资本主义，大家才知道社会主义的实现，离开人民本身，是万万做不到的，这是马克思主义一个绝大的功绩。"① 正是这种关心底层劳苦大众的马克思主义的人道主义精神形成了李大钊在《什么是新文学》中的实践型文艺思想："我们所要求的新文学，是为社会写实的文学，不是为个人造名的文学；是以博爱心为基础的文学，不是以好名心为基础的文学。"② 这种社会写实的新文学其中心主题就是以写劳工大众为主要内容的新文学，这表明李大钊通过俄国社会主义革命胜利这个历史事件，及时地向国人系统介绍马克思主义的政治经济学思想、"阶级竞争"学说和文艺批评理论以为当时中国的革命实践服务。可以说，马克思主义文艺思想具有鲜明的现实针对性和强烈的实践指导性。这说明时代的精神激荡，使当时的文学及其批评都表现出一种关怀现实、干预社会的实践意识，反过来又因为马克思主义文艺思想的实践品格促使马克思主义文艺思想更加深入人心。这样早期的中国马克思主义者倡导的马克思主义文学批评一开始就体现出鲜明的实践特点，并注意文学批评和中国革命实践相结合。正如黄曼君、胡亚敏等人指出的："由于他们大多是工运和农运的领导者，又是文艺创作的实践家，因而他们提出的理论思想具有突出的实践性，体现了马克思主义文艺思想与中国革命文艺运动初步的自觉的相结合的特点。"③ 严峻的现实政治斗争，使当时从事革命工作的人认识到要真正实现中国民族独立和自由解放，必须要唤起全国劳苦大众一起努力奋斗，才能实现革命的胜利。

陈独秀、李大钊都是五四民主启蒙运动的重要领导者，他们一方面接受了马克思主义，另一方面又是五四的思想启蒙者，这使他们的马克思主义文艺思想具有启蒙特质的实践意识。在早期中国马克思主义者中间，陈独秀、李大钊两人的马克思主义文艺思想特点具有典型代表性。继陈独秀、李大钊之后，在五四新文化运动时期，瞿秋白、邓中夏、恽代英、萧楚女、蒋光慈等早期中国马克思主义者都表现出启蒙型实践特点的马克思主义文艺思想。

---

① 李大钊：《我的马克思主义观》，选自《李大钊选集》，人民出版社 1959 年版，第 191 页。
② 同上书，第 276 页。
③ 黄曼君主编：《毛泽东文艺思想与中国文艺实践》，华中师范大学出版社 2002 年版，第 126 页。

例如恽代英认为"我以为现在的新文学若是能激发国民的精神，使他们从事于民族独立与民主革命的运动，自然应当受一般人的尊敬"①。邓中夏认为"新诗人须从事革命的实际活动——如果一个诗人不亲历其境，那就他的作品总是揣测或幻想，不能深刻动人"②。这里所说的"新文学""新诗人"皆是五四启蒙精神影响的体现，但在这些早期中国马克思主义者看来，新文学又必须置于革命的运动中来贯彻、实践。这些表明中国马克思主义文学批评在早期历史发展中呈现出以启蒙为主的实践思想特点。

以陈独秀、李大钊、瞿秋白、邓中夏、恽代英、萧楚女、蒋光慈等人为代表的早期中国马克思主义者根据当时的社会现实，围绕文学与革命、文学与生活等问题，运用马克思主义文艺思想初步提出了平民文学、无产阶级文学、大众文艺等主张，希望将新文学的发展引向马克思主义方向。他们从不同角度对无产阶级文学的文艺特征的阐述，表明了"五四"启蒙运动时期马克思主义文学批评实践观的初步生成，这一时期的文学批评实践形态，作为特定历史时期的产物可以说开启了无产阶级革命文学运动实践的先声。不过从整体上看，他们的马克思主义文艺思想，主要还是在五四启蒙文化运动的氛围下，回答各种文学现实问题，并提出一些文学主张的，他们对文学实践本性、文学工具意识的强调，主要还是一种启蒙型的实践观。

二　革命文学运动时期实践观内涵的初步确立与转换

五四新文化运动之后，整个中国社会形势进一步呈现出复杂性的变化，在思想文化领域主要以革命文学的论争、中国社会性质和社会史问题论战、左翼作家联盟的建立等几次重大文化事件为代表，深刻地影响了当时的社会。可以说五四之后，整个时代的社会思潮倾向由侧重文化知识层面上探索救国的真理，转到在政治实践层面上探索救国真理。马克思主义文学批评在理论上鲜明的科学意识，和在实践上介入社会变革的意识形态价值诉求，在整体上顺应了历史的要求。20世纪20年代末到30年代是无产阶级革命文学倡导时期，这一阶段马克思主义文艺思想的观念主题是从"为人生"的启蒙型实践观到为无产阶级大众型的实践观的过渡转换过程，这个过程也即革命文学倡导者所说的文学活动要实现由文学革命到革命文学的任务转移。从文学革

①　恽代英：《八股?》，选自《中国现代文学史参考资料》（第1卷上册），高等教育出版社1959年版，第193页。

②　邓中夏：《奉献于新诗人之前》，选自《中国现代文学史参考资料》（第1卷上册），高等教育出版社1959年版，第179页。

命到革命文学的任务转移也代表着继五四之后文艺观念理解范式上的整体转换，五四时期的文学家、批评家主要关注的文学与人生、文学与人性、文学与社会等问题，无产阶级文学运动时期的革命文学批评家则是主动地强化文学对现实的实践作用，关注文学的阶级性、文学的政治宣传、文学的组织生活的社会作用、文艺大众化等具有鲜明政治色彩的文学问题。正是从这个角度讲，"从现代思想文化史角度看，'无产阶级革命文学'的倡导及其论争，体现了'五四'思想启蒙向 20 年代末 30 年代初中国社会救亡的价值转换，从而具有'转折'性意义"①。

无产阶级革命文学的倡导有着鲜明的现实社会原因。1927 年之后随着中国革命形势的变化，五四新文化运动过程中的脱离工农大众的精英化、贵族化意识倾向，越来越表现出对处于革命低潮中的无产阶级革命运动的无能为力，因为从根本上讲五四新文学运动与无产阶级大众文艺，在价值取向上有着巨大差异。这一价值取向上的差异"源于两种不同的价值理想，五四意在'立人'，以建构'国民'；而革命文艺则意在'普罗阶级'，通过文艺大众化以使它所想象的理想的价值主体——'无产阶级'获得文化的领导权"②。某种程度上而言，五四时期的文化形态主要是理论性的知识启蒙，重于宏观的、普遍性的设想、规范，但流于理想化，是浪漫型特质的文化。而 1928 年之后的左翼文学运动整体上是政治功利化的实践型文化，具有现实型特质，注重文艺实践的革命宣传、政治筹划层面，这就使得革命文学运动的倡导者非常重视文学的大众化、无产阶级大众文艺问题。在他们看来，只有实现文艺的大众化，才能在广大的人民大众中间传播革命思想，教育他们，唤起他们的革命意识，实现革命的价值诉求。蒋光慈在 1928 年 2 月 1 日的《太阳月刊》中撰文认为："革命文学是反个人主义的文学！革命文学是要认识现代的生活，而指示出一条改造社会的新路径。"③ 瞿秋白在 1931 年 10 月 25 日《普洛大众文艺的现实问题》中认为"普洛文艺应当是民众的。新式白话的文艺应当变成民众的"，我们要向"群众去学习"，"创造普洛的革命的大众文艺"④。1938 年冯雪峰在谈论为什么提出文艺大众化运动时指出就是为了革命和抗战

---

① 黄曼君主编：《中国 20 世纪文学理论批评史》，中国文联出版社 2002 年版，第 286 页。

② 方维保：《大众文艺与普罗价值主体确立的矛盾》，《中国现代文学研究丛刊》2013 年第 9 期，第 163 页。

③ 蒋光慈：《关于革命文学》，选自中国社会科学院文学研究所现代文学研究室编《"革命文学"论争资料选编》（上），知识产权出版社 2010 年版，第 108 页。

④ 瞿秋白：《普洛大众文艺的现实问题》，选自《瞿秋白选集》，人民出版社 1985 年版，第 458—459 页。

的政治实践任务提出来的："我们说'艺术大众化'运动，在现在历史背景上，在统一着政治宣传与艺术向更高发展这两个'矛盾'的任务，于是那主要点就在于它表现着——艺术运动进行着与政治情势之间的矛盾的斗争，进而进行着艺术运动自身的从低级向高级发展的矛盾的斗争，使从对革命（抗战）的初步的实践，进到对革命（抗战）的高级的实践。"①

　　鲁迅是革命文学论争的重要一方，他与冯乃超、李初梨、成仿吾、蒋光慈有过多次论战，但在某种程度上他们的论战只是体现出他们对马克思主义文艺思想、无产阶级革命文学的不同理解。他们在文学应该面向现实生活、无产阶级劳苦大众这个基本方向上，并没有根本的区别，鲁迅在 1927 年的《革命时代的文学》中认为："现在的文学家都是读书人，如果工人农民不解放，工人农民的思想，仍然是读书人的思想，必待工人农民得到真正的解放，然后才有真正的平民文学。"② 在鲁迅看来要真正倡导革命文学，革命文学家本人应该亲身参加革命活动，而不是做"纸上的革命家"空喊革命的口号，所以他在《革命文学》中认为："我以为根本问题是在作者可是一个'革命人'，倘是的，则无论写的是什么事件，用的是什么材料，即都是'革命文学'。从喷泉里出来的都是水，从血管里出来的都是血。'赋得革命，五言八韵'，是只能骗骗盲试官的。"③ 鲁迅的马克思主义文艺思想更注重革命主体本人的现实革命实践精神和关注无产阶级大众对革命文学思想的接受能力问题。可以说鲁迅与其他革命文学倡导者有相同的一面，也有很不相同的方面。鲁迅文艺思想中的启蒙精神、自由独立人格意识相比于其他革命文学倡导者更加鲜明、强烈。即便他加入革命作家的队伍里面，在他的思想意识深处，仍然保有独立思考的批判精神和反思意识。1930 年 3 月 2 日在上海成立"中国左翼作家联盟"，标志着革命文学论争的结束，但鲁迅同他们的分歧依然存在。这种分歧在 1935 年开始的"两个口号"论争中进一步表现出来。从实践角度看，"国防文学"和"民族革命战争的大众文学"的口号体现出当时中国马克思主义文学批评阵营内部在实践的思路和策略上都存在一定差异，而这个问题是毛泽东在《在延安文艺座谈会上的讲话》（注：以下论文内容中出

---

　　① 冯雪峰：《关于"艺术大众化"》，选自《冯雪峰论文集》（上），人民文学出版社 1981 年版，第 142—143 页。

　　② 鲁迅：《革命时代的文学》，选自北京大学等中文系中国现代文学教研室编《文学运动史料选》（第一册），上海教育出版社 1979 年版，第 452 页。

　　③ 鲁迅：《革命文学》，选自北京大学等中文系中国现代文学教研室编《文学运动史料选》（第一册），上海教育出版社 1979 年版，第 454 页。

现《在延安文艺座谈会上的讲话》均简称为《讲话》）中确立人民本位实践观后才获得解决的。

理论的提倡与实践的要求双向互动的结果，就是成仿吾所说的："革命运动停顿了，革命文学运动的空气却高涨了起来。"① 革命处于低潮，革命文艺却异常高涨起来，这表明当时的革命文学顺应了时代精神，在全社会迅速奠定了马克思主义文艺思想的地位。署名丁丁的左翼评论家在《文艺与社会改造》中认为："我们可以明了社会改造运动与文艺的关系，文学是社会改造运动的一种工具，是挑发社会改造运动的，是引导社会改造运动的，是站在社会改造的火线上的。"② 这种无产阶级主体意识价值的高度确认在于转变原有的把阶级主体意识当作主观性的观念，而是把主体对现实的超越性洞见看作是指向未来的历史客观性内容。蒋光慈认为："'革命文学'成为一个时髦的名词，不但一般急激的文学青年，口口声声地呼喊革命文学，就是一般旧式的作家，无论在思想方面，他们是否是革命的同情者，也没有一个敢起来公然反对。"③ 茅盾以《论无产阶级艺术》《文学者的新使命》等文章为代表，也确立了马克思主义唯物史观和阶级观点为指导的无产阶级现实主义文艺思想。他在《论无产阶级艺术》中认为："无产阶级艺术的批评论将自居于拥护无产阶级利益的地位而尽其批评的职能。"④ 茅盾认为文学要自觉表现无产阶级改造社会的巨大力量，并且无产阶级文学要有激励人心的积极作用。正是从这个角度讲茅盾的无产阶级现实主义思想具有鲜明的实践性，它是在文艺思想的论争中逐渐发展并走向成熟的。

革命文学的倡导以及对无产阶级大众文艺的重视，使得马克思主义文艺思想与当时的革命实践进一步结合起来，扩大了马克思主义文艺思想的影响，确立了重视无产阶级大众的中国马克思主义文学批评实践思想特征。但是应该客观看待革命文学家所倡导的无产阶级文学运动，受到当时国际工人运动特别是苏联拉普文艺的影响，其存在文艺思想上的片面性、绝对化等"左"倾化问题。他们在具体理解什么是革命文学、大众文艺的艺术特性以及如何

---

① 成仿吾：《全部的批判之必要——如何才能转换方向的考察》，选自中国社会科学院文学研究所现代文学研究室编《"革命文学"论争资料选编》（上），知识产权出版社 2010 年版，第 128 页。

② 丁丁：《文艺与社会改造》，选自中国社会科学院文学研究所现代文学研究室编《"革命文学"论争资料选编》（上），知识产权出版社 2010 年版，第 53 页。

③ 蒋光慈：《关于革命文学》，选自中国社会科学院文学研究所现代文学研究室编《"革命文学"论争资料选编》（上），知识产权出版社 2010 年版，第 103 页。

④ 茅盾：《论无产阶级艺术》，选自北京大学等中文系中国现代文学教研室编《文学运动史料选》（第一册），上海教育出版社 1979 年版，第 420 页。

践行大众化等问题时也存在很多分歧，而且这些分歧不可避免地会影响到当时严峻的现实革命斗争。这些表明重视无产阶级大众的中国马克思主义文学批评实践思想特点都还只是一种过渡性的批评实践形态，现实和理论上都迫切需要一种新的马克思主义文学批评实践观，即毛泽东在《讲话》中确立的以人民为本位的中国马克思主义文学批评实践观。

第二节　人民本位实践观与中国马克思主义文学批评实践思想体系的成熟

列宁曾提出文艺要为"千千万万劳动人民服务"，中国马克思主义文学批评在理论实践中更加突出人民范畴的重要性，毛泽东在《讲话》中提出文艺要为"最广大"的人民大众服务，提倡作家坚持以人民为中心的创作导向。可以说，毛泽东的《讲话》确立了中国马克思主义文学批评人民本位实践观的形成。

一　人民本位实践观的确认与毛泽东《在延安文艺座谈会上的讲话》

毛泽东1942年的《讲话》是中国马克思主义文学批评确立人民本位实践观的重要标志。毛泽东的文艺思想是马克思主义与中国革命文艺实践相结合的产物，毛泽东根据中国具体国情、现实革命需要，特别是新民主主义革命的需要提出了为什么人服务的问题是革命文艺的根本问题，由此他确立了文艺要为人民大众服务，首先为工农兵群众服务的根本方向。他认为"为什么人的问题，是一个根本的问题，原则的问题"，"我们的文艺工作者一定要完成这个任务，一定要把立足点移过来，一定要深入工农兵群众、深入实际斗争的过程中，在学习马克思主义和学习社会的过程中，逐渐地移过来，移到工农兵而来，移到无产阶级这方面来。只有这样，我们才能有真正为工农兵的文艺，真正无产阶级文艺"。① 毛泽东的《讲话》奠定了中国马克思主义文学批评以人民为本位、以人民大众为主体的革命实践观，这是中国革命运动的历史自然结果，也是革命运动对文艺运动的要求。毛泽东基于中国革命的实际，没有照搬经典马克思主义作家的现成观点，而是结合五四以来中国革

---

① 毛泽东：《毛泽东选集》（第三卷），人民出版社1991年版，第857页。

命文艺的实践经验明确提出文艺要为工农兵群众服务的思想观点。

早在 1925 年 12 月 1 日的《中国社会各阶级分析》中，毛泽东就指出："谁是我们的敌人？谁是我们的朋友？这个问题是革命的首要问题。"① 毛泽东作为革命家、政治家在思考文艺问题时，首先是着眼于革命的斗争实践需要来思考文艺与革命的关系问题。人民大众特别是工农兵大众是革命力量的主体，只有调动人民的力量才能取得革命的胜利，由此实践逻辑出发，为人民大众以及如何为人民大众必然作为革命文艺的根本问题而被强调。在《讲话》发表以前，1940 年 1 月毛泽东就发表了《新民主主义论》。他以辩证唯物论为思想指导，分析了中国的历史特点、政治、经济、文化状况和世界形势，提出要建立民族的科学的大众的中华民族文化，强调新民主主义文化就是要"为全民族中百分之九十以上的工农劳苦民众服务，并逐渐成为他们的文化②"。毛泽东认为新民主主义的革命文化对革命的实践运动非常重要，这决定了新民主主义的文化运动是为人民大众的、工农兵群众的。作为新民主主义的文化运动的重要组成部分的革命文艺自然也是为人民大众的。以文艺与人民的关系为理论体系框架的主轴，毛泽东的文艺思想实际上形成了以人民为本位的实践型文艺批评体系形态。从文学与生活的关系上看，生活是由人民大众的生活组成，作家要反映生活，就要反映人民大众的生活。从作家与人民的关系上看，或者说从创作主体与接受主体的关系上看，革命作家作为人民的代言人，为了了解人民生活的革命要求，就要深入生活，向人民群众学习，这就要求作家要转变身份、立场，克服自身存在的脱离群众现象或者说小资产阶级个性问题。毛泽东的《讲话》所确立的以人民为本位的马克思主义文学批评实践观，可以说是毛泽东思想与中国革命文艺实践相结合的历史产物，这个思想超越了五四时期的启蒙实践观以及革命文学运动时期提出的相对笼统的重视无产阶级大众的马克思主义文学批评实践观。

五四时期尽管提出了"平民文学""国民文学"，但都无法具体落实到具体的社会实践和文艺实践当中。革命文学运动时期，虽然也提出了要表现无产阶级大众的文学，但因为对什么是无产阶级大众、如何通过无产阶级大众的文学为革命服务等问题，都缺乏一套系统的实践策略，最终也无法落到实处，只有毛泽东的《讲话》提出了思想改造、普及与提高、生活源泉论、继承借鉴与革新创造、批评标准等内涵丰富的文艺思想实践体系，解决了中国

---

① 毛泽东：《毛泽东选集》（第一卷），人民出版社 1991 年版，第 3 页。
② 毛泽东：《毛泽东选集》（第二卷），人民出版社 1991 年版，第 708 页。

马克思主义文学批评的理论与实践如何结合的问题。国内学者胡亚敏教授认为中国马克思主义文学批评把人民作为优先考虑的问题是根据中国国情做出的选择，"近代以来阶级矛盾和民族矛盾错综复杂地交织在一起，早期中国革命的经验教训使人们逐步认识到，仅用阶级概念很难解释和实现其革命目标，必须要记得最广大人民群众的支持和拥护。可以说，'人民'概念正是马克思与中国革命实践相结合的结晶，展示了中国共产党人集体的政治智慧和求实精神"。① 可见人民本位的文学实践观是中国马克思主义文学批评实践逻辑的必然显现，正是由人民这个根本问题出发，中国马克思主义文学批评发展出文艺与生活、作家立场问题、源与流的问题、民族形式问题、文艺大众化的语言问题等具有中国自身独特民族文化内涵的文学理论框架。

从实践角度看，人民在实践的理论结构中既是一个客体性概念，也是一个主体性概念。在毛泽东看来，无论是作为创作主体的革命文艺工作者，还是作为接受主体的工农兵大众，都要统一于人民大众这个历史实践主体。文学主体特别是创作主体的态度、立场的统一和确定，不仅是一个理论问题，而且是在中国革命的现实语境中文艺为谁服务、写给谁看的实践问题，所以毛泽东说："我们讨论问题，应当从实际出发，不是从定义出发。如果我们按照教科书，找到什么是文学、什么是艺术的定义，然后按照它们来规定今天文艺运动的方针，来评判今天所发生的各种见解和争论，这种方法是不正确的。我们是马克思主义者，马克思主义叫我们看问题不要从抽象的定义出发，而要从客观存在的事实出发，从分析这些事实中找出方针、政策、办法来。我们现在讨论文艺工作，也应该这样做。"② "什么是文学"与谈论"今天文艺运动的方针"实际上是两种不同的理论批评框架和思维方式，一种是从文学的抽象定义出发来指导文艺运动的理论思维，一种是从文艺运动的实际情况特别是革命实践出发制定文艺方针、政策的实践思维。从哲学层面讲，理论思维偏重于方法的抽象性、概括性，更关注把握对象的普遍性、一般性以及对现实生活的超越性，因此从理论思维出发看文学就很难兼顾到文学的具体性、特殊性、动态性，容易脱离文学运动的实际，堕入理论先验预设的思维陷阱当中。而实践的思维方式则是看到了理论思维的有限性，把思考的着力点放在对对象的现实性、存在的历史具体性进行分析上。从实践的思维视野看，由于现实社会生活世界的动态复杂性与异质性因素的多重复合，摒弃

---

① 胡亚敏：《中国马克思主义文学批评的人民观》，《文学评论》2013 年第 5 期，第 6 页。
② 毛泽东：《毛泽东选集》（第三卷），人民出版社 1991 年版，第 853 页。

个性化、追求普遍同质性的理论思维无法全能地把握无限的现实生活世界，而实践的思维智慧由于充分注意到兼顾个别性与一般性的统一，所以它能够把文学的一般规律性与具体特殊的现实历史活动结合起来进行整体把握。相对于理论思维，实践的思维方式具有优越性的地位，总体上而言，实践思维方式处于优先性地位的原因在于理论思维的主体是"现实中的个人"，是有限性的主体，它不可能逃脱于现实的生活世界，这决定了"理论不可能把握生活实践整体，生活实践作为整体从根本上超出了理论活动的能力。理论之所以陷入自相矛盾，正是因为理论活动的僭越，即理论试图超越其有限性，而以整全性的东西为对象"①。由此看出，中国马克思主义文学批评实践观的人民本位思想是马克思主义实践观的普遍原理、基本观点与中国革命实践、具体实际相结合，所产生出来的历史形态。人民作为历史实践主体，它更侧重于表明集体性的主体特征，而要解释这个理论成因，则需要我们从中国特殊的革命文化环境、具体的文学实践状况等方面来客观解释。

从哲学的角度看，以《讲话》为中心所确立起来的以人民为本位的马克思主义文学批评实践观，是由毛泽东思想的哲学基础决定的。毛泽东的思想是以马克思主义的辩证唯物主义和历史唯物主义为哲学基础的。毛泽东在继承辩证唯物主义和历史唯物主义的基础上，结合中国革命实际，创造性地发展了马克思主义的理论观点，这就使得以毛泽东为代表的中国马克思主义思想体系，较多地表现出有自身民族特色的地方。具体讲，从实际出发，以实事求是为代表的毛泽东思想是实践本位的辩证唯物论。毛泽东在《实践论》中认为："真理的标准只能是社会的实践。实践的观点是辩证唯物论的认识论之第一的和基本的观点。"② 在毛泽东看来，理论的基础只能在于实践，理论依赖于实践，实践处于优位地位，反过来理论又通过在实践中获得的真知指导人们正确实践，可见以毛泽东思想为代表的中国马克思主义的哲学基础是实践本位的辩证唯物论。在认识论领域，中国马克思主义强调实践对于认识的意义，这个实践本位的逻辑延伸就是强调作为实践主体的人民大众，在推动历史前进中的重要作用，从这个角度讲，又可以将中国马克思主义文学批评的实践观归结为人民本位实践观。

---

① 王南湜：《辩证法：从理论逻辑到实践智慧》，武汉大学出版社 2011 年版，第 190 页。
② 毛泽东：《毛泽东选集》（第一卷），人民出版社 1991 年版，第 284 页。

二　政治实践与文学实践的深度融合：从社会主义现实主义到"两结合"理论的提出

从实践的角度看，毛泽东在《讲话》中提出的政治标准第一、艺术标准第二的文学批评观，不是为了塑造一个二元对立的批评标准尺度，而是为了确立在文学与政治的问题框架中文学政治实践的优先性，正是从这个意义上讲，冯雪峰认为："政治决定文艺的原则，是现实和人民的实践决定文艺实践的原则。"① 从中国马克思主义文学批评实践观视野来看，政治决定文艺的原则本质上是在实践的问题结构中陈述的，它是人民的现实生活要求和革命斗争意志决定"文艺实践政治"，而人民作为历史主体与社会客体的合一性地位决定了它作为中国革命胜利无可替代的实践中介者地位："文艺与人民能够在实践上取着密切的一致的关系，而文艺成为广大人民的生活，斗争要求和力量的反映，则文艺与政治的关系自然也很明确了。"② 邵荃麟在"主观论"批判中也指出："一个作者，不仅要强调政治倾向，而更重要的要直接参加到政治的斗争中去，只有在政治斗争的实践中，他的政治倾向才是真实的，明确的。政治与艺术的统一不仅是创作实践的问题，而且是作家的生活与斗争的实践问题。"③ 可以说，在中国马克思主义文学批评实践观当中，创作实践、生活实践、政治实践是三位一体的，政治实践在文学实践活动当中起到基础性作用，作家只有通过自己的亲身政治实践体会到人民的客观生活要求，作品才会达到真实的政治倾向，真正做到政治与艺术、主观与客观的统一。

中国马克思主义文学批评政治实践优位意识的原则确立，影响到理论批评的方方面面，其中一个重要影响就是确立了社会主义现实主义美学原则的中心地位。周扬于 1933 年 9 月在《文学》第 1 卷第 3 号上发表《十五年来的苏联文学》较早指出 30 年代苏联文学界格罗斯基、吉尔波丁等人对"唯物辩证法的创作方法"的批评，提出"社会主义的现实主义"是苏联文学的新口号。同年 11 月周扬在《关于"社会主义的现实主义与革命的浪漫主义"》中认为，社会主义现实主义口号的提出是对苏联"拉普"批评家用抽象烦琐的理论公式去批评一切作品的"唯物辩证法的创作方法"的否定，社会主义现

---

① 冯雪峰：《论民主革命的文艺运动》，选自《冯雪峰论文集》（中），人民文学出版社 1981 年版，第 89 页。

② 同上。

③ 邵荃麟：《略论文艺的政治倾向》，选自《邵荃麟评论选集》（上），人民文学出版社 1981 年版，第 86 页。

实主义则是考虑到了世界观与创作方法、倾向性与真实性、艺术的特殊性、文学实践的复杂性基础上提出来的："社会主义的现实主义是动力的（Dynami），换句话说，就是社会主义的现实主义是在发展中，运动中去认识和反映现实的。这是社会主义的现实主义和资产阶级的静的（Static）现实主义的最大的分歧点，这也是社会主义的现实主义的最大的特征。"① 这说明社会主义现实主义内在地包含着文学要根据现实的生活变化发展动态追踪现实以表现生活真实的实践思维，但是如果放弃了这种实践反思精神把社会主义现实主义作为一种唯一至上的普遍原理或者独一无二的创作方法、文学观念则是回到了烦琐抽象的一元化理论哲学思维，这种思维与一元化的政治环境形成权力合谋严重背离了文学实践的自由多元化特征。所以 50 年代苏联文学解冻之后我国理论界也普遍对社会主义现实主义文学观念存在的问题进行了反思："社会主义现实主义，我们认为是最好的创作方法，但并不是唯一的创作方法；在为工农兵服务的前提下，任何作家可以用任何自己认为最好的方法来创作，互相竞赛。"②

中国对社会主义现实主义的选择，是有充分的社会文化心理准备的。首先是以五四精神为代表的自由开放的新文化运动对外来文化基本持兼容态度。其次是对俄苏文学的熟悉和情感上的认同，由于苏联社会主义现实主义富有改造社会的革命浪漫主义精神和强烈的社会意识形态功能，容易引起处于革命过程中的中国读者的共鸣。最后是社会主义现实主义突出了文学与现实实践之间的密切关系，这是中国现代文学发展的必然选择。1953 年邵荃麟在中国文学工作者第二次代表大会上的总结发言时指出："社会主义现实主义的方向，是'五四'以来中国新文学运动的基本方向。……工人阶级领导的人民革命的要求和创作上现实主义的要求相结合，这就构成了社会主义现实主义的倾向。"③ 五四新文学运动为后来的文学运动定下了一个基调，就是文学是为人生的。为人生的文学的根本宗旨是表现个体价值自由的使命，这个目标到后来演变为为人民的文学，《讲话》之后又逐渐窄化为为政治的文学。文学政治实践的辩证结构在于，永远要提出一个文学之外的政治目标和构想，继而为了实现未来的这种目标，就需要实践主体要务实面对，又需要革命实践

---

① 周扬：《关于"社会主义的现实主义与革命的浪漫主义"》，选自《周扬文集》（第一卷），人民文学出版社 1984 年版，第 110 页。

② 陆定一：《百花齐放，百家争鸣》，《人民日报》1956 年 6 月 13 日。

③ 邵荃麟：《沿着社会主义现实主义的方向前进》，选自《邵荃麟评论选集》（上），人民文学出版社 1981 年版，第 310 页。

主体的主观幻想。这可以解释，为什么社会主义现实主义口号逐渐演变为革命浪漫主义与革命现实主义相结合（"两结合"理论）的创作方法，这在某种程度上是中国马克思主义文学批评的实践逻辑的自然延伸和必然表现。毛泽东通过提出"两结合"理论在美学原则上，确立了有别于苏联马克思主义文学批评模式的创作理念，可以说，"毛泽东在1958年突出文艺的革命浪漫主义的重要性，提出革命的现实主义与革命的浪漫主义的相结合，是夹杂着他对时代的需要的理解、他个人的浪漫主义气质和文艺思想等各种因素的。但无论他怎样以自己的创作实践和新民歌运动的'成果'来说明'相结合'的可行性和正确性，最终想达到的目的还是政治性的，即用文艺（特别是诗歌）这个'工具'来调动人的理想、积极性和战斗性，好能实践建设社会主义的政策或路线"①。从文学批评的实践视野看，从革命文学的倡导到革命的浪漫主义在"两结合"理论中的凸显可以看作文学实践主体逐步被抬高的过程，中国革命的伟大胜利所燃起的狂热政治情绪和社会主义建设的新局面所带来的政治焦虑意识则是畸形地助推了文学主体的无限膨胀，这种无限膨胀的结果就是代表纯粹阶级精神的政治主体完全取代文学主体，直接导致"文化大革命"时期政治直接美学化的"三突出"创作原则的出现。从理论角度看，我们要科学地理解文学的实践主体问题需要和中国马克思主义文学批评实践思想的历史客观性维度联系起来辩证把握，只有这样才能真正全面理解马克思实践观的真正内涵，进而在实践中正确分析和看待文学理论观点和创作方法问题。

三　从"人的文学"到"人民文学"：人学思想的演进

实践是以人为主体，以客观事物为对象的现实活动。人通过实践生成和发展着人的社会属性，并证明人是自由的类存在物。马克思的实践哲学观作为中国马克思主义文学批评的支撑性理论基点，从本体论、认识论和方法论等层面上规定了中国马克思主义文学批评的人道主义、意识形态、政治、人民、主体性等基本范畴的人学内涵。传统上我们比较重视从马克思实践观的认识论、方法论层面对中国马克思主义文学批评的基本问题、重要范畴的理解梳理，但忽视了从实践的本体论层面对文学是人学、文学人性论、人民文学论等范畴人学价值背景的反思和探讨。如果我们认识到中国马克思主义文

---

① 陈顺馨：《社会主义现实主义理论在中国的接受与转化》，安徽教育出版社2000年版，第328页。

学批评理论演进当中"'人的文学'与'人民文学'构成了新文学内部重要的对立与冲突"①，同样我们也需要认真思考中国马克思主义文学批评理论体系又如何从实践出发将"人的文学"与"人民文学"观的对立整合在人学的问题结构当中的，而不是简单笼统地归结为一元化政治环境的规整。可以说实践视野下的人学思想是我们理解中国马克思主义文学批评实践观内在理论结构演进的根本思路。

人道主义是人类步入现代文明世纪普遍认可的一种价值信念和共识，在不同的历史语境中具有不同的内涵。就一般意义上讲，人道主义、人性论作为人学传统的主要内容，其基本内涵就是："凡是承认人的价值或尊严，把人作为衡量一切事物的尺度，或者以某种方式把人性、人性的范围或其他利益作为主题的哲学，也属于人道主义。"② 中国现代文学及其理论批评就是以人道主义信念为发端的，在五四时期，周作人提出的"人的文学""平民文学"大体上皆属于文学的人学传统。如果从实践的视野下去观照五四的"人的文学观"，可以看出它主要还是从个体、单个主体的人的人生实践来思考的，它更多的是道德伦理意义上的人生价值实践活动，所以周作人说："用这人道主义为本，对于人生诸问题，加以记录研究的文字，便谓之人的文学。"③ 周作人的"人的文学观"在五四时期较有代表性。他主张人的文学是以人的道德为本，但对如何实现人的平等价值等问题缺乏具体的现实对策和手段，体现出理论的空想性和抽象性色彩。五四时期的人学观，在一定程度上是主要继承了西方 18 世纪启蒙运动开始奠基的人道主义价值观。巴人曾在讨论毛泽东所提出的文艺的中国作风和中国气派的问题时，深刻指出从五四人的文学，到革命文学，再到人民大众文学的发展，这是一个哲学上的否定之否定的螺旋式上升进步过程，他认为："大众文艺是中国新文学发展的更高的一个阶段，决不是降低，或退后，若用一句哲学上的术语，自五四平民文学的要求，到一九二七年前后革命文学的出现，再到今天的大众文学的推进，是否定的否定。"④ 从巴人的分析思路来看，五四新文化运动虽然提出了人的问题，但更多的是在理想、理论的层面上提出的，在现实实践的层面上五四运动对平民的关注、社会改造意识和人道主义信念并没有取得多少实绩，相反其冗长的道德说教和相对空洞自恋的"为人生"文学观不可避免地表现出道德情感

---

① 旷新年：《中国现代文学理论批评概念》，清华大学出版社 2014 年版，第 147 页。
② 刘卫国：《中国现代人道主义文学思潮研究》，岳麓书社 2007 年版，第 4—5 页。
③ 周作人：《人的文学》，《新青年》1918 年 12 月 15 日第 5 卷第 6 号。
④ 巴人：《中国气派与中国作风》，《文艺阵地》1939 年 9 月第 3 卷第 10 期。

上的幼稚和精神观念格局上的局促性。但五四的"人的文学"观所具有的超前性、普遍性、理想性的人学价值观念为中国马克思主义文学批评确立人民文学观提供了历史条件和理论空间。

中国马克思主义文学批评的人学观是实践视野下的人学观，这种实践的人学观是侧重群体价值的以人民为本位的实践主体观。同五四"人的文学"观进行深刻对话构成中国马克思主义文学批评人学观建构的一个重要理论动力，只不过在中国马克思主义文学批评当中这种人学价值观的对话并不是直接以人的主题出现的，而是通过文学与人民、文学与阶级、文学与政治、主体性问题、文艺大众化等关系中表现、建构出来的。20 世纪 20 年代末 30 年代初，世界无产阶级革命形势的推动和中国革命力量的发展，钱杏邨、李初梨、成仿吾、冯乃超等人倡导无产阶级革命文学，认为五四文学革命是宣传人道主义美丽谎言的时代，五四时代的作家是需要被打发出去的落伍者，冯乃超在《艺术与社会生活》中批判鲁迅是"百无聊赖地跟他弟弟说几句人道主义的美丽的说话"[1]。这一时期革命文学倡导者通过围绕无产阶级的阶级意识问题、文艺大众化、文艺的组织生活的社会作用等问题，表明他们的实践人学思想已经由五四时期的理想空泛的人学观转向无产阶级大众主体的革命的实践人学观。但是革命文学家对文学的政治倾向性与艺术真实性的关系持机械庸俗化的理解，片面夸大文学的阶级宣传作用，忽视文学的审美属性。在对待五四文学问题上，完全割裂革命文学与五四文学革命的历史与精神联系，错误地理解了当时中国革命的性质和所处的历史阶段，因此革命文学作为面向无产阶级大众主体的实践人学观仍然无法形成有效的革命实践力量，还需要进一步地历史发展。1942 年毛泽东的《讲话》所确立的文艺的工农兵方向，则是真正确立了以人民为本位的实践的人学观。毛泽东所确立的为人民大众服务的革命文艺观充分体现了中国马克思主义文学批评植根于民族的现实生活土壤、具体的革命斗争与文艺实际当中的实践品格。正是立足于人民本位的文学实践观，毛泽东提出了生活美与艺术美、源与流、普及与提高、继承借鉴与革新创造等一系列有中国特色、中国气派的文艺观点，可以说新中国成立后 1956 年毛泽东提出的"双百方针"也同样贯彻了这一实践精神、人民本位的价值观。

马克思主义认为人民是推动历史发展的根本动力，历史是由人民群众所创造的，人民是推动社会进步的根本力量。因此，在马克思主义理论家们看

---

① 冯乃超：《艺术与社会生活》，《文化批判》1928 年 1 月创刊号。

来，作为无产阶级斗争武器的文艺就不能不和人民相结合，走"文艺大众化"的道路，所以说："只有通过大众化的路线，即实现了运动与组织的大众化，作品，批评以及其他一切的大众化，才能完成我们当前的反帝反国民党的苏维埃革命的任务，才能创造出真正的中国无产阶级革命文学。"① 只不过这些提法从中国革命和现代化建设的实践需要，又在微观具体层面对人民的内涵注入了新的时代内涵。正是中国马克思主义批评的实践精神，使得人民不仅是一个理论批评范畴，而且是一个具有创造意识和改造世界的实践意志范畴，林默涵在《关于人民文艺的几个问题》中就根据毛泽东《延安文艺讲话》中以人民为核心的文艺观点指出："愿意使文艺为人民服务和怎样使文艺为人民服务，这中间，有着一个实践的过程。写什么？怎么写？是在这个实践的过程中首先遇到的问题。"② 由此可知："'人民'概念被视为中国社会具有广泛共同利益且具革命性的阶级集合，是基于阶级又超越阶级的联合体。"③ 周扬、冯雪峰、茅盾、何其芳、邵荃麟等人的文艺思想则进一步地丰富了以毛泽东为代表的中国马克思主义文学批评实践观的人民性内涵。邓小平在新时期的拨乱反正中提出文艺为最广大的人民群众服务、为社会主义建设服务、"我们的艺术属于人民"④ "人民需要艺术，艺术更需要人民"⑤ 等人民论文艺思想，从实践的角度讲，邓小平人民论文艺思想继承和发展了中国马克思主义文学批评以人民为本位的实践的人学观。

从20世纪70年代末到80年代中期，随着极"左"政治思潮的结束，特别是马克思《1844年经济学哲学手稿》在中国的出版，中国马克思主义理论界开始大量探讨马克思主义经典作家有关人性、人道主义和异化理论问题，也引起了众多学者的争论。⑥ 在争论过程中，有些学者认为人道主义、人性论是资产阶级的意识形态价值体系，这种人道主义价值观鼓吹个人主义、自由、平等、博爱等抽象的人的价值，忽视人道主义在不同时代、历史阶段具有不

---

① 左联执委会：《中国无产阶级革命文学的新任务》，《前哨·文学导报》1931年11月15日第1卷第8期。

② 林默涵：《关于人民文艺的几个问题》，选自北京大学等中文系编《文学运动史料选》（第五册），上海教育出版社1979年版，第271页。

③ 胡亚敏：《中国马克思主义文学批评的人民观》，《文学评论》2013年第5期，第6页。

④ 邓小平：《在中国文学艺术工作者第四次代表大会上的祝辞》，选自《邓小平论文艺》，人民文学出版社2002年版，第5页。

⑤ 同上书，第8页。

⑥ 胡亚敏：《马克思主义文论研究三十年》，选自胡亚敏《中西之间：批评的历程》，华中师范大学出版社2012年版，第138页。

同的思想内涵。可以说，马克思主义与人道主义问题是两种截然不同的思想价值体系，不能把马克思主义人道主义化。① 也有些论者认为，马克思主义与人道主义并不是对立的，从根本上讲，马克思提出的人的全面自由发展理想、人的感觉和特性的彻底解放思想、"人的根本就是人本身"② 的人学观点，本身就说明人道主义是马克思主义的应有之义。马克思主义作为实践的唯物主义，它是生存本体论、认识论与人学观点的统一，这个根本思想反映到文学领域上，就是马克思主义文学批评坚持美学观点与史学观点相统一的批评观。我国学者陆贵山进一步将马克思主义文学批评的总体文艺观概括为史学观点、人学观点和美学观点的统一，认为马克思主义文论美学思想极具包容性和不可逾越的先进性，因此我们要用宏观辩证综合的学术视野来观照马克思主义文学批评，"马克思主义文论和美学带有明显的唯物、辩证、宏观的性质。马克思主义的'史学观点'同与之相联系、相适应的'人学观点'、'美学观点'融为一体，构成宏大的理论系统，包含着三大文艺关系……"③ 可以说，运用马克思主义文学批评的史学观点（人学观点）与美学观点相统一的宏观理论思路，去建构适应我国当代文艺发展的马克思主义文学批评理论框架体系，就要求我们以马克思的实践观、实践唯物主义为指导，对文艺进行宏观辩证的综合研究。

马克思在《神圣家族》中谈道："既然是环境造就人，那就必须以合乎人性的方式去造就环境。既然人天生就是社会的，那就只能在社会中发展自己的真正的天性；不应当根据单个人的力量，而应当根据社会的力量来衡量人的天性的力量。"④ 马克思认为人只有在一定的社会关系实践中才能真正成为人，也就是人通过实践按人的方式创造出一个属人的、合乎人性的对象世界、社会世界，以此展示每个人的生命本质。从实践视域来看，中国马克思主义文学批评所建立的人民本位实践观，是继承和发展了马克思从社会属性看待现实的人的思想，通过人民观突出人的社会内涵。同时，中国马克思主义文学批评的人民观认为人民与个体的关系并不是对立的，而是相互统一的，人民这个主体是由单个独立的个体主体构成的，他们是辩证存在的结构关系。

① 参见胡亚敏：《马克思主义文论研究三十年》，选自胡亚敏《中西之间：批评的历程》，华中师范大学出版社 2012 年版，第 138、147 页。

② ［德］马克思、恩格斯：《马克思恩格斯文集》（第一卷），人民出版社 2009 年版，第 11 页。

③ 陆贵山：《马克思主义文艺理论研究的反思与展望》，选自童庆炳等主编《新中国文学理论 50 年》，安徽大学出版社 2000 年版，第 44 页。

④ ［德］马克思、恩格斯：《马克思恩格斯文集》（第一卷），人民出版社 2009 年版，第 335 页。

从马克思主义实践人学观这个本体论层面上看，中国马克思主义文学批评的历史演进中之所以一再出现人道主义、人性论、文学主观论、文学主体性、异化论问题的讨论，并不仅仅是作家的世界观改造、阶级立场、主观主义和文学的党性问题，而且是由中国马克思主义文学批评自身的实践本体论层面决定的。中国马克思主义文学批评的"社会革命与建立现代民族国家"的基本问题论域，决定了现实层面的革命实践与本体层面的人的解放实践在根本目的上是统一的，同时在如何实现的手段问题上产生了内在的紧张。中国马克思主义文学批评在后来实际上就是以五四的"人的文学"观为理论转换和时代价值逆反的参照点来进行的。

周扬 1940 年在《关于"五四"文学革命的二三零感》一文中认为新文学最优秀的代表在基本趋势上是向大众立场转移的，"文学革命是在谋求文学和大众结合的目标之下实行的"，"所以不能够因为白话文学主要地还拘囿于知识分子读者的圈子，还没有普及深入到广大群众中间去，就认为文学革命和大众没有发生多少联系"。① 这样文学观念由文学革命到革命文学的整体转换，是基于革命抗战救亡的现实实践逻辑对启蒙文化逻辑的现实调整，这是由中国马克思主义文学批评的实践问题结构决定的。五四文学关于人的启蒙更多的是精神意识、理论、理想层面的，要想实现五四文学的人的解放使命，还需要物质、实践、现实层面的社会革命才能实现。但是应该看到，中国马克思主义文学批评的实践逻辑与五四文学的启蒙文化逻辑在解放人、实现人的幸福，这个根本价值上并不是根本对立的，他们的区别是在于如何认识人的本质以及实现人的幸福的手段。后来的历史事实证明，中国马克思主义文学批评以人民为本位的实践观在处理文学与政治、文学与生活、文学与意识形态、文学与大众等问题，以更好地服务于中国革命和建设实践，实现中华民族的独立富强方面，要比其他文学批评流派更具现实针对性和有效性。尽管极"左"政治文艺思潮的泛滥造成中国马克思主义文学批评的人学本体论的长期遗忘，而 20 世纪中后半期中国马克思主义文学批评的文学主体性讨论、人道主义和异化问题以及 20 世纪90 年代的人文精神大讨论则是在新的历史实践境遇中，重新激活了马克思主义批评这个本有的本体论层面。

---

① 周扬：《关于"五四"文学革命的二三零感》，选自《周扬文集》（第一卷），人民文学出版社 1984 年版，第 319—320 页。

第三节　实践是中国马克思主义文学
批评话语体系的内在逻辑

实践的逻辑是理解中国马克思主义文学批评一系列基本问题的本质联系的基础，正是在解决实践中产生的问题性过程中，马克思主义文学批评话语完成了中国化、民族化、革命化的话语形态创构。中国马克思主义文学批评正是在继承历史经验的基础上与中国现实国情、文情的结合过程中，构建出以人民为本位的话语实践观。在话语的实践表现形式上，中国马克思主义批评突出政策性话语实践特征，形成了以文艺大众化为主要载体的革命话语实践模式，最终中国马克思主义文学批评通过在本体层面上对五四"人的文学"命题的不断反思和历史对话，初步完成了体系的范式变革。

一　话语的实践逻辑

话语是任何一种理论存在的基本方式，理论正是通过话语进入社会文化的结构系统当中，进而建构一种意义和认知世界的思维模式、逻辑规则，可以说话语的逻辑是支配人们社会行动的深层语法。马克思很早就注意到语言、话语对人的实践活动、物质交往的意义，在《德意志意识形态》中他认为："思想、观念、意识的生产最初直接与人们的物质活动，与人们的物质交往，与现实生活的语言交织在一起的。人们的想象、思维、精神交往在这里还是人们物质行动的直接产物。表现在某一民族的政治、法律、道德、宗教、形而上学等的语言中的精神生产也是这样。"① 马克思从实践观点出发，认为语言、话语活动本质上是人们的物质生产实践活动形式，政治、哲学、法律等精神意识活动是非物质的，但它们又不能离开物质而独立存在，必须借助语言、话语这一特殊的物质形式表现出来，所以说"'精神'从一开始就很倒霉，受到物质的'纠缠'，物质在这里表现为振动着的空气层、声音，简言之，即语言。……语言是一种实践的、既为别人存在因而也为我自身而存在的、现实的意识"②。话语是思想的直接现实，人处于世界之中必须通过话语去感受世界、理解世界，并介入这个世界。话语的实践机制的复杂性在于它

---

① ［德］马克思、恩格斯：《马克思恩格斯文集》（第一卷），人民出版社 2009 年版，第 524 页。
② 同上书，第 533 页。

具有物质与精神生产的两面性，一方面话语活动是客观的物质性存在，另一方面话语又是直接以精神活动形式表现出来的。话语作为一种行动的观念、实践的逻辑，是现实的人的物质生产活动在精神上的反映与内化。从根本上说，语言话语活动仍然是人的本质力量的对象化活动，人们的话语实践活动是人们的物质生产交往活动的客观需要。

马克思从实践唯物论的角度，科学地阐明了话语实践问题以及话语实践与物质实践、精神实践的关系，因此我们在理解马克思的话语实践思想价值，应该置于马克思关于人类及其个体的生存与自由解放的社会实践活动视域中去看待话语实践问题。话语活动受到社会结构、客观物质世界的制约，同时他又辩证指出话语实践具有一定的独立性，人的话语实践活动对客观世界有重要影响。就此而言，马克思的话语实践观又是一个实践伦理问题，它服务于马克思实践哲学观关于人的总体解放的终极道德关怀和历史使命，它是人们认识、理解和批判现代资本主义社会的一把钥匙。马克思的话语实践思想对文化及文学研究的影响是深远的，话语为我们传统的研究方法提供了一种新的致思路径："在话语理论的观照下，文学文本被置于一个更为广阔的实践领域之中，它们被感受和界定的方法会因此而改变。"① 马克思的话语实践思想受到后来阿尔都塞、福柯、米歇尔·佩肖、哈贝马斯等人以及拉克劳、墨菲为代表的后马克思主义者的重视。

福柯是当代西方哲学中首次全面提出话语及其实践理论的学者。自20世纪60年代福柯在《疯癫与文明》中首次明确引入话语（*Discourse*）概念以来，话语已经成为影响现代人文社科领域最为重要的概念之一。福柯尽管并没有给话语概念下一个明确的定义，但在他那里话语是有它基本的内涵的。福柯认为话语构成了社会的基本结构，社会历史的变迁与话语实践的变化与转换是一个关联体，因此人们对社会历史的分析就可以转换为对话语实践的分析。话语的实践表现在话语的陈述和知识档案等序列层次当中，但话语的形成并不是理想、连续的统一体，而是充满着对立、断裂和差异性的多种矛盾冲突空间，因此揭示出主导这种矛盾差异的知识型，掌握被权力、政治等知识型强加给话语实践的陈述概念和策略选择，就成为福柯知识考古学的理论关键："问题是要在话语实践的复杂性的尝试中显示话语实践：指出说话意味着去做某件事情——除了表达人们所思，表达人们所知之外的其他事情，除了使语言结构发挥作用之外的其他事情；指出将一个陈述增添到一系列先

---

① 胡亚敏：《西方文论关键词与当代中国》，中国社会科学出版社2015年版，第67页。

存在的陈述中，是一项复杂而且代价高昂的行动。"① 按照英国学者费尔克拉夫的解释就是"话语不仅是表现世界的实践，而且是在意义方面说明世界、组成世界、建构世界"。② 可以说，话语不仅是知识和观念的生产，而且是对这个世界现实本身和价值意义的再生产，显然福柯受到了马克思实践哲学的影响。福柯在访谈中回顾自己早年的学术经历时就谈道："对黑格尔主义的拒绝，对存在主义局限性的不满意，在我对马克思认识还不够深入的情况下，我决定加入法国共产党，那是在 1950 年。"③ 福柯的话语实践理论对文学及其批评研究的影响是深远的，简言之，文学及其批评既是以文本形式存在的语言的艺术，又是以语言指涉现实生活的话语实践的艺术，文学通过话语这个中介关联着复杂的文学网络、社会结构关系。因此，以话语实践为视角探讨文学及其批评，突破了传统文学研究分为内部（文学自律性，重审美）和外部研究（文学他律性，重外部社会）的二元对立分析方法。可以说话语分析方法重新恢复了文学及其批评方法的整体化思维格局。因此，福柯与马克思哲学在话语实践思想上的深刻关联为我们分析中国马克思主义文学批评话语的实践特征提供了方法基础和理论启示。

二 革命伦理与人民本位的话语实践观

尽管早期中国马克思主义的文学批评话语明显受到苏俄和日本马克思主义批评话语模式的影响，但是从整体上看，中国马克思主义文学批评结合自身国情、文艺基本问题在接受其他马克思主义批评话语影响的同时，表现出了自身独特的话语形态特征。从话语的角度看，马克思主义文学批评中国化的过程，就是表现为马克思主义文学批评话语在中国被接受、转化、创新的过程。早期中国共产党人为了宣传革命，传播革命思想，他们很早就意识到了平易的白话文、大众化的口语的运用，大大有利于革命思想文化的传播。理由很显然，这些直白的大众语以及通俗易晓的文艺评论，自然地拉近了革命文艺与人民大众在文化和情感上距离，极易被人民大众所明白和接受。

从时间上看，中国马克思主义文学批评话语逻辑的根本转换是从 1928 年的革命文学论争开始的。按照创造社后期主要成员成仿吾的说法，五四文学

---

① ［法］米歇尔·福柯：《知识考古学》，谢强、马月译，生活·读书·新知三联书店 2012 年版，第 232 页。

② ［英］费尔克拉夫：《话语与社会变迁》，殷晓蓉译，华夏出版社 2003 年版，第 6 页。

③ Michel Foucault. Remarks on Marx：conversations with Duccio Trombadori. Trans by R. James Goldstein and James Cascaito，New York：Semiotext（e），1991. p. 51.

运动以来我们文学革命运动的主体、内容、媒质（语体）和形式并没有发生显著的改变，仍然停留在小资产阶级革命的幻想阶段，因此"我们如果还挑起革命的'印贴利更追亚'的责任起来，我们还得再把自己否定一遍（否定的否定），我们要努力获得阶级意识，我们要使我们的媒质接近农工大众的用语，我们要以农工大众为我们的对象"。① 一些学者已经从中国马克思主义文学批评的言说方式受到传统重直觉感悟的文学批评言说方式和重理性分析的马克思主义文学批评言说方式的影响论述涉及中国马克思主义文学批评话语逻辑的实践特征问题。② 也有一些学者从探讨马克思主义文艺理论中国化的理论形态出发，特别强调几代领袖人物毛泽东、邓小平等创建的作为"领袖话语"的理论形态的独特性，认为这些"领袖话语"立足中国实际提出了文艺为人民大众服务的问题、文艺界统一战线问题、文艺批评标准问题以及"百花齐放、百家争鸣"、革命现实主义与革命浪漫主义相结合、坚持"二为方向"、弘扬主旋律与提倡多样化的统一等问题，回答和解决了文艺与政治、文艺与生活、文艺与人民、文艺与社会主义市场经济的关系等基本问题，可以说"领袖话语"作为政策话语的典型表现是文艺科学与文艺政策的有机统一，是马克思主义理论品格与实践精神的有机统一。③ 可见，从中国马克思主义文学批评体系的话语形态、话语逻辑去理解中国马克思主义文学批评实践观的基本内涵是一个重要的思考角度，由此出发，我们需要进一步追问的是中国马克思主义文学批评话语实践与传统文学批评话语的模式特征、马克思主义文学批评的实践思想存在什么样的精神关联，并进而影响到中国马克思主义文学批评话语逻辑的实践特征的形成。

话语及其实践是社会实践整体内在的不可分割的组成部分，话语作为一种理论的言说活动，必然受到特定的历史语境、文化国情、民族传统的影响和制约，因此中国以儒家为主导的伦理型文化也对中国马克思主义文学批评的话语实践方式产生了重要影响。中国马克思主义文学批评从无产阶级大众文学、文艺大众化、普及与提高、继承与创新、人民文学论、文学的党性问题、批评家的理论修养等问题开始，很早就注意到理论批评话语实践的道德、政治伦理问题。与此形成鲜明对照的是，话语实践的伦理问题很长时期没有

---

① 成仿吾：《从文学革命到革命文学》，选自北京大学等中文系中国现代文学教研室编《文学运动史料选》（第五册），上海教育出版社 1979 年版，第 21 页。
② 张玉能、张弓：《中国化马克思主义文学批评的言说方式》，《文艺理论研究》2011 年第 4 期。
③ 赖大仁：《马克思主义文艺理论中国化的理论形态》，《中国人民大学学报》2008 年第 6 期，第 133 页。

引起西方马克思主义批评界的足够重视，直到哈贝马斯基于他的《道德意识与交往行为》的交往实践思想路径提出了话语伦理学理论，① 人们才意识到探讨马克思主义批评话语的伦理价值规范以及话语逻辑背后的道德实践结构的重要性。哈贝马斯的话语伦理学可以说是对福柯话语分析理论的深刻反思。福柯的话语理论认为世界的基础在于话语，人们对社会、知识、真理的理解只需通过对话语的分析就可完成，他把社会的历史变迁看作话语的实践或者话语建构下的产物。福柯的"话语论割裂了观念与物质实践的关系"②，对马克思的实践唯物主义哲学进行了本体论性的颠覆，否定了话语与社会的经济关系、制度关系、精神实践关系的基础性质。由于他的话语理论将主体理解为话语建构的结果，这在实质上取消了主体与现实生活世界的直接经验关系，这导致探讨话语主体间所应遵守的社会交往规范、道德义务等话语伦理问题基本上没有引起福柯的重视。哈贝马斯的"话语伦理学仅仅解释涉及道德义务命题的特征，道德义务是对所有人都有约束力的'应当'（ought），不似《生活指南》之类书中看到的那些实用的智慧，也不包括传统伦理中有关如何生活的伦理教诲。话语伦理学的义务论特征，主要着眼于把善的生活（good life），即伦理问题与道德问题区别开来"。③

　　马克思主义文学批评中国形态的建构过程，就是马克思主义文学批评话语在中国被接受、转化、创新的过程。从传统来看中国古代文学批评话语受儒家诗教传统影响多是政治伦理、道德人格境界指向的文论话语，如诗言志、文以载道说、礼乐人生观、风骨论、养气说等理论话语都充满着政治伦理属性，这反映到中国马克思主义文学批评话语方面多是以偏重政治伦理属性的革命实践性话语为主。所以 1931 年 10 月瞿秋白在《普洛大众文艺的现实问题》中认为："不注意普洛文艺和一切文章用什么话来写的问题，这事实上是投降资产阶级，是一种机会主义的表现，是拒绝对于大众的服务。这个俗话革命的任务，是一般文化革命的任务，一切革命的文化组织应当担负起来，而尤其是文学的革命组织。"④ 用大众能听得懂的话语宣传革命思想或者说革命话语的大众化对革命实践活动起着关键性的作用，在瞿秋白看来文艺大众化和大众语问题"现在决不是简单的笼统的文艺大众化的问题，而是创造革命的大众文艺的问题。这是要来一个无产阶级领导之下的文艺复兴运动，无

---

① Jurgen Habermas. *Justification and application*：*remarks on discourse ethics*. MIT Press，1994，p. 1.
② 周宪：《福柯话语理论批判》，《文艺理论研究》2013 年第 1 期。
③ 汪行福：《通向话语民主之路：与哈贝马斯对话》，四川人民出版社 2002 年版，第 176 页。
④ 瞿秋白：《普洛大众文艺的现实问题》，选自《瞿秋白选集》，人民出版社 1985 年版，第 462 页。

产阶级领导之下的文化革命和文学革命，'无产阶级的五四'"①。后来毛泽东在《延安文艺讲话》中则是从政治权威和革命道德的制高点上论述语言大众化的重要性："许多同志爱说'大众化'，但是什么叫作大众化呢？就是我们的文艺工作者的思想感情和工农兵大众的思想感情打成一片。而要打成一片，就应当认真学习群众的语言。如果边群众的语言都有许多不懂，还讲什么文艺创造呢？"② 为了促成革命的胜利必须用革命群众主体能够听得懂的革命性语言唤起人民大众的革命道德觉悟、道德忠诚，从而在革命话语的激发下形成坚强的革命实践意志，这样话语建构了一种革命的道德意义和实践意志，所以说："中国化马克思主义文学批评的第二个美学特征就是它的伦理意识形态性，注重文学与政治道德的关系，并从政治、道德的角度，从美和善的关系来评价文学艺术作品。实质上，中国化马克思主义文学批评的革命实践性美学特征就具体体现在它的伦理意识形态性之上。它们二者是一而二，二而一的一个整体。"③

出于革命的实践需要和无产阶级革命的阶级性质，中国马克思主义文学批评话语表现出对阶级感情话语、革命伦理道德意识等方面的强调，因为这关系着这场革命的能否胜利。早期中国共产党人恽代英就指出："倘若你希望做一个革命文学家，你第一件事是要投身于革命事业，培养你的革命的感情。"④ 革命文艺工作的服务对象是革命的主体力量工农兵干部，这就需要文艺工作者改变五四时期以来脱离人民大众的知识分子启蒙话语立场。革命工作者应该自觉地向革命道德实践话语的转变，这即是毛泽东在《讲话》中所要求的，文艺工作者的道德思想感情要和人民群众的道德思想感情联结在一起，改造自己的小资产阶级思想感情和阶级趣味。通过对创作主体的世界观改造和对人民大众的接受立场转移，中国马克思主义文学批评以文学的方式有力地维护和扩大了无产阶级革命的最广大的统一战线。

三 批评的政策性话语与实践逻辑的演变

在话语的形态表现上，中国马克思主义文学批评体现出针对具体实际、

---

① 瞿秋白：《大众文艺的问题》，选自《瞿秋白选集》，人民出版社 1985 年版，第 489—490 页。

② 毛泽东：《毛泽东选集》（第三卷），人民出版社 1991 年版，第 851 页。

③ 张玉能：《中国化马克思主义文学批评的美学特征》，《青岛科技大学学报》2010 年第 4 期，第 48 页。

④ 恽代英：《文学与革命（通讯）》，选自北京大学等中文系中国现代文学教研室编《文学运动史料选》（第一册），上海教育出版社 1979 年版，第 399 页。

实践指导意味较强的政策性话语特征。文艺政策是一个国家或者执政党在一定历史时期对文艺活动进行管理的总体方略和具体的制度规划，它具有很强的时效性、目的性和实践性，体现出特定的阶级、阶层的利益目的。按照西方学者科尔巴奇的观点："'政策'是一种给思想贴上标签的方式，也就是我们理解世界是什么和世界应该是什么的方式，以及证明实践和组织安排的正当性的方式，这其中还包括那些在统治过程中寻求通过政策来表达利害和行动的人，政策也是证明他们的正当性的一种方式。"① 政策具有以权力为基础的权威性、强制性，并同时具有道德的正当性和意识形态合法性的实践诉求，政策性话语对马克思主义文学批评的渗透表明批评的观念、类型、文体风格等方面与其他批评流派相比有着深层次的不同。国内学者认为经典作家的马克思主义文学批评的整体演变形态经历了从马克思恩格斯侧重文艺自身特征的文艺批评到列宁、毛泽东的作为党的事业的文艺政策的转变。② 以毛泽东为代表的中国马克思主义文学批评受到了以列宁为代表的苏联马克思主义文学批评的影响，在批评的话语形态上表现出较强的政策性，但是中国马克思主义文学批评的政策性话语与苏联的马克思主义文学批评有着显著的不同。中国马克思主义文学批评的政策话语有它独特的革命内涵和民族文化个性特征。

中国马克思主义文学批评的政策话语是革命年代的产物，这决定了批评服从于革命策略的需要，早在 30 年代左联组织机构成立时的大会决议内容中就表现出这个特点："'左联'这个文学的组织在领导中国无产阶级文学运动上，不允许它是单纯的作家同业组合，而应该是领导文学斗争的广大群众的组织。"③ 革命文艺工作是党的革命工作的重要组成部分，这决定革命文艺工作要服务和接受党在不同时期、历史阶段所采取的各项文艺政策。1944 年 4 月周扬在《〈马克思主义与文艺〉序言》中实际上指出了中国马克思主义文学批评的政策性话语特点："毛泽东同志的《在延安文艺座谈会上的讲话》给革命文艺指示了新方向，这个讲话是中国革命文学史、思想史上的一个划时代的文献，是马克思主义文艺科学与文艺政策的最通俗化、具体化的一个概

---

① ［英］科尔巴奇：《政策》，张毅等译，吉林人民出版社 2005 年版，第 10 页。

② 江守义：《从文艺批评到文艺政策——马克思主义经典作家文艺批评的演变》，《学术月刊》2011 年第 10 期。

③ 左联执行委员会：《无产阶级文学运动新的情势及我们的任务》，选自北京大学等中文系中国现代文学教研室编《文学运动史料选》（第五册），上海教育出版社 1979 年版，第 204 页。

括，因此又是马克思主义文艺科学与文艺政策的最好的课本。"① 1945 年 6 月周扬在姚仲明的《同志，你走错了路》剧本序言《关于政策与艺术》中进一步指出："自'文艺座谈会'以后，艺术创作活动上的一个显著特点是它与当前各种革命实际政策的开始结合，这是文艺新方向的重要标志之一。"② 在实践的问题结构中，文艺政策是党在历史不同时期根据具体现实问题、文艺状况对文艺创作、文艺批评、文艺与政治关系的选择、调整与整合。可以说文艺政策有效推动了马克思主义文学批评的中国化进程，但是文艺政策的短视和政治功利化在极"左"环境下也带来了极大危害。总体上看，实践型的政策性话语是中国马克思主义文学批评话语体系形态的一个重要特征，可以说，"中国共产党的文艺政策产生于革命战争年代，并与毛泽东文艺思想的形成和发展有着紧密的关系。毛泽东的《在延安文艺座谈会上的讲话》，是党的文艺政策正式形成的标志"。③ 从马克思恩格斯的文学批评，到苏联马克思主义文学批评，再到中国的马克思主义文学批评，马克思主义文学批评的整体态势呈现出渐次强化政策性指导的话语实践特征。

像马克思主义传入中国一样，马克思主义文学批评并不仅是作为一种解释文学的批评观念出现在中国的，而且是作为介入中国社会、改造中国现实的革命实践武器出现的。正是在介入中国革命的社会实践过程中，中国马克思主义文学批评实践观形成自身独特的本质内涵，并先后呈现出五四时期的启蒙实践观，革命文学运动时期重视无产阶级大众的过渡性实践思想以及 20 世纪 40 年代之后的人民本位实践观等三个主要历史形态。

强调文学的干预现实、解决现实问题的现实功用，并注重发挥文学主体的能动作用，这些特点表明实践构成理解中国马克思主义文学批评的基本理论框架。就此而言，实践观点是把握中国马克思主义文学批评本质内涵的哲学基础、学理依据。正是通过对马克思主义实践哲学观特别是马克思实践哲学思想的继承、发展，中国马克思主义文学批评才可能在理论导向上坚持面向中国社会现实，并向中国文艺实践经验开放。中国马克思主义批评的本质内涵就是在遵循实践逻辑的基础上逐渐走出从经典文本和理

---

① 周扬：《〈马克思主义与文艺〉序言》，选自《周扬文集》（第一卷），人民文学出版社 1984 年版，第 454 页。

② 周扬：《关于政策与艺术》，选自《周扬文集》（第一卷），人民文学出版社 1984 年版，第 475—476 页。

③ 李景田主编：《中国共产党历史大辞典》（总论·人物卷）（1921—2011），中共中央党校出版社 2011 年版，第 43 页。

论教条出发的研究立场，对马克思主义批评的一些基本问题，如文学与政治关系、文学与人民关系、文艺大众化问题、文学与生活、作家世界观与创作、革命文艺工作者的责任伦理、革命现实主义创作等一系列重要问题进行了中国化的理解和重构，并最终形成了中国形态的马克思主义文学批评实践观。

从实践理论结构的内在逻辑建构特点上看，中国马克思主义文学批评实践观或者实践思想主要形成了三种有特色的理论形态：一是重视从实践的视野来观照认识论。实践的认识论的哲学基础来源于马克思主义关于社会存在与社会意识的辩证唯物主义观点，体现在文学批评实践方面就是强调文学作为意识形态是对社会生活的能动的革命反映，文学通过反映生活能够帮助人们认识世界，进而在改造世界中发挥作用。实践的认识论视野下的意识形态论、生活实践源泉论、政治倾向性与写真实性统一的思想切合了现代中国救亡图存、民族解放斗争的现实需求，成为占主导地位的文艺批评范式。实践的认识论批评观长期地在中国文艺领域以反映论批评模式而存在，同时在文学实践过程中也出现了许多问题，在新时期引起了众多学者的反思。二是重视从实践的角度理解主体问题。毛泽东认为文艺工作是革命的工作的一部分，革命要取得成功首先要找到革命依靠的主体力量，因此中国马克思主义文学批评实践观的重要特点就是关注无产阶级、人民大众等实践本位的主体问题。重视实践主体问题反映到具体的批评问题上，就是重视人民大众主体、文艺大众化、读者接受主体问题、人民性以及阶级分析方法问题。三是重视实践的政治伦理问题。实践哲学追求人自身的良善目的使得实践内在地包含政治伦理问题。中国的传统儒家伦理型文化以及获取革命胜利所需要的革命道德认同和阶级伦理觉悟，也使得中国马克思主义文学批评重视文学实践的政治伦理问题。这些问题具体体现在文艺批评上，就是中国马克思主义文学批评非常关注革命文艺工作者的思想改造、责任伦理、人民性情感伦理、批评家的道德修养和党性原则，等等。

实践的逻辑是理解中国马克思主义文学批评一系列基本问题和研究对象内在本质联系的前提，因此构建中国形态的中国马克思主义文学批评，应该是在哲学基础上坚守马克思主义实践哲学观，始终围绕中国在社会革命、政治经济改革的现代化历史实践过程中遇到的现实问题、文艺问题展开对话，贯彻理论联系实际的马克思主义基本原理，实现马克思主义文学批评理论术语范畴、问题框架、研究对象的中国化、具体化。中国马克思主义文学批评正是在继承历史经验的基础上与自身历史传统、其他文艺批评流派展开互动对话，从而超越了五四抽象的"人的文学"观，构建了以人民为本位的人民文学实践观，形成了以文艺大众化为主要载体的普及革命文艺思想的运动实践模式，并最终在本体层面上通过"人的文学"命题的不断反思和对话完成了中国马克思主义文学批评的范式变革，为当代中国形态的马克思主义文学批评的发展开辟了更为广阔的历史空间和价值视野。

第三章 实践与中国马克思主义文学批评范式的认识论特征

认识论是要解决人如何认识世界，进而改造世界的理论学说，"按照马克思主义经典作家的观点，这个认识论本质上是一种实践论，即以社会实践为基础和出发点，把实践作为认识过程的基础、动力、归宿和检验标准来说明人类认识、思想和精神活动的学说"①。马克思将实践的观点引入认识论当中，认为人的认识不能脱离实践而存在，人的认识来源于实践并通过实践来检验正确性。可以说，马克思主义的实践认识论奠定了哲学问题的现实基础，指导人们不应再去追求虚幻的灵魂、上帝、理念等形而上学实体，而是致力于思考现实问题。马克思说："一个时代的迫切问题，有着和任何在内容上有根据的因而也是合理的问题共同的命运：主要的困难不是答案，而是问题。因此，真正的批判要分析的不是答案，而是问题。……如果说在答案中个人的意图和见识起着很大作用，因此，需要用老练的眼光才能区别什么属于个人，什么属于时代，那么相反，问题却是公开的、无所顾忌的、支配一切个人的时代之声。"② 马克思主义传入中国并能够在中国扎根下来，一个重要原因就是以问题为中心的实践认识论切合了中国革命和建设的需要，成为马克思主义中国化过程中的主要指导原理。

第一节 实践构成中国马克思主义文学批评范式的理论核心

中国马克思主义者对马克思主义实践唯物论的理解和接受主要是从认识

---

① 萧前、杨耕等：《唯物主义的现代形态——实践唯物主义研究》，中国人民大学出版社2012年版，第348页。

② ［德］马克思、恩格斯：《马克思恩格斯全集》（第一卷），人民出版社1995年版，第203页。

论的角度开始的，以毛泽东为代表的中国马克思主义者把马克思主义哲学由社会本体论层面的思考转化为具体的认识论、方法论的探讨，这种探讨突出了如何解决特定历史现实问题的实践思维特征的认识论和方法论。可以说中国马克思主义实践认识论的转向，是马克思主义哲学发展史上理论兴奋点的重要转移，通过马克思主义理论在中国的具体化，从而使其成为解决中国问题的理论武器、思想方法和方针政策。从这个角度讲，中国马克思主义理论形态成为解决中国问题的民族化思维方式的结晶。

一 以《实践论》《讲话》为代表的实践的认识论批评范式

毛泽东作为马克思主义中国形态的主要理论代表者，明确指出"应确立研究中国革命实际问题为中心，以马克思列宁主义基本原则为指导方针，废除静止地孤立地研究马克思列宁主义的方法"①。随着对马克思主义认识的深入和中国革命建设事业的实践推动，中国具有了一批根据中国具体国情对马克思主义进行继承和创新性研究相结合的理论家和革命家，同时在这种理论和实践的相互作用过程也形成了中国马克思主义认识论所具有的独特理论话语、问题意识和术语范畴体系，并直接影响到中国马克思主义文学批评范式的理论逻辑构成，如以实践为基础的能动的革命的反映论、一切从实际出发的实事求是思想、理论和实践的具体的历史统一、人民群众是历史的创造者、阶级斗争是阶级社会发展的真正动力以及新民主主义革命理论等一系列思想观点。以毛泽东为代表的中国马克思主义创新式继承和发展了马克思主义经典作家的观点，建立了以实践为基础的能动的革命的反映论体系，并以实践为核心实现了马克思主义的世界观、认识论与方法论的一致性。所以毛泽东在《实践论》中指出："马克思主义的哲学认为十分重要的问题，不在于懂得了客观世界的规律性，因而能够解释世界，而在于拿了这种对于客观规律性的认识去能动地改造世界。"②

哲学本体论的探讨在整个中国马克思主义理论当中并不占据重要的位置。对本体论的探讨与烦琐的论证，很容易陷入辞藻空洞的学院化的学风当中，这与当时严酷的革命战争环境很不相合。毛泽东在 1930 年的《反对本本主义》中认为"没有调查，没有发言权"，"本本主义的社会科学家研究方法也同样是最危险的，甚至可能走上反革命的道路，中国有许多专门从书本上讨

---

① 毛泽东：《毛泽东选集》（第三卷），人民出版社 1991 年版，第 802 页。
② 毛泽东：《毛泽东选集》（第一卷），人民出版社 1991 年版，第 292 页。

生活的从事社会科学研究的共产党员，不是一批一批地成了反革命吗？就是明显的证据。我们说马克思主义是对的，决不是因为马克思这个人是什么'先哲'，而是因为他的理论，在我们的实践中，在我们的斗争中，证明了是对的。我们的斗争需要马克思主主义"。① 毛泽东的在"从斗争中创造新局面的思想路线"，实际上就是实践的认识论，不是理论哲学范围内的先验体系的建构，而是充满着实践理性精神和中国问题意识的中国化的认识论、知识论。毛泽东在《改造我们的学习》当中十分重视实践经验的作用，但有别于一般的经验主义："在这种态度下（注：'革命气概和实际精神结合起来'），就是要有目的地去研究马克思列宁主义的理论，要使马克思列宁主义的理论和中国革命的实际运动结合起来，是为着解决中国革命的理论问题和策略问题而去从它找立场，找观点，找方法的。"② 以问题为中心的实践认识论强调立足中国现实经验探索解决问题的具体方法策略，这是哲学意义上的实践智慧型认识论。这种实践的认识论不再拘泥于理论的条条框框，而是以针对中国实际、革命特点探讨出解决现实问题的方法为要务，所以他说："共产党领导机关的基本任务，就在于了解情况和掌握政策两件大事，前一件事就是所谓认识世界，后一件事就是所谓改造世界。"③

　　毛泽东的"实践论"使马克思主义哲学由本体论范式向侧重认识论、方法论的范式转移，在这一范式转换下马克思主义实践思想逐渐演变为一切从实际出发的实事求是思想路线，并成为解决中国问题的根本方法和理论思维方式。毛泽东认为实事求是的态度就是党性的表现，就是理论和实际统一的马克思列宁主义的思想作风。毛泽东对"实事求是"这种传统治学精神进行了实践唯物主义的改造，对明清以来以惠栋、戴震为代表的"实事求是""无征不信"的考据精神加以马克思主义化的理解。毛泽东的贡献就在于他用马克思主义实践观点、立场方法对传统实事求是的内容进行了革命性的转换，而保存其求真务实、联系实际的合理思想，他在《改造我们的学习》中称："'实事'就是客观存在着的一切事物，'是'就是客观事物的内部联系，即规律性，'求'就是我们去研究。"④ 因此，我们可以说在马克思主义哲学的理论发展进程中，毛泽东结合中国革命特点原创性地对实践在认识过程中的决定性作用做出深刻阐释的马克思主义者。以毛泽东为代表的中国马克思主

---

① 毛泽东：《毛泽东选集》（第一卷），人民出版社1991年版，第111页。
② 毛泽东：《毛泽东选集》（第三卷），人民出版社1991年版，第801页。
③ 同上书，第802页。
④ 同上书，第801页。

义者发展了马克思主义经典作家的观点，使马克思主义的理论重心由本体论向实践的认识论转换。

受马克思主义哲学和中国革命现实的影响，人们对中国马克思主义文学批评实践观的接受和理解，也主要是在认识论领域当中来理解的，从而形成了以实践为基础的中国马克思主义文学批评的实践认识论范式。这种实践认识论批评范式突出为中国革命服务的现实问题意识，关注文学作为意识形态对革命实践的推动作用，重视文学研究上的理论与实践经验的结合，强调文学活动的主客体相互影响过程中主体的能动作用，并将文学主体的问题重心放在为人民大众这个集体性的历史主体上来。这样中国马克思主义文学批评的实践认识论批评范式，在文学观念上就很重视革命现实主义文艺创作，着力挖掘和探索现实主义文艺在反映社会生活、改造世界中人民群众的主体能动力量。从实践认识论的角度来看，中国马克思主义文学批评从对社会主义现实主义的学习、接受再到革命的现实主义和革命的浪漫主义的提出，就是中国马克思主义文学批评家以能动反映论为主要内容的实践论文艺观不断探索现实主义如何反映人民群众伟大历史作用的结果。当然从政治的角度看，1958 年"两结合"创作理论的正式提出也和当时社会主义建设的"大跃进"运动密切相关，但是从中国马克思主义文学批评的自身理论的逻辑演进来看，"两结合"理论的形成是中国马克思主义文学批评实践认识论范式的合理性发展的结果。

针对中国革命特点，解决中国革命的具体现实问题，这种实事求是的思想方法一直是中国马克思主义文学批评的重要传统。早在革命文学的论争时期，署名甘人的作者在《中国新文艺的将来与自己的认识》中，就批评了当时文艺界存在"住在中国地方，要做外国小说，住在北京，要歌咏欧洲，外国有法朗士，我们就要谈法朗士，外国有新浪漫主义，我们也要有新浪漫主义"，"只要它是外国时髦的，就拿过来唬人，不管它和中国的背景，中国社会上实际的苦况他全不管"。① 他认为中国的革命文艺家不要成为寄生在资产阶级的文艺家，一个真正的革命文艺家是真正能代表时代大众呼声的文艺家，因此他以现代作家鲁迅为代表指出："鲁迅从来不说他要革命，也不要写无产阶级的文学，也不劝人家写，然而他曾诚实地发表过我们人民的苦痛，为他们申冤，他有的是泪里面有着血的文学，所以是我们时代的作者。"② 针对太

———————————

① 甘人：《中国新文艺的将来与其自己的认识》，《北新》半月刊 1927 年 11 月 1 日第 2 卷第 1 期。
② 同上。

阳社、创造社倡导革命文学存在不符合中国革命实际的"左"倾化问题，茅盾在 1928 年 10 月的《从牯岭到东京》中认为"什么是我们革命文艺的读者对象？或许有人会说：被压迫的劳苦群众"，"但是事实上怎样？请恕我又要说不中听的话。事实上是你对劳动群众呼吁说'这是为你们而作'的作品，劳苦群众并不能读"。① 可以说，早期的中国马克思主义文学批评就十分重视具体的中国文艺实践问题，以便革命文艺更好地发挥其为革命服务的政治功利性价值。

　　重视理论与实践的辩证关系，强调理论与实践经验的结合，是中国马克思主义文学批评实践认识论范式的又一重要特征。在中国马克思主义批评的理论发展当中，冯雪峰比较集中地讨论过理论与实践的关系。他吸收了毛泽东的《实践论》与《矛盾论》的认识论、矛盾辩证法思想，结合中国革命的具体实践论述了理论与实践相结合的理论内涵和现实内容。冯雪峰认为理论与实践是相互促进、辩证发展提升的过程，不是简单地一方决定另外一方的过程："不仅不能叫实践去就范理论的旧的公式或教条，也不能叫理论去做实践的尾巴或仅仅的说明。所以，理论与实践的一致之所以必要，之所以为革命发展的根本的契机之一，是在于人民的革命要求和斗争在不断地发展，在发展中各种矛盾有时时刻刻加以正确的解决和引进的必要。实践产生着和要求着理论，这就是说，实践在产生着和要求着它自身向前迈进的指导理论。"② 冯雪峰从实践立场出发，认为实践与理论问题本质上是中国人民在革命斗争和理论实践中出现的现实矛盾，实践产生理论的要求，理论反过来促进实践基础的扩大，这就形成理论与实践的相互发展，在矛盾中产生解决问题的动力，促使中国革命的不断向前发展。可以说，冯雪峰的这个观点已经超越了理论与实践二元对立理解的思维框架，而是看到理论与实践的统一性和现实的超越性特质。理论活动和实践活动具有相对的独立性，同时具有内在的一致性。一方面，理论的独立性表现在理论能够超越现实的具体的实践，对事物本质规律进行全局上的把握，这使理论具有超越具体的条件限制，提出未来的目标，筹划未来指导实践，将未来的观念变成现实。另一方面，实践是变化了的动态的现实生活世界，是理论存在的根基，也是理论得以存在的载体，没有实践的存在，理论将无法验证和继续发展其本身的意义与价值。国内学者在评述李达的思想时也指出了这一点："在《社会学大纲》中，马克

① 茅盾：《从牯岭到东京》，《小说月报》1928 年 10 月 10 日第 19 卷第 10 号。
② 冯雪峰：《理论与实践的一致》，选自冯雪峰《冯雪峰论文集》（上），人民文学出版社 1981 年版，第 273 页。

思主义哲学理论与实践的统一的原则首次得到充分的强调，从而突出了马克思主义的实践性。"①

　　总体上看，最为集中体现中国马克思主义文学批评实践认识论范式特征的代表文本是毛泽东的《讲话》。毛泽东文艺批评的范式特征在于他从"马克思主义问题性"② 出发，针对当时延安文艺批评界实际所存在的教条主义、轻视人民群众、"一切应该从爱出发""人性论"、马克思主义辩证唯物论妨害创作情绪等创作思想观念，提出了以政治标准为基础的人民主体文学批评观。毛泽东认为我们讨论问题，应当从中国的实际出发制定文艺运动的方针、政策，而不是从抽象的文学定义出发讨论文艺工作，因此他指出按照中国当前抗日战争、世界反法西斯战争、国内阶级环境以及五四以来的革命文艺运动等实际事实，我们的问题中心："基本上是一个为群众的问题和一个如何为群众的问题。"③ 毛泽东《讲话》的原创性在于他按照中国当时的革命实际，把马克思主义文学批评的问题逻辑中国化了，提出了人民群众是文艺创作的主要对象、革命的功利主义美学观、普及与提高、生活源泉论等以人民大众主体为中心的文学批评体系。毛泽东的《讲话》实际上就是按照实践的问题逻辑组织全篇，形成体系严密的理论批评系统："这一思想体系的突出优点在于它的实践品格。毛泽东对有关的文艺问题的一切论述，都是从现实出发的，又都是以其可实践性、可操作性见长的，贯彻了中国共产党'从实践中来，又到实践中去'的唯物主义认识论路线。"④ 可以说毛泽东确立了以问题为中心的实践认识论文艺批评观，这种批评实践观因为贯穿强烈的问题意识，将马克思主义批评实践观与中国革命的现实问题、具体文艺实践紧密结合起来，解决了当时中国马克思主义文艺批评界所普遍存在的文艺与革命、生活与创作、文艺与意识形态、普及与提高、革命文艺与民族形式等令人困扰的基本理论问题，对后世产生了深远影响。毛泽东《讲话》之后，人民作为文艺的主体得到前所未有的重视，出现了黄河大合唱、木刻艺术的"延安学派"、新秧歌运动、赵树理为代表的"问题小说"创作。文艺创作的繁荣证实了毛泽东以能动革命反映论、问题为中心的实践认识论批评观对文学及批评活动的

----

① 丁晓强、李立志：《李达学术思想评传》，北京图书馆出版社 1999 年版，第 223 页。

② 马克思主义问题性主要不是指马克思主义本身有什么问题过失的反思，而是詹姆逊所指出的经济基础和上层建筑、意识形态本质、阶级分析方法等马克思主义批评所特有的理论分析框架。参见谭好哲《马克思主义问题性与文艺理论创新》2013 年第 5 期。

③ 毛泽东：《毛泽东选集》（第三卷），人民出版社 1991 年版，第 853 页。

④ 钱竞：《中国马克思主义美学思想的发展历程》，中央编译出版社 1999 年版，第 228 页。

巨大解放作用和激励作用。

二 能动的革命的反映论文学批评模式

马克思主义实践认识论既然把实践作为认识的过程、基础、动力和检验标准，那么认识必然是对实践的反映和反思，必然在主体的反映过程中对现实产生反作用。马克思认为社会存在决定社会意识，因此意识在任何时候都只能是被意识到了的存在，但同时意识会对社会存在产生巨大的反作用。马克思主义经典作家的实践认识论思想在苏联马克思主义那里得到继承和发展，列宁认为："意识总是反映存在的，这是整个唯物主义的一般原理。"[1] 中国马克思主义理论家李达也认为："基于唯物辩证法的反映论，意识是客观世界在人类头脑中的反映，即是说，意识是客观的实在的映像。"[2] 他从实践的角度分析了认识论问题，认为唯物辩证法是在社会历史实践的基础上考察认识过程，去理解主观与客观、认识与存在的统一。在物质生产过程中，人类通过主体的实践活动实现与外界物质的对象相结合。由此可见，马克思主义实践认识论的一个重要内容就是反映论思想，但是中国马克思主义者进一步发展了马克思主义经典作家的反映论思想，强调能动的革命的反映论思想。毛泽东在《实践论》《新民主主义论》中就重点指出马克思主义认识论是"能动的革命的反映论"[3]。正是在反映论的影响下，中国马克思主义文学批评形成了革命的现实主义、文艺的工农兵方向、生活美与艺术美、"两结合"理论、典型论等丰富的具有反映论特点的文艺思想。

在无产阶级革命文学运动时期，林伯修针对普罗文学的大众化、现实主义问题发表《1929 年亟待解决的几个关于文艺的问题》，他认为"普罗文学，是普罗的意德沃罗基的一种。它必然地内在地要求它的作家站到普罗哲学的立场——辩证法唯物论的立场上来。这个立场便决定普罗文学作家对于现实的态度：他们应该彻头彻尾地是客观的现实的"。[4] 林伯修认为普罗文学作为体现无产阶级大众意识形态的文学，必然要求作家要站在辩证唯物论的立场，承认文学是对客观现实的反映。同时他又认为无产阶级的现实主义为了避免旧的自然主义的写实错误，以便充分发挥其作为大众解放的革命武器作用，

---

① ［苏联］列宁：《列宁专题文集·论辩证唯物主义和历史唯物主义》，人民出版社 2009 年版，第109 页。

② 李达：《李达文集》（第二卷），人民出版社 1981 年版，第 211—212 页。

③ 毛泽东：《毛泽东选集》（第二卷），人民出版社 1991 年版，第 664 页。

④ 林伯修：《1929 年亟待解决的几个关于文艺的问题》，《海风周报》1929 年 3 月 23 日第 12 期。

就要用"无产阶级的前卫的眼光去观察世界，与用着严正的写实主义者的态度去描写它"。① 后来郭沫若在《我们的文学新运动》中也认为："我们现在于任何方面都要激起一种新运动，我们于文学事业中也正是不能满足于现状，要打破从来的因袭的样式而求新的生命之新的表现。"② 可见，中国马克思主义文学批评在早期就注意到革命的现实主义文艺并不是要亦步亦趋地对现实的机械模仿，而是对客观现实的能动反映。这种能动的反映论文艺观就是要达到文艺的政治倾向性与文艺的真实性的统一。革命的现实主义所要求的文艺的倾向性与真实性的统一，周扬在 1936 年的《现实主义试论》中也有深入论述，他认为："没有对现实的研究和渗透，单是世界观的成熟的程度，是不能够创造出艺术来的，这是自明的事。作品的公式化和概念化会破坏现实主义的艺术。……未来的艺术就是把广大的思想上的世界观和最高度的丰富的艺术形式结合起来了的东西。"③ 周扬认为现实主义的真实性是作家通过实践达到主观和客观的结合，从而实现对生活本质的正确把握。胡秋原、杜衡等人所理解的真实是作家主观和客观的自然结合，这是一种被动的自然主义真实观。周扬所说的未来的艺术是把广大的思想上的世界观和最高度的丰富的艺术形式结合起来的现实主义思想，则在 1942 年毛泽东《讲话》里进一步升华完善为"政治和艺术的统一，内容和形式的统一，革命的政治内容和尽可能完美的艺术形式的统一"④。

从理论的发展历程上看，反映论是马克思主义认识论中不可分割的组成部分，反映论观点也是马克思主义认识论的重要理论基石，否定反映论也就抽掉了马克思主义认识论的基本内涵。正是在反映论观点的长期影响下，形成了中国马克思主义文学批评的反映论批评模式，那么到底如何评价和认识反映论批评模式，它主要包括哪些批评观点，它在理论的历史演进过程上又是如何在中国马克思主义文学批评实践观的理论逻辑结构中建构出来并具有中国形态特征，这是我们需要认真思考的问题。

王元骧认为："什么是反映论？一般认为它作为一种与先验论相对的唯物主义的认识论，其最基本的特点就在于认为人的感觉、知觉、思维都是人对外部世界的一种映象和摹写。这在原则上我认为是正确的。所以，把反映论引入文艺理论，也就意味着在理论上坚持了唯物主义的创作路线；要求作家

① 林伯修：《1929 年亟待解决的几个关于文艺的问题》，《海风周报》1929 年 3 月 23 日第 12 期。
② 郭沫若：《我们的文学新运动》，《创造周报》1923 年 6 月 23 日第 7 号。
③ 周扬：《现实主义试论》，选自《周扬文集》（第一卷），人民文学出版社 1984 年版，第 160 页。
④ 毛泽东：《毛泽东选集》（第二卷），人民出版社 1991 年版，第 869—870 页。

深入生活，从生活出发，到生活中去吸取题材来进行创作。"① 应该看到这一反映论批评模式主要受到苏联唯物主义反映论和文学反映论批评模式的影响。以反映论为特点的苏联马克思主义文论批评模式认为文学作为一种社会意识、意识形态，整体上是对社会存在的反映，而在创作上重视现实主义美学原则。但苏联的反映论批评模式在实践中相当程度上是逐渐演变为一种纯认识论的文艺观，它将文学仅看成对生活的认识、反映甚至是一种模仿，忽视了文学主体的能动性，片面强调文学相对于生活的受动性的一面。苏联的这种文论批评模式在实践中所出现的最大问题，就是没有从马克思主义实践观的革命视野去看待认识、反映论问题，不是从唯物主义实践辩证法角度全面理解文学的认识、反映问题，而是回避了形象思维、审美形式等很多艺术特殊性的探讨以及文学的意义和价值问题。这是按照机械、庸俗唯物主义的观点方法去阐释文学，在实践中产生了很多负面影响。正像一些学者指出的，苏联文论批评模式是产生于 20 世纪 30 年代的纯认识论的或者科学主义化的模式，它"把认识与实践分割开来，或者把实践只是当作认识的前提，而没有同时看到它又是认识的归宿，因而在文艺问题上，看不到文艺反映生活的目的是改造它的功能是由文艺本身的性质所规定了的。这样，就把文艺完全纳入认识论领域中去进行研究，从而排除了它与实践论、价值论之间的联系，从而陷入了纯认识论的思想倾向"。② 如此看来，要反思反映论批评批评模式就要从更高的理论视野去理解和梳理这一问题。

我们在理解中国马克思主义文学批评理论形态的本质特征时，我们需要注意两个方面。第一，我们不能把苏联反映论批评模式和中国马克思主义文学批评模式完全等同。反映论批评模式从 20 世纪 20 年代末就已经和中国具体的国情、民情和文情结合起来，体现出具有中国经验的民族化表达方式，因此夸大和缩小苏联反映论批评模式都是不可取的。第二，中国马克思主义文学批评注重实践，并因此对中国的现代革命和建设事业发挥出巨大的作用和价值。我们应该从马克思主义实践观的高度去解读、客观评价中国马克思主义文学批评的反映论批评模式及其具有的实践形态特征。从整体上看，反映论批评模式的最大特征就在于结合中国的革命特点和文化语境提出了以毛泽东文艺批评思想为代表的"能动的革命的反映论"批评模式，这一能动的

---

① 王元骧：《我所理解的反映论文艺观——读朱立元先生〈对反映论文艺观的历史反思〉所引发的一些思考》，《马克思主义美学研究》（第 3 辑），广西师范大学出版社 2000 年版，第 287 页。

② 王元骧：《立足反映论，超越反映论——谈我对苏联文艺学模式的认识历程》，《杭州师范学院学报》1996 年第 5 期，第 22 页。

革命反映论批评模式既是以问题为中心的中国马克思主义实践认识论批评范式的同位性表达，也是对中国马克思主义文学批评的实践问题结构的集中表述。正是在能动的革命反映论旗帜下，我们看到中国马克思主义文学批评形成了以实践为问题指向的理论形态结构，呈现出重视实践主体，强调意识形态的实践性质，突出动态能动的生活实践观，以及彰显实践智慧的文艺政策批评等理论观点，并在艺术创作上推崇革命现实主义美学原则。

朱立元在《对反映论艺术观的历史反思》中认为："正是在这种思想的综合影响下，结合着中国左翼革命文学的发展实际，反映论文艺观采取了以意识形态（主要是政治倾向论）为取向、以反映论为内容来源的双层结构的理论形态。"① 但是应该看到反映论文艺观的双层结构当中无论是文学作为一种社会意识形态，还是文学作为社会生活的反映，在其理论发展中均与苏联反映论文艺观有些不同。中国的反映论文艺观是要从实践的问题结构中去理解，而不能把反映仅仅理解为纯粹的认识论观念。中国马克思主义文学批评者在理解文学反映论当中的意识形态问题时，主要是从实践的角度来理解的。早在革命文学倡导时期，李初梨在《怎样地建设革命文学》中就认为："我以为一个作家，不管他是第一第二……第百第千阶级的人，他都可以参加无产阶级文学运动；……假若他真是'为革命而文学'的一个，他就应该干干净净地把从来他所有的一切布尔乔亚意德沃罗基完全地克服，牢牢地把握着无产阶级的世界观——战斗的唯物论，唯物的辩证法。"② 李初梨指出革命文学作家应该克服资产阶级意识形态，取而代之的就是无产阶级意识形态世界观，即"战斗的唯物论""唯物的辩证法"，这是实践指向的意识形态文艺观。这一意识形态实践思想，被后来创造社的另一位成员彭康在《革命文艺与大众文艺》中进一步发展起来，他认为："所谓意识形态，自然是受制约于社会底经济的基础，而它自身也有它自身底法则发展而将在这经济基础上面的社会生活组织化。……如果再将它（社会生活）体系化，理论化，则同样的生活样式更加可以在一定的意识形态之下统一，巩固起来，使同样地生活的人们因对于生产的同样的关系更能成为一个有意识的阶级，这样的统一的及组织的效能是意识形态所能有的，因为意识形态虽然是社会底多样复杂的现象的反映，但不单是反映，这反映自身即成为社会的势力，旗帜的口号。这是意

---

① 朱立元：《对反映论艺术观的历史反思》，《马克思主义美学》（第2辑），广西师范大学出版社1999年版，第43页。

② 李初梨：《怎样地建设革命文学》，《文化批判》1928年2月15日月刊第2号。

识形态底实践性。文艺是它底一种，当然也是这样。"① 当时的革命文学倡导者受到"拉普"派波格丹诺夫等人的"组织生活论"的直接影响，主要是从组织生活理论角度出发希望借助文学组织化思想和感情以达到政治宣传、组织大众革命斗争的实践目的。瞿秋白也认为："一切阶级的文艺都不但反映着生活，并且还在影响着生活；文艺现象是……意识形态的表现，是上层建筑之中最高的一层，……它虽然结算起来始终也是被生产力的状态和阶级关系所规定的，——可是艺术能够回转去影响社会生活，在相当的程度之内促进和阻碍阶级斗争的发展。"② 周扬也从革命的现实主义文学观念出发，认为"新的现实主义的方法必须以现代正确的世界观为基础。正确的世界观可以保证对于社会发展法则的真正认识，和人类心理与观念的认识，把艺术创作的思想的力量大大地提高"③。毛泽东的《实践论》《讲话》则是构成中国马克思主义文学批评意识形态认识的完整表述。毛泽东首先从反映论出发对文学作为一种认识世界的方式进行政治意识形态化的解读。他认为"在现在世界上，一切文化或文学艺术都是属于一定的阶级，属于一定的政治路线。为艺术的艺术，超阶级的艺术，和政治并行或互相独立的艺术，实际上是不存在的"，同时他又指出"文艺是从属于政治的，但又反转来给予伟大的影响于政治④"。毛泽东以政治家和革命领袖的权威身份从政治意识形态实践观角度理解文学，要求文艺服从于政治，并为政治服务，这一方面表明中国马克思主义批评反映论批评观地位得到最终确认，另一方面也带来新中国成立后随着人民政权的建立，文学的政治功能大大被强化，文学的审美功能不断被弱化的趋势，直至造成"文革"时期阶级意识形态工具观的泛滥局面。

如果从实践的理论框架上看，文学的意识形态实践观只是反映论批评模式的主观性维度，那么文学是对社会生活的反映则是反映论批评模式的客观性方面，就整体上而言，这两个方面互相作用、相辅相成、不可分割，它们共同构成反映论批评模式的内在双重理论结构。在中国语境里，社会生活不仅是文学反映的基础、来源，而且是一个能动地、动态地涌动着历史主体价值诉求的社会生活实践、人民生活实践。中国马克思主义文学批评在理论逻辑上不仅重视社会存在决定社会意识，而且看重主体是如何从社会存在的客观情势中读出革命的潮流、历史的客观动向和社会总体的行动倾向。将倾向

---

① 彭康：《革命文艺与大众文艺》，《创造月刊》1929 年 1 月 10 日第 2 卷第 6 期"新年特大号"。
② 瞿秋白：《瞿秋白文集》（二），人民文学出版社 1953 年版，第 954—955 页。
③ 周扬：《现实主义试论》，选自《周扬文集》（第一卷），人民文学出版社 1984 年版，第 157 页。
④ 毛泽东：《毛泽东选集》（第三卷），人民出版社 1991 年版，第 865—866 页。

性与反映社会革命本质趋势的真实性、主观性与客观性辩证统一起来，这是能动的社会生活实践论，胡风将这种生活实践观称为"实践的生活立场"，即是表达了社会生活的实践本质："一篇批评的出发或一个批评家的出发，那最基本的东西是实践的生活立场，是对于现实人生的新生的愿望，不是在思想概念上的，而是化成了生活知识和感应能力的，对于现实人生的新生的愿望。"① 对社会存在的革命趋势与政治倾向的关注，使得在中国马克思主义批评理论视野中社会存在、社会生活的形态不是静止的存在，而是活生生的感性的存在，是能动的动态的社会生活实践，这种动态的社会生活实践是艺术实践与人民实践、人生实践与社会实践的辩证统一。由于现代中国激烈的社会变革、风起云涌的革命运动，就常常使深处其中的革命者感到时时被时代的大潮所推着走的感慨，蒋光慈就谈道："革命的步骤实在太快了，使得许多人追赶不上，文学虽然是社会生活的表现，但是因为我们的社会生活被革命的浪潮推动得太激烈了，因之起了非常迅速的变化，这弄得我们的文学来不及表现。"② 蒋光慈在这里实际上客观地表达了当时人的普遍感受，革命的生活浪潮作为具有历史主体意志的客观现实推动着作家不断调整自我价值观念、世界观立场以适应革命形势进行创作实践。李初梨也表达了这一思想，他从生活意志、阶级生活实践出发给文学下的定义就是"文学，与其说它是自我的表现，毋宁说它是生活意志的要求。文学，与其说它是社会生活的表现，毋宁说它是反映阶级的实践"③。五四之后社会生活、社会实践不再是一个沉闷愚昧的黑暗世界，而是蕴含着革命潜流充满希望的社会生活世界。1941 年 7 月周扬在《文学与生活漫谈》中认为，"文学从生活中产生，离了生活，就不能文学。然而文学和生活到底是两个东西，在创作过程上讲，还是互相矛盾互相斗争的两极。创作就是一个作家与生活格斗的过程"，"这是艺术上的认识与表现的问题，生活实践与创作实践的统一的问题"。④ 正是从斗争性的生活实践角度出发，毛泽东认为，"中国的革命的文学家艺术家，有出息的文学家艺术家，必须到群众中去，必须长期地无条件地全心全意地到工农兵群众中去，到火热的斗争中去，到唯一的最广大最丰富的源泉中去，观察、体

---

① 胡风：《人生·文艺·批评》，选自《胡风全集》（第 3 卷），湖北人民出版社 1999 年版，第 202 页。

② 蒋光慈：《现代中国文学与社会生活》，《太阳月刊》1928 年 1 月 1 日创刊号。

③ 李初梨：《怎样地建设革命文学》，《文化批判》1928 年 2 月 15 日第 2 号。

④ 周扬：《文学与生活漫谈》，选自《周扬文集》（第一卷），人民文学出版社 1984 年版，第 326 页。

验、研究、分析一切人，一切阶级，一切群众，一切生动的生活形式和斗争形式，一切文学和艺术的原始材料，然后才有可能进入创作过程"。①

中国马克思主义理论批评在接受反映论模式的同时将理论重心转向了以实践理性为指导的社会生活本质观，在此基础上强调主体实践的能动作用，这实际上贯彻了马克思关于全部社会生活的本质是实践的这一总体性观点。中国马克思主义文学批评强调现实生活特别是革命的现实生活所蕴含的实践理性思维，集中体现在实践智慧型的文艺政策批评上。马克思主义作为指导中国革命的理论武器，反映到文艺上就要求把马克思主义经典作家的批评原理、批评标准、批评方法等理论与中国具体的文艺实践经验相结合，在此基础上使马克思主义经典作家的理论批评的普遍原理转化为党的文艺政策，以指导中国的革命文艺运动。很长一段时期"苏联作为无产阶级革命左翼文学运动的发祥地和指挥中心是中国革命和左翼文学运动的重要理论来源地。在三四十年代，可以说，苏联文坛的每一次论争，苏联文学理论的每一步发展变化都通过翻译的渠道及时波及中国，并产生重大的影响，中国左翼文学运动的发展过程与苏共的文艺政策、文艺理论的变化息息相关"②。但是随着中国革命的具体发展和中国马克思主义文学批评的自身演进，中国马克思主义文学批评者开始探讨适合中国国情、文情的文艺政策。

毛泽东的《讲话》即是标志着实践智慧型的政策批评在中国的形成，所以毛泽东在《讲话》中以政治家的立场指出："我们的文艺既然是为人民大众的，那末，我们就可以进而讨论一个党内关系问题，党的文艺工作和党的整个工作的关系问题。"③ 毛泽东把文艺工作为党的整个工作的重要组成部分，实际上就是对文艺工作者的党性原则的强调。他在《讲话》中指出文艺要服务于政治，具体讲就是要求革命作家要服从于党的革命需要，忠实地执行党的各项文艺政策。在中国马克思主义文学批评当中，党在不同时期所提出的文艺方针政策无疑具有重大的作用和影响力。周扬在《关于政策与艺术》中认为"一切革命路线、政策都是集中人民大众的要求与经验而产生的，一经产生之后，它便要在群众斗争的实践中经过考验，而凡是真正适合于他们的利益的，就会立刻在他们中间生根，成为他们实际生活的血肉部分"，因此"革命政策是一切革命行动的指南，也指导革命艺术的行动。它是革命的科

---

① 毛泽东：《毛泽东选集》（第三卷），人民出版社 1991 年版，第 860—861 页。

② 李今：《苏共文艺政策、理论的译介及其对中国左翼文学运动的影响》，《中国现代文学研究丛刊》2002 年第 1 期，第 37 页。

③ 毛泽东：《毛泽东选集》（第三卷），人民出版社 1991 年版，第 865 页。

学，文艺工作者必须努力掌握这门科学"。① 政策特别是文艺政策成为革命的文艺工作者进行文艺创作的行动指南以配合党的各项政治任务、革命目标。艺术创作与政策思想的结合是毛泽东《讲话》之后艺术创作活动的一个显著特点。中国马克思主义批评对政策的重视，有其特殊的革命政治语境，它是党根据革命不同时期的形势、任务、特点等具体实践情况制订出来的政治文件，它是中国文艺国情与马克思主义批评的基本原理、方法、思路的具体辩证结合的实践智慧体现，可以说党的文艺政策为革命文艺的繁荣和中国革命的胜利做出了重要贡献。中国马克思主义文学批评在中国文艺大众化、民族形式问题、文艺下乡、新秧歌、新歌剧等文艺群众化推广运动中能够得到深入推进，取得丰硕的文艺成果，就体现出文艺政策精神的政治权威和巨大影响。但是也应该看到，文艺政策是一切以政治为核心的实践逻辑，很容易在中国紧张的革命战争环境中直接转化为政治即是艺术的工具论文艺观，在实践中也证明这种实践型的政策批评对文艺活动是有负面影响的，以至于邵荃麟在《论文艺创作与政策和任务相结合》中提出"政治的具体表现就是政策，作家不能在创作上善于掌握政策观点，也就不能很好去谈政治服务"② 的"左"倾化观点。党的文艺政策一直是中国马克思主义文学批评的重要组成部分，如何将这种实践智慧型的政策批评与作家自由的个性创作结合起来，在作家丰富自由的生命体验中、诗意的裁判中倡导社会主义的核心价值、理想信念，就成为中国马克思主义文学批评需要认真思考的重要问题。

第二节　从反映论到审美意识形态论

反映论批评模式从 20 世纪 50 年代到 70 年代被定于一尊受到盲目崇拜，80 年代的理论批评界则开始对反映论在理论和实践中存在的简单化、机械化的庸俗文艺学缺点进行深刻的反思。对文学反映论的反思主要还是先从哲学基础的层面进行的，这个反思来自对两个基本问题的追问和回答：第一，什么是真正的反映论？第二，文学反映的特殊性体现在什么地方？正是对这两个根本问题的回答，中国马克思主义批评界基于自身的历史语境、现实问题

---

① 周扬：《关于政策与艺术——〈同志，你走错了路〉序言》，延安《解放日报》1945 年 6 月 2 日。

② 邵荃麟：《论文艺创作与政策和任务相结合》，选自《邵荃麟评论选集》（上），人民文学出版社 1981 年版，第 285 页。

和理论框架，开始在哲学层面提出积极的辩证反映论，文论批评层面则主张审美反映论。

一　从反映论到辩证的反映论、审美反映论

20 世纪 80 年代，文学主体论、人道主义文学思潮、现代主义文学批评流派对文学反映论漠视人的价值、忽视主体性、缺乏审美特性、客观决定论的指责，构成对反映论最为现实的问题挑战。在这种情况下，中国马克思主义文学批评界对反映论进行了反思，提出了能动积极的辩证反映论。1986 年钱中文在《审美反映的创造性本质》中认为："这几年来，不少文章批评了简单的反映论、机械的反映论，指出了它的危害，这是完全正确的。但是真正的反映论，也即辩证的反映论，又是怎样呢？"① 由此他认为，人们在指责反映论时，首先要清楚反映论是否就等同于机械反映论、僵死的反映论，那种剥夺主体创造性的反映论。在他看来，反映论作为唯物论的基本原理说明了思维和存在的同一、物质的第一性、思维的第二性，是经得起检验的理论原理。在此基础上，钱中文引入了马克思主义实践观点和辩证唯物论，认为："辩证唯物反映论承认事物是一种客观存在，但是一旦进入实践，它们就进入了主体的把握之中，就不再成为纯客观的东西，纯客观的现实。二，在把握现象、事物过程中，人决不是一面僵死的镜子，他对事物的描述与认识，决不是僵死的反映，而是加入了主观因素的，所以是曲折的、二重化的反映。……四，反映是一种创造活动，创造新的现实的活动。"② 反映论坚持者认为辩证唯物反映论补足了传统反映论忽视主体能动性的一面，因为辩证唯物反映论看到反映是一种实践的、主体的创造性的活动。从实践的角度研究反映问题，打开了文学反映论理论结构的辩证视野，但是此后从实践角度探讨反映论问题并没有成为一个重要方向，有众多学者似乎在着力申明文学反映论是比认识论更具有广泛涵盖性的原理。

无论是苏联和中国的马克思主义文学理论批评界，都没有能够合理地解决和科学地阐述政治倾向性与艺术真实性的问题，而是走向了把反映生活直接当作反映阶级生活进行政治意识形态化的处理，这个矛盾是无法解决的。因此，提出审美反映论是对传统"左"倾化反映论弊端的改造与调整。审美反映论的倡导者认为文学的反映是一种特殊的反映——审美反映，由于其自身

---

① 钱中文：《最具体的和最主观的是最丰富的——审美反映的创造性本质》，《文学评论》1986 年第 4 期，第 7 页。

② 同上。

的特殊性，它较之反映论原理的内涵更加丰富。在审美反映论当中，反映论原理不是被贬低了，而是更加具体化了、审美化了。审美反映论内在地包含着主体与客体的双向对象化的建构过程，因此，他们主张要以审美反映代替反映论。童庆炳在《审美特征论》中也谈到文学的审美反映问题："我的基本理论假设是，文学是一种广延性很强的事物，它必然会有社会性、政治性、认识性、道德性、宗教性、民俗性等，但是文学的所有这些属性都必须融于审美中，才可能是诗意的，因此文学作为一种艺术，它的特性是审美。如果说它是一种反映的话，它是审美反映；如果说它是意识形态的话，那么它是审美意识形态。"① 可以说，将审美引入文学反映论是新时期马克思主义文艺理论的一项重要成果。审美反映论克服了文学反映论偏于政治化的倾向，使文学反映论获得了新的理论增长点。

鉴于反映论在理论和实践中的诸多困境，从 20 世纪 90 年代开始有许多学者进一步反思了审美反映论观点，按照王元骧的看法，"要真正实现对苏联文艺学的传统模式的突破，从根本的意义上说，我认为还应该引入实践的范畴，对文艺的实践本性作出全面而充分的估计，在理论上给予其应有的地位"。② 此后他连续撰文探讨马克思主义文学理论批评引入实践视角所带来的研究范式的根本变革，他认为，"什么是文艺理论在现代发展的基本走向呢？以我之见，就是从侧重于从认识视角的研究向侧重于从实践视角的转轨"，由于"认识论文艺观所侧重强调的总是以物为本，是客体至上，以人以逼肖地再现现实、给人以未知的满足作为评价文艺作品的最高标准"，所以需要进行实践范式上的转换关注文学的人学价值。③ 实践论的文艺观关注人自身的价值，强调文学作为实践本性的活动所具有的实践理性价值和人文意义。可以说 20 世纪 90 年代以来一些反映论的探讨已经是立足实践论，超越了反映论，具有重大的理论价值和现实意义。

二　从审美反映论到审美意识形态论

文学审美意识形态论从 21 世纪初开始出现了很多质疑，今天看来这些质疑无疑使得学界对反映论批评模式的反思更加深化了，同时也极大地促进和推动了审美意识形态论的自我完善和发展。在许多学者看来，审美反映论与

---

① 童庆炳：《文学审美特征论·自序》，华中师范大学出版社 2000 年版。
② 王元骧：《立足反映论，超越反映论》，《杭州师范学院学报》1996 年第 5 期，第 23 页。
③ 王元骧：《实践的思想与马克思主义文艺理论研究的变革》，选自王元骧《文学理论与当今时代》，浙江大学出版社 2002 年版，第 482、488 页。

审美意识形态论是同一性的理论表达。如果从中国马克思主义文学批评的实践思想来看，这是同一个问题自然延伸出来的两种理论观点，尽管从时间上看审美反映论与审美意识形态论的提出大致是同时的。总体来看，审美反映论与审美意识形态论都是对传统认识论为基础的反映论批评模式的矫正，因此实质上是同一个问题。作为审美反映论、审美意识形态论提倡者之一童庆炳就认为："20世纪80年代提出的文学审美特征论，包括审美反映论和审美意识形态论，在经过了二十多年后，近期遭到质疑。"① 但是审美反映论与审美意识形态论所关注的侧重点是不一样的，审美反映论是从审美角度对反映论的一个有限的反拨，认为文学作为特殊的认识形式是对现实生活的审美特性的反映，可以说审美反映论仍然过于明显地表现出局限于传统反映论的认识论哲学基础，来阐释文艺及批评本质。审美反映论的内在理论结构是重文学的客观性方面，而在阐释文学的主体的审美创造、情感体验活动方面体现出理论阐释的内在局限性。因此，为了摆脱审美反映论的局限性，将审美反映论过渡到审美意识形态论，就成为文学反映论批评模式的内在理论需要。文学反映论的倡导者王元骧，后来也主要是从两个方面发展和超越审美反映论的，一是引入实践思想超越传统反映论的认识论哲学，二是侧重审美情感、审美价值意识方面完善文学审美意识形态论的阐释。他在回答"'审美反映论'又怎么引申出'审美意识形态论'的？"提问时，谈到"艺术创作既然是以艺术家的审美情感为心理中介来反映生活的，情感的产生是以客观对象能否契合主观需要为转移的，就其性质来说，是以体验的形式所表达的人们对事物的态度和评价。所以它反映的不是事物的实体属性，而是事物的价值属性。而意识形态作为一定时代和社会集团的信念体系，虽然是属于理性意识，与审美情感这种感性的意识分属于两个不同的层次；但是都不是事实意识而是一种价值意识这一点上是共同的。所以艺术就其性质来说我认为是可以归入意识形态的。因此，把审美与意识形态两个概念联系起来作为一个复合词并没有什么不妥之处"。② 由此可见，从审美反映论到审美意识形态论是中国马克思主义文学批评的自然演进，这个自然演进的逻辑基础从本质上讲即是由实践认识论的框架来确认的。

　　文学的审美意识形态论试图在历史的、实践的哲学层面上为自身提供坚

---

① 童庆炳：《实践是"审美"与"意识形态"结合的中介》，选自陆建德主编《马克思主义文艺理论研究》（第1辑·2011），中国社会科学出版社2011年版，第153页。

② 赵建逊、王元骧：《从"审美反映论"和"审美意识形态论"说开去》，《文艺争鸣》2009年第1期，第26页。

实的马克思主义基础，但是审美意识形态论者在阐释艺术的认识功能、社会功能、价值功能等方面表明其仍然是在实践认识论框架中去解读的："意识形态作为一个时代、一个社会价值观的最高、最集中的体现，它的功能既然是为了动员社会成员，凝聚社会成员的力量，为实现自己的目标去进行奋斗，因而它的性质就不仅是理论的，而主要是实践的。"① 一些学者认为审美意识形态论绝不是对政治工具论冲击下权宜之计，而是有深厚的理论基础和马克思主义理论依据的，就是在"80 年代初期，学术界提出文学的'审美意识形态论'、文学的'审美反映论'等，也就不是简单地把'审美'和'意识形态'嫁接起来，更不是什么权宜之计，而是植根于马克思主义理论的完整的理论建树"。② 冯宪光认为："文学审美意识形态不是一个先验的设定，而是在人类实践中逐步形成的只有从历史的生成才能科学地说明审美意识形态的理论内涵。审美意识形态不是审美与意识形态这两个范畴的简单的相加，审美与意识形态这两种因素的结合是人类在长期实践活动中逐渐形成的。"③ 文学审美意识形态论充分照顾到了文学对象的审美特性，也重视把握对象的审美方式，既重内容，也重形式，可以说审美意识形态论试图整合 20 世纪 80年代以来的审美思潮、人学思潮、现代一些西方批评流派思想，以实现理论上的综合创新。

客观来看，从 20 世纪 80 年代开始文学的审美意识形态论受到广泛传播，逐渐成为我国马克思主义文论批评界的一个重要成果。但是也有众多学者有不同看法。审美意识形态论的反对者，提出的问题也是很尖锐的。在一些学者看来，由于审美意识形态论本身存在内在的逻辑矛盾，加上意识形态本身概念内涵的复杂性，必然会导致众多质疑："从字面上看，'审美意识形态'的重心所在是意识形态，它首先肯定的是文艺的意识形态属性；但在一些学者的具体阐释中，审美却成了中心，意识形态成了从属于审美的特征，甚者更把意识形态直接理解为意识的形态，把'审美意识形态'解释成审美意识的形态，由此把表述的重心转移到了审美意识上，从根本上消解了文艺的意

---

① 王元骧：《我对"审美意识形态"的理解》，选自李志宏主编《文艺意识形态演说论争集》，吉林大学出版社 2006 年版，第 9 页。

② 童庆炳：《审美意识形态论作为文艺学的第一原理》，选自北京师范大学文艺学研究中心编《文学审美意识形态论》，中国社会科学出版社 2008 年版，第 100 页。

③ 冯宪光：《文学审美意识形态论的几个重要问题》，选自北京师范大学文艺学研究中心编《文学审美意识形态论》，中国社会科学出版社 2008 年版，第 226 页。

识形态性质。"① 还有一些学者认为审美反映论、审美意识形态论哲学基础经不起理性的诘问，与以群、蔡仪等人多年前观点的哲学基础相同，且已十分陈旧，"从哲学角度看，文学的审美意识形态本质论（童先生常常把它和'审美反映论'视为同义语）的基础是机械的认识论和反映论。按照这种理论，存在决定意识，意识反映存在；文学属于特殊的意识形态，当然也要反映社会存在。这是把哲学观点硬性纳入文艺领域。"②

实际上从后来的探讨看，审美意识形态论的重大理论进展就是引入实践，与此相应一些学者在评论审美意识形态论也注意到，从实践视野客观评价审美意识形态论对新时期马克思主义文学批评的重要贡献。童庆炳认为："作家创作从个人的审美体验出发，通过创作实践，经过个人的审美体验反映出某个阶层、阶级的思想、感情、要求与理想。个人的情感在实践中导致审美意识形态的产生。我们可以说，实践是'审美'与'意识形态'结合的中介。"③ 实践不仅是理解审美意识形态理论的重要概念，而且应该是一种本体视野，如果将实践仅仅停留在审美与意识形态结合的中介上，这在某种程度上仍然是在认识论、功能论的基础上谈实践，还没有上升到审美、意识形态活动本身皆是实践的不同维度、不同层面的问题。也有一些学者认为无论是"审美意识"的形态，还是"审美"的意识形态，文学都是社会文化系统的一个子系统，因此需要把文学放在社会文化的整体系统上面论述文学的审美意识形态论，这实际上提出了一种总体性的审美意识形态观："文学作为审美的意识形态，以感情为中心，但它是感情和思想认识的结合；它是一种自由想像的虚构，但又具有特殊形态的多样的真实性；它是有目的地，但又具有不以实利为目的的无目的性；它具有社会性，但又是一种具有广泛的全人类性的审美意识的形态。"④ 问题的关键就是需要阐明审美意识形态论的总体性基础是什么，这是我们需要进一步追问的问题，否则理论基础仍然是模糊、暧昧的，因此一些学者提出了不同意见，认为："当'审美意识形态论'将文学表述为'审美的意识形态'或'审美意识形态'的时候，就悄然但却是根本性地改变了原本的理论初衷。因为用'审美'来修饰和框定'意识形态'，

---

① 马建辉：《文艺意识形态观念的演进》，选自董学文、李志宏主编《文艺意识形态学说论争集》（二），吉林大学出版社 2009 年版，第 46 页。

② 燕世超：《文学的审美意识形态本质论质疑》，《汕头大学学报》2004 年第 6 期，第 6 页。

③ 童庆炳：《实践是"审美"与"意识形态"结合的中介》，选自陆建德主编《马克思主义文艺理论研究》（第 1 辑·2011），中国社会科学出版社 2011 年版，第 162 页。

④ 钱中文：《钱中文文集》，上海辞书出版社 2005 年版，第 222 页。

无论怎么说都是难以在学理上讲得通的。"① 董学文进而提出将审美意识形式的语言艺术生产作为文学的本质界定。因此可以说，审美意识形态论的论争双方，最后在某种程度上都回归到了如何理解实践的问题，以及实践在中国马克思主义文学批评理论体系处于何种地位的问题。

理论界围绕审美意识形态论所产生的分歧，主要集中在如何理解意识形态范畴或者准确地说如何全面理解马克思的文学意识形态观点。从争论的过程看，这种论争的分歧最后可能陷进纠缠不清的无休止的语词争议当中，而最有争议的东西可能却被遗忘了。意识形态（ideology）归根结底是观念学、意识学的范围，是牵涉人的认识与世界的关系，因此意识形态体现的是文学的认识观、世界观，文学的意识形态界定本身关键还是我们要在一个什么样的视野、范式来看待，因此"文艺作为一种意识形态的形式，具有反映一定现实关系和思想观念的基本特性，在价值功能上既具有批判性，也具有建构性。文艺作品往往包含着一定的社会历史观、人生观与价值观，因而具有一定的意识形态性；当代文艺研究如何认识理解文艺的意识形态特性与功能，这取决于研究者自身的理论立场和阐释能力"②。我们需要引入马克思的实践思想，回到现实、生活的世界问题中看待文学的意识形态、审美问题而不是纠结于词句的表面争议，国内学者胡亚敏认为："审美意识形态不是审美加意识形态，而是审美的意识形态，既是审美的，又是意识形态的。但我对审美有自己的看法，我刚刚谈到文学概念本身在发展，理论这个概念在发展，审美的概念也在发展。现在的审美已不是康德所说的那种无功利性的合目的性，而是和经济、资本、日常生活捆绑在一起。"③ 也就是说，在当代现实社会，无论是审美还是意识形态在现实语境中都已经发生了很大变化。审美的现代性带来的问题是审美与现实生活，特别是世俗的现代社会紧密联系在一起，这样人的审美活动就与人的社会存在、社会意识、世俗活动、人的日常生活实践捆绑在一起成为一个无法分割的结构整体。因此，这就需要我们从更高的理论层面，也就是实践的生存论或者存在论层面去阐释文学审美意识形态论以及其他的文学批评问题。

---

① 董学文：《文学本性与意识形态关系》，选自董学文、李志宏主编《文艺意识形态学说论争集》（二），吉林大学出版社 2009 年版，第 4 页。

② 赖大仁：《文艺与意识形态：从理论视野到文艺观念》，选自董学文、李志宏主编《文艺意识形态学说论争集》（二），吉林大学出版社 2009 年版，第 34 页。

③ 胡亚敏：《关于文学及其意识形态性质的思考》，选自李志宏主编《文艺意识形态演说论争集》，吉林大学出版社 2006 年版，第 93 页。

第三节　实践认识论批评范式反思

马克思主义传入中国并被中国所接受的内在动力来自中国革命现实的需要，变革中国社会的现实需求决定了中国马克思主义文学批评作为一种理论知识形态的旨归是实践的，因此中国马克思主义文学批评的一个基本功能就是帮助人们提高认识，以马克思主义的立场观点方法来指导人们变革现实世界的革命和建设活动。从这个意义上讲，认识论是中国马克思主义批评知识体系构成的一个不可缺少的理论内容。

一　认识论是中国马克思主义批评理论体系建构不可缺少的环节

由于历史原因，中国受到苏联马克思主义理论的重要影响，而后者的哲学基础就是唯物主义认识论，这种认识论主要从物质与精神、思维与存在、观念与现实的基本关系看问题，认为人应该在唯物主义的基础上认识世界，强调认识是对社会生活的反映。从学术层面看，苏联马克思主义看到了作为变革社会的对象性活动的实践是认识的来源和基础，认为"从唯物辩证法的观点看来，反映即认识，是一个历史的过程。这个以社会实践为基础的社会的人的认识过程，开始于感觉而终结于在思想中再现现实，再现其全部具体性的具体概念"。① 但是苏联马克思主义文论美学在其自身的理论发展轨道中由于受到政治的干扰，最终走向了本质主义的文学反映论的道路。中国马克思主义文学批评在接受以苏联为代表的马克思主义文学批评中也出现了"左"倾化的问题，但是马克思主义认识论原理与中国革命的具体结合中，中国马克思主义文学批评创新式发展了马克思主义的认识论，形成了以实践为基础的能动的革命的反映论为特征的认识论批评范式，当然在中国马克思主义文学批评的具体实践中这种批评范式也存在诸多理论局限。

从总体上看，实践认识论构成中国马克思主义文学批评体系的基石。中国马克思主义文学批评实践认识论的理论导向决定了文学的基本问题是文学与现实的关系，又因为中国的革命语境中政治是社会现实生活的主轴，这个基本问题后来又逐渐转化为文学与政治、革命、阶级的关系。注重人与现实

---

① ［苏联］М. Б. 米丁：《物质的东西和观念的东西的辩证法是马克思列宁主义认识论的基础》，选自徐小英、崔自铎编《认识论译文集》，求实出版社 1986 年版，第 2 页。

的审美实践关系，艺术与生活实践的关系，成为中国马克思主义文学批评的重要传统。总体上而言，从早期的中国左翼文学批评、延安时期的马克思主义批评再到新中国成立后的审美意识形态论、实践文论美学批评都可以说关注的是意识与存在、思维与存在这个根本的认识论问题。文论美学家蔡仪认为："美学研究美的存在与美的认识的关系及基发展的普遍规律，研究艺术与现实的相互关系及其发展的普遍规律，这些都与哲学的基本问题相关。美学观点实际上是哲学观点在美学这一特殊领域的具体运动。"① 蔡仪把艺术美学问题放在哲学的基本问题之下，把人的审美活动、艺术实践活动作为一种人的认识活动领域内来认识，表现出以蔡仪为代表的中国马克思主义文论美学家致力于从认识论层面建构中国的马克思主义文学批评美学体系。但是由于认识论批评美学观强调了人与现实、艺术与生活的社会反映关系，注重社会意义，而在一定程度上忽略了个体的价值意义以及人的个性情感的审美意义问题，在理论和实践中都存在很多局限。

中国马克思主义文学批评强调文艺与政治实践、革命实践的关系，这是实践认识论批评方法的根本表现。政治实践构成马克思主义的核心主题，中国具体的历史现实、革命事业决定革命、政治活动成为中国马克思主义批评关注的焦点和注意的中心，一切为中国革命胜利服务，成为最重要的政治问题。紧迫的政治议题，使得文学反映社会生活的范围急剧窄化，无论是作家的立场、党性、世界观都是在政治的笼罩下进行考量。在《讲话》中毛泽东提出政治标准第一，艺术标准第二的观点，既是实践认识论批评范式的体现，也在某种程度上体现出这种理论范式的局限。文艺从属于政治、为政治服务的观点，导致文艺实践与政治实践的界限无法清晰区分。这种文学与政治的本质上的同一，实质上取消了文学自身的艺术特点，以至于周扬提出愈是贯彻着无产阶级的阶级性，党派性的文学，就愈是有客观的真实性的文学，可以说："文学的真理和政治的真理是一个，其差别，只是前者是通过形象去反映真理的。所以，政治的正确就是文学的正确。不能代表政治的正确的作品，也就不会有完全的文学的真实。在广泛的意义上讲，文学自身就是政治的一定的形式，关于政治和文学的二元论的看法是不能够存在的。"② 这是典型的政治与艺术同一化的工具论文学观。新时期由于社会形势的变化，特别是20世纪90年代以来的市场化大潮，去政治化成为当代文学批评的一个重要现

---

① 蔡仪：《美学原理》，湖南人民出版社1985年版，第10页。
② 周扬：《文学的真实性》，选自《周扬文集》（第一卷），人民文学出版社1984年版，第67页。

象，因此这个时期重审文学的政治关系具有走出狭隘的政治实利主义思想，向更具包容性立场的和谐视角下的政治观念转变，因此有学者针对当代去政治化的处境认为："克服这种危机的途径，我认为只能是重申文学理论知识的政治维度——当然不是'文革'时期为'政治服务'意义上的政治，而是作为公共领域内自主行动意义上的政治。"① 陆贵山认为政治随着历史发展，其性质、价值和功能的内涵也在不断更新变化，在历史的不同时期政治内涵有所倾斜、侧重和差异本应是历史的合理态势，但是这并不意味着从此可以不要政治，在他看来"政治同样是一个历史的概念，具有不断发展变化着的动态的活性结构。如果说，战争时期，文学艺术主要表现为阶级斗争的政治服务，是具有历史的合理性的；那么和平发展时期，文学艺术主要表现为稳定的、和谐的政治服务，同样是具有历史的合理性的"②。

二　经验化倾向的实践认识论批评

经验是人们获得认识和知识的主要来源，但长期以来人们对"经验"的内涵理解并没有形成一致，英国学者奥克肖特在《经验及其模式》中认为在所有的哲学词汇当中，"经验"是最难以驾驭的一个词语。③ 一般而言，经验常指人的感觉经验，它是人们在同客观事物直接接触的过程中，通过感觉器官获得的关于客观事物的现象和外部联系的认识。与一般认识不同，奥克肖特受到黑格尔、布拉德雷等人唯心主义哲学传统影响，认为经验代表具体的整体，每种经验都是由感觉、知觉、直觉、情感、意志所给定的东西所构成的一个观念世界。任何地方的经验形式都是一种思维意识形式，因而经验都是一种观念的世界。由经验的限定性条件出发，奥克肖特提出了"经验的模式"概念，他指出："经验中的这些限定在不同的地方可能会出现；而每一个限定物都是经验中的一个确定的缺陷物，由于它们各自所体现的非完满性程度不同而相互区分开来。……我一直将这些经验中的限定物称为经验的模式或经验的变更物。"④ 由此奥克肖特提出了经验世界的三种经验模式：历史经验、科学经验、实践经验。奥克肖特从理论哲学出发提出了三种经验模式，对我们反思中国马克思主义批评的经验化倾向是有重要启发的。实际上建立在实践认识论基础上的中国马克思主

---

① 陶东风：《重审文学理论的政治维度》，《文艺研究》2006年第10期，第36页。
② 陆贵山：《重构文学的政治维度》，《华中师范大学学报》2008年第3期。
③ ［英］迈克尔·奥克肖特：《经验及其模式》，吴玉军译，文津出版社2005年版，第9页。
④ 同上书，第311页。

义批评就存在经验化的倾向，我们大致可以区分为三种经验模式：历史经验、知识经验、文学实践经验。

辩证唯物论认为经验是人们在历史实践过程中获得的感性和理性认识，正确的经验是人们对客观事物的历史运动规律的本质把握，因此注重历史经验就成为中国马克思主义文学批评的一个重要特征。可以说注重历史经验的总结，极大地促进了马克思主义与中国具体国情的结合。艾思奇在谈到毛泽东《实践论》中就指出："单从《实践论》的意义来讲，就是在我们党经过了十几年的工作，取得了经验，犯了一些错误之后，能够从哲学著作上，从世界观的水平上，来概括这些错误，把这些错误的根源、原因找出来。《实践论》把过去那些错误总结出来两方面的根源。所谓两方面的根源，就是一方面从经验（感性）认识方面找根源，另一方面从理性认识方面找到了根源。两种根源产生了两种形式的主观主义。"[1] 只有注重历史经验，马克思主义文学批评才会真正地与中国国情相结合，解决中国的现实问题。这种历史经验，不仅是指近现代中国的历史经验，还包括传统中国的历史文化经验。历史的经验是一个持续的连贯完整的经验，这种历史经验结构无疑为中国马克思主义文学批评的民族化、大众化、时代化，提供了宝贵的文化积淀。毛泽东在《实践论》中认为："从认识过程的秩序说来，感觉经验是第一的东西，我们强调社会实践在认识过程中的意义，就在于只有社会实践才能使人的认识开始发生，开始从客观外界得到经验。一个闭目塞听、同客观外界根本绝缘的人，是无所谓认识的。认识开始于经验——这就是认识论的唯物论。"[2] 可以说毛泽东的《延安文艺讲话》、冯雪峰的《论民主革命的文艺运动》、胡风的《论现实主义的路》等长篇理论批评名文，都是中国马克思主义文学批评重视历史经验的体现。

从知识经验上看，康德在《纯粹理性批判》中指出："我们一切知识都从经验开始，这是没有任何怀疑的；因为，如果不是通过对象激动我们的感官，一则由它们自己引起表象，一则使它们的知性活动动作起来，对这些表象加以比较，把它们联结或分开，这样把感性印象的原始素材加工成称之为经验的对象知识，那么知识能力又该由什么来唤起活动呢？所以按照时间，我们没有任何知识是先行于经验的，一切知识都是从经验开始的。"[3] 康德的认识

---

① 艾思奇哲学思想研究项目组编：《艾思奇讲稿选》（下），中共中央党校出版社（内部发行）1999 年版，第 817 页。

② 毛泽东：《毛泽东选集》（第一卷），人民出版社 1991 年版，第 290 页。

③ ［德］康德：《纯粹理性批判》，邓晓芒译，人民出版社 2004 年版，第 1 页。

论体系确立了经验对知识的重要性，但他又从本体论的角度对建立在感官知觉基础上的经验获取知识的能力特别是先天的知识能力进行了批判，在他看来知识从经验中开始与知识在经验中发源有着深刻的差异，因为在知识中还有一种独立于我们经验的先天知识，这种先天纯粹知识虽从经验开始但它发源的前提只有借助于人类先天的理性能力和先天知性范畴才能够获得。但是康德所倚重的先验统觉功能的理性由于是从普遍出发，思维出发，缺少历史实践的根基，从根本上无法弥合经验与先验、感性与理性、主体意识与客观现实的分裂，马克思的历史唯物主义正是从历史实践出发达到了人类理性认识的普遍性与现实性的统一，所以李泽厚说："康德所谓'先验综合统觉'在思维中作为形式的无处不在，只不过是实践的'我'在现实中作为变革世界的物质力量的无处不在的折光罢了。实践的'我'在现实上的统一万物，才有可能产生思辨的'我'在意识在统一万物。所以，不是思维的'我'，而是实践的'我'，不是任何精神思辨的'我'，而是人民群众集体的、社会的'我'，才是历史的创造性，才是客观世界的改造者，也才是科学认识的基础。这才是群众创造历史的唯物主义'反映论'，也就是马克思主义的实践论。"①

马克思主义实践认识论、反映论以现实的人民群众的历史实践为基础克服了思辨理论哲学在经验与现实、历史与理性结构关系上的二元分裂，中国马克思主义文学批评在实践认识论基础上建构了属于自身的知识经验模式。从中国的问题语境看，中国马克思主义文学批评的知识经验模式是在继承五四时期为人生的知识启蒙经验基础上一步步发展起来的，主要内容是为求得社会解放而面向人民的大众知识经验模式，《讲话》则是中国马克思主义文学批评大众知识经验模式的集中体现，可以说："《讲话》总结和阐发了中国马克思主义文学批评的知识经验问题，那就是来自底层的大众的文学生产和文化创造。"②《讲话》所确立的文艺大众化的经验模式是马克思主义文学批评和中国本土问题结合的典型理论形态，具有原创性的理论追求。因此，这需要我们摆脱传统的政治观念偏见，以客观冷静的心态着力从学理层面挖掘这个可贵的知识经验传统，通过在继承传统经验的基础上获得理论发展的生长点。马克思主义作为救国的真理传入中国一直就非常注重理论的普遍性与中

---

① 李泽厚：《李泽厚哲学文存·批判哲学的批判》（上编），安徽文艺出版社 1999 年版，第217—218 页。

② 段吉方：《中国马克思主义文学批评的知识经验、理论模式与当代语境》，《华南师大学报》2014 年第 4 期，第 30 页。

国复杂的历史文化经验结合起来，这种现实经验深植于社会、民族、政治、大众等范畴的问题结构当中，成为中国马克思主义文学批评特有的历史经验和知识经验传统。需要指出的是知识经验，在宽泛意义上讲，还应包括科学经验。知识经验的根基是建立在客观事物的科学认识上的，因此获得知识经验的过程，也是科学经验的获得和总结过程。马克思主义作为历史科学，一直强调以科学的社会理论、革命理论去指导现实的人们的实践活动，科学的世界观和方法论追求是中国马克思主义文学批评的理论基本特质之一，所以毛泽东在《新民主主义论》中指出要建立民族的、科学的、大众的新民主主义文化。这一要求反映到文学上就是对文学的发展规律、文学各学科间的关系、文学的特性问题，都需要科学的态度和方法。董学文认为："文学理论的科学性需要经受经验的约束和检验。在这种约束和检验中，文学理论才得以有机会同已经被接受的文学事实相协调，才能给需要说明的文学事实以满意的解释，从而推进和保持文学理论自身的合理性。"① 中国马克思主义文学批评对科学性的追求，就是强调对文学研究对象、客观属性与运动规律的本质把握，从这个角度讲重视科学经验是中国马克思主义批评历史经验中不可缺少的一项重要内容。

从文学的实践经验上看，马克思主义文学批评的实践观点认为文学本身也是实践活动，并不是独立的抽象精神活动，文学作为实践是社会实践的一个重要组成部分，因此我们在考察文学活动时一方面要从感性的经验的活态的对象性活动来看待文学，另一方面我们不能盲目地崇拜经验，避免陷入个人的经验认识里，出现只见树木不见森林的认识局面，使得认识最终脱离社会整体结构，陷入经验主义、主观主义的陷阱当中，所以马克思说："经验的观察在任何情况下都应该根据经验来揭示社会结构和政治结构同生产的联系，而不应当带有任何神秘和思辨的色彩。"② 胡风在《论现实主义的路》中也认为："反对经验主义，正是为了从经验出发但却不要被经验湮没，主动地深入现实，因而获得实践斗争的主观力量的。"③ 这种重视实践经验的辩证唯物论，就是中国马克思主义文学批评的实践精神在历史活动过程中的具体体现。

---

① 董学文：《文学理论学》，北京大学出版社 2004 年版，第 55 页。
② ［德］马克思、恩格斯：《马克思恩格斯文集》，人民出版社 2009 年版，第 524 页。
③ 胡风：《胡风全集》（第 3 卷），湖北人民出版社 1999 年版，第 492 页。

三　从实践认识论到实践生存论

反映论强调社会存在的决定作用，但是社会存在、社会生活在革命的语境中常常被解读为以阶级斗争为主轴的政治生活，最后在中国马克思主义文学批评的历史发展中反而走向了胡风所指出的两种极端，一是主观公式主义、政治教条主义，二是客观主义、政治实用主义（客观与实用是矛盾的）。这两种极端都是对生活的一种盲目的理解，没有形成对社会的独立认识，最终都走向了主观的唯心主义，并歪曲了文学对社会生活的真实反映。由于建立在认识论基础上的反映论文艺观，在现有的理论框架内无法解决自身的矛盾和摆脱旧有的局限，这样从实践的理论框架推进反映论或者超越反映论，就成为理论发展的必然要求。从中国马克思主义文学批评的理论演进过程来看，尽管不少学者从辩证的反映论、审美反映论等方面极大地拓展了反映论的内在潜能，但是在认识论本身没有经过深刻反思的情况下，这两个方面的理论探索仍有待进一步地完善。中国马克思主义文学批评的认识论及其反映论观点在实践中，相当程度上存在理解上的机械性、非辩证化的问题。在笔者看来，当代中国马克思主义文学批评的发展困境已经在某种程度上表明实践认识论框架亟待进行研究方法上的转型和范式意义的理论转换。

威廉斯在《马克思主义与文学》中对反映论理论进行了批判，他指出反映论概念里的一个悖论："任何艺术反映论最主要的破坏性后果是，通过它那富有说服力的物理比喻（在这个比喻里，产生反映的简单原因来自光的物理特性，当某种物体或运动与一个反射平面——镜面其实也可以是心灵——发生关联时，就会出现反映），这种理论实际上完全遮蔽了对于物质材料（就最终意义而言，是对于物质的社会过程）的实际动作——而这正是对艺术品的制作。"① 在他看来文艺既然被认作反映，这就造成了一种被动的反映，而实际上文艺的产生是对物质材料制作的过程，实践才是文学的本性。威廉斯的这个看法尽管有很多问题，但是探讨思路和方法值得我们反思，如果把艺术看作实践，特别是与现实社会联系紧密的物质实践活动，这就在某种程度上解构了传统文学反映论对文学精神特征的种种设定，从而在物质的尺度上避免陷入主观主义认识论当中，走向一种脱离现实的抽象本质原则标准上去。

---

① ［英］雷蒙德·威廉斯：《马克思主义与文学》，王尔勃等译，河南大学出版社 2008 年版，第105 页。

按照国内学者的看法："反映论文艺观在理论上隐含着一个根本性的内在矛盾：强调文艺主观（政治）倾向性的意识形态论与强调文艺客观真实性的反映论之间存在实质性的对立。"① 在他看来，无论是苏联和中国的马克思主义文论界，并没有能够合理地解决和科学地阐述这个问题，而是最终把反映生活当作反映阶级生活来处理，这个矛盾在认识论的框架内是无法解决的，所以王元骧认为："我们承认马克思主义的反映论是在继承旧唯物主义反映论的基础上发展起来的；但是与离开人的社会实践和历史发展来研究认识问题的旧唯物主义的反映论不同，马克思主义创始人把实践的观点引入认识论，认为人的反映不是对于事物的一种消极的、抽象的直观，它是经过人的实践活动作出的。"② 应该看到把实践观点引入认识论，仍然是从实践的认识论层面看待文学及批评，这其实是在一定程度上，回避了实践作为马克思哲学的本体论范畴对理论批评所具有的本体意义。反映论文艺观的哲学基础本质上是唯物主义的认识论，这个认识论文艺观在中国马克思主义文学批评发展当中主要表现为实践的认识论，但是这个实践认识论批评在"左"倾化政治思潮当中又常常表现为纯粹意识形态化的认识论和科学主义化的认识论，忽略文学的人文价值，从而大大限制了从实践本体论、价值论的总体角度来探讨文学的审美意义、人学意义。

以认识论为基础的实践论，由于过分强调实践，对实践本身缺乏必要的理论反思，对实用理性主体的张扬，形成后来的极"左"的实用政治理性对人的根本生存价值的破坏。从哲学的角度讲，造成这方面的原因就在于马克思实践本体论思想的缺失，特别是人学思想的缺失，使理论与实践的辩证关系缺少一个更高的本体层面来形成对实践的规定、制约。马克思哲学的革命性在于确立了实践的本体论地位，将哲学的目光从宇宙本体转向人类的现实生活世界，关注现实世界中人的生存及其解放问题，在探求人的生存价值的过程中确认实践是人的生存本体、人的存在的根本方式。为了实现马克思实践观点的彻底化，就是要把实践观点贯彻到马克思主义文学批评的全部内容和所有领域当中。从美学角度看，这方面的工作取得较大成绩的就是蒋孔阳、刘纲纪、周来祥、张玉能、朱立元等人为代表的中国马克思主义新实践美学派。新实践美学将马克思的实践观点彻底贯彻到美学的理论结构、审美过程

---

① 朱立元：《对反映论艺术观的历史反思》，《马克思主义美学研究》（第2辑），广西师范大学出版社1999年版，第50页。

② 王元骧：《我所理解的反映论文艺观——读朱立元先生〈对反映论文艺观的历史反思〉所引发的一些思考》，《马克思主义美学研究》（第3辑），广西师范大学出版社2000年版，第288页。

当中，试图超越以李泽厚为代表的旧的实践美学，提出了"美在创造中""美是自由的感性显现""实践存在论美学"等以实践生存论为中心的实践美学观点，按照张玉能的看法："实践是人类的有目的、有意识的对象化的感性活动，是一个自然的人化与人的自然化（人的人化）相统一的过程，是人类超越自然和自我超越的生存方式，是人类确证自己的本质力量的活动。"① 尽管中国的新实践美学也遭受很多质疑，但是新实践美学在美学领域确立实践的本体论地位，为如何理解和发展以实践为核心的中国马克思主义文学批评体系提供了诸多理论启示，正如刘纲纪指出的："中国的马克思主义实践论美学正在为清理和建立它的哲学基地而努力，这个哲学基地的建立不能停留在认识论的层面，而必须进入本体论或存在论的层面。"②

反映论并没有完整反映出人的意义、主体的审美价值创造问题，审美反映论、审美意识形态论则是从审美这个人类所特有的把握世界的独特方式来凸显人的存在意义及其重要价值。但是严格说来，认识论实践观主要在于说明，而不是理解，理解则包含着较为丰富具体的自由个性体验，体验是一种跟生命活动密切关联的个体经验："'体验'既是原因，又是结果；既是出发点，又是终极点；既是认识论，又是本体论。"③ 从这个角度讲，审美反映论、审美意识形态论借助审美通道在一定程度上深入文学实践的生存论意义，但是仍然没有完成这种研究范式的转换。所以从根本上讲，审美意识形态论、反映论皆是冲破实践认识论批评范式的过渡性观点。从审美反映到审美意识形态的理论构建中之所以存在种种内在冲突，主要原因在于我们仍然是在实践认识论视野下看文学本质，我们需要一种根本的范式转换，这就是在实践生存论的基础上整合反映、意识形态和审美的内在关系。在马克思的实践视野里，它们在本体上是内在相通的，正如一些学者指出的："马克思实践概念的根本特征是以艺术为自由活动之典范，因而从根本上说来是一种艺术活动范式，而非技术——功利主义范式。"④ 审美王国是现实必然世界走向自由王国的精神显现，正是在人的艺术实践活动中、按照审美规律的艺术创制中，作为主体的人自由自觉的本质特性得到感性的对象化实现，人也同时在艺术的对象性活动中实现自身的自由特性。艺术审美活动的实践人类学价值，在德国古典哲学中就曾被高度重视，康德、席勒、谢林、黑格尔都把审美艺术

---

① 张玉能等：《新实践美学论》，人民出版社 2007 年版，第 66 页。
② 刘纲纪：《马克思主义美学研究与阐释的三种基本形态》，《文艺研究》2001 年第 1 期，第 10 页。
③ 叶朗主编：《现代美学体系》，北京大学出版社 1999 年版，第 447 页。
④ 王南湜：《追寻哲学的精神：走向实践哲学之路》，北京师范大学出版社 2006 年版，第 318 页。

活动作为解决现代性发展过程中人与自然社会、自由和必然对冲突关系的必要中介。可以说，马克思的实践作为超越主体与客体、理性与感性、观念与现实、个体与社会、物质与精神的二元对立的动态生成过程，是人类变革现实超越现实指向未来解放的创造性过程，这个过程的本质属性是诗学意义上的艺术化的实践，就此来讲实践与艺术审美实践活动是内在相通的。因此，从这个意义上讲，笔者认为建立以实践生存论为基础的中国马克思主义文学批评认识论体系，是构建当代中国形态的马克思主义文学批评的一个重要的理论环节和路径选择。

第四章　实践与中国马克思主义文学批评的主体性问题

　　主体问题，也是西方哲学探讨的核心问题之一，对主体的不同评价和认识体现出不同哲学派别对世界、自然与人的基本观念和思想态度。近现代以来笛卡儿、康德、黑格尔、尼采、舍勒、萨特、福柯等西方一大批思想家相继提出了理性主体、权力主体、伦理主体、存在主体、知识主体等主体概念家族。这些差异性的主体概念并不完全构成一个相互否定的过程，正如德国学者毕尔格在《主体的退隐》中深入论述的："现代主体定义自我的悖论表现在：它一方面清楚自己是一个与他人绝对不同的个体，另一方面又徒劳地赋予这一认识以具体的形象，因为它不能说出它是什么。"① 近代以来人们高举着理性的旗帜，以理性为技术手段创造了无比丰富发达的现代物质文明，但并没有能够把人类全体带向幸福完满的好的生活。人类自我理性的筹划行动总是创造出一个反对自我本身的现实世界，这种理性的失败和挫折导致人们在经历了世界大战等无数次的人类灾难后，开始重新思考主体以及主体与世界的关系。在现代哲学中，主体问题甚至已成为一个声名狼藉的命题，以致人们从理论的不同方向如语言、结构、历史等方面对它进行解构，提出了主体之死等耸人听闻的论断，以此来宣告主体性的终结。但同时也存在相对稳健的声音："事实上，依我之见，再也没有什么比全盘否定主体性的设想更为糟糕了。因为真实的缘由在于我们无法采取一种有意宣布它无效的形式，来开辟超越现代性的通道。"② 现代性问题并不意味着主体性的终结，而是在于我们如何理解主体，把主体放在一个什么样的论域来说明。

---

① ［德］毕尔格：《主体的退隐》，陈良梅等译，南京大学出版社2004年版，第95页。
② ［美］多尔迈：《主体性的黄昏》，万俊人等译，上海人民出版社1992年版，第1—2页。

第一节 中国马克思主义文学批评 主体性问题的理论核心

马克思所理解的主体指的是现实地能够从事实践的感性的活动的人，或者说马克思认为理解人类的主体性不是没有前提的，"其中第一前提就是实践主体，即人，而且不是只存在于人们口头上所说的、思考出来的、想象出来的、设想出来的人，而是现实的人，具体的人，具体地生活在自然和社会中进行现实活动的人"①。马克思对实践的理解是自然性与社会性、主体性与客体性、感性与理性、有限性与无限性的辩证结合。马克思提出的实践主体范畴不再是理论哲学中抽象的理性主体，而是包含理性的人的感性生命的对象化活动，在现代哲学中具有革命性的意义。

一 人民大众为主体的革命实践主体观

毛泽东在《实践论》中指出："马克思以前的唯物论，离开人的社会性，离开人的历史发展，去观察认识问题，因此不能了解认识对社会实践的依赖关系，即认识对生产和阶级斗争的依赖关系。"② 他认为人类的历史生产活动是低级向高级的发展过程，人能够通过对社会历史的发展作全面的了解，把对于社会的认识变成了科学的认识，进而正确指导人们的社会实践活动。中国革命与马克思主义实践发展过程中长期存在主观主义、本本主义、教条主义的重要原因就是脱离历史、无视历史的客观规律，割裂了主体实践与历史实践过程的内在一致性。所以有学者认为："从主体来说，作为认识主体和历史主体是同一个主体，即实践着的、现实的人；从客体来说，不仅历史的客体是认识的对象，而且作为认识和改造对象的自然界，通过物质资料生产变成历史的因素，变成人与人之间相联系的纽带。"③

实践主体的认识过程不仅是历史与实践的辩证统一，而且这个过程是认识与实践的反复循环过程，是在知与行、理论与实践的辩证互动中提升认识的过程。毛泽东在《实践论》中认为这个认识过程存在两个飞跃：一是感性认识到理性认识的飞跃；二是理性认识到革命实践的飞跃。认识到实践的飞

---

① 李为善、刘奔主编：《主体性和哲学基本问题》，中央文献出版社 2002 年版，第 147 页。
② 毛泽东：《毛泽东选集》（第一卷），人民出版社 1991 年版，第 282 页。
③ 陈先达：《走向历史的深处——马克思历史观研究》，上海人民出版社 1987 年版，第 372 页。

跃，是实践主体的历史理性与价值理想、必然规律与自由个性的关系不断达到历史合理性的过程。艾思奇在《大众哲学》中就认为人的认识是螺旋式上升的过程："认识不是一次马上就成功，而是一步一步地更加完全的。"① 这个一步一步更加完全的过程就是反复的实践过程。认识的反复实践过程论是中国马克思主义认识论的重要贡献。这个反复的实践过程论是马克思主义在中国实践经验的总结，也是历史上各阶段的共产党领导者所犯的"左"倾冒险路线、右倾机会主义、教条主义、经验主义等一些历史错误教训的科学经验总结。"人是历史主体"的论断并没有使真实的历史淹没在抽象的哲学原则之中，使历史丧失自己的个性，相反，它使历史在人的活动中真正显示出自己的时代特色和真实内容。在一定程度上，反复实践过程论是以毛泽东为代表的中国马克思主义者，从马克思主义实践主体论角度出发根据中国国情总结出来的富有中国特色的理论。

实践主体性是现代性的主体价值意识，这种现代性的主体价值观是对中国五四启蒙主体性价值观的继承和超越。无论是无政府主义的乌托邦，还是西方审美乌托邦的社会救赎方案，都远离了当时中国的实际问题。解决问题的实践逻辑决定了中国的启蒙主义者并不关心形而上、本体论的理论问题，而是一个启蒙实践问题、社会变革的思想实践问题，这表明中国启蒙主义者所着力建构的现代启蒙主体，其内在建构的动力是救亡的实践逻辑，这个解决问题的实践逻辑决定了五四的启蒙主义阵营必然随着历史的发展产生分化，最终分化为自由主义与社会革命主义两大阵营。在中国要实现自身民族富强时，肩负救亡与启蒙的五四时代知识分子主体面临现代性的抉择困境，这种困境折射出来的恰是中国现代性的复杂性。五四新文化运动时期是为人生的启蒙文化，这种为人生的启蒙文化确立了以个人为主的为人生的实践主体，但是这种为人生的实践主体因为主要通过个人的手段来解决社会问题，是软弱无力的，也无法有效解决他们自己的人生困境，所以成仿吾在《完成我们的文学革命》中指陈五四时代以个人趣味为中心的文艺问题，认为："这种以趣味为中心的生活基调，它所暗示着的是一种在小天地中自己骗自己的自足，它所矜持着的是闲暇，闲暇，第三个闲暇。"② 有感于成仿吾指陈的剧烈，鲁迅后来就以《三闲集》命名他的一本杂文集，他在指出"一切文艺固是宣传，而一切宣传却并非全是文艺"时，同时也指出"一切文艺，是宣传，只要你

---

① 艾思奇：《大众哲学》，中国社会出版社 2000 年版，第 64 页。
② 成仿吾：《完成我们的文学革命》，《洪水》半月刊 1927 年 1 月 16 日第 3 卷第 25 期。

一给人看。即使个人主义的作品，一写出，就有宣传的可能，除非你不作文，不开口。那么，用于革命，作为工具的一种，自然也可以的"。① 鲁迅作为五四启蒙作家的代表接受了马克思主义批评的阶级分析观点，这说明革命文学倡导者相当程度上完成了从文学革命到革命文学的批评范式转换，所以瞿秋白在《〈鲁迅杂感选集〉序言》中深刻指出："鲁迅从进化论到阶级论，从绅士阶级的逆子贰臣进到无产阶级和劳动群众的真正的友人，以至战士，他是经历了辛亥革命以前直到现在的四分之一世纪的战斗，从痛苦的经验和深刻的洞察之中，带着宝贵的革命传统到新阵营里来的。"② 从文学革命到革命文学的批评范式转换的本质在于文学的实践主体由为人生、为个体的启蒙主体转换到为社会、为人民大众的革命实践主体。革命主义政治伦理的目标就是确立新民主主义政治认同的革命实践主体或者无产阶级大众实践主体。这是中国自身向现代民族国家转型时期所产生的现代性的革命伦理主体，这个革命的实践主体就是中国革命能够走向胜利的可靠盟友和坚定的依靠力量。

文学的主体性问题是中国马克思主义文学批评体系当中的一个重要问题，但是中国马克思主义并没有纠结于西方的主体理论探讨的哲学困境当中。马克思主义传入中国是作为解决中国现实问题的革命理论而被接受的，这种解决问题的实践情境决定了马克思主义实践主体论在中国的基本问题是如何阐明中国马克思主义文学批评实践主体的社会构成、阶级意识、革命诉求以及审美经验模式，而这一基本问题的提出又是建立在如何调动革命的历史主体力量以求得革命胜利这个中国马克思主义批评总任务的基础上的。中国马克思主义文学批评实践主体论的复杂性内涵不仅在于中国问题的复杂语境，而且在于文学本身是个性主体的审美创造实践活动，这种双重结构的复杂性导致中国马克思主义文学批评实践主体表现出属于自身独有的内涵。以毛泽东、胡风等人为代表的中国马克思主义及其文学批评界在内容上进一步丰富和拓展了马克思主义实践主体论的基本内涵。

胡风常把马克思主义唯物论称为"战斗的唯物论"，包括后来广为人知的"哪里有生活，哪里就有斗争"，强调实践主体要有与生活现实搏斗的勇气。生活是由人组成的，始终处于动态的、感性的存在，但同时也可能预示着一种杂乱的状态，一个对生活缺少战斗勇气、同大众一样经受着"精神奴役创

① 鲁迅：《文艺与革命》，选自《鲁迅全集》（第四卷），人民文学出版社2005年版，第84页。
② 瞿秋白：《〈鲁迅杂感选集〉序言》，选自《瞿秋白选集》，人民出版社1985年版，第546页。

伤"的作家很容易被生活感性的海洋所淹没。对于从那段历史走来、曾经经历过一段人生精神困苦体验的诗人胡风来说，这些理论完全是自己的切身体会，他创造出"主观战斗精神""自我扩张""主观突入生活"等体现鲜明实践主体性的概念家族，无不是在说明主体自身在生活过程中的能动作用。生活本身充满着变动、复杂性，它不是客观主义所采取的被动接受的态度，他需要作家突入生活、组织生活。胡风在《粉饰，歪曲，铁一般的事实》中指出："我们要求作家对于现实再正确的把握，动的把握，是事实。因为只有这样，作家所得到的'现实'，才不会是一个乱杂的偶然的现象，而是真实的本质的东西。"① 胡风这种文学主体意识的超前觉醒，是胡风与五四个性启蒙精神进行深刻对话的结果，也是在文艺领域里从实践论视角与马克思实践唯物主义美学思想一次穿越时空的对话。胡风认为五四之后我们仍然需要五四的这种独立自由的个性精神，而毛泽东在 1940 年的《新民主主义论》中就已经指出："旧的资产阶级民主主义文化，在帝国主义时代，已经腐化，已经无力了，它的失败是必然的。'五四'以后则不然。在'五四'以后，中国产生了完全崭新的文化生力军，这就是中国共产党人所领导的共产主义文化思想，即共产主义的宇宙观和社会革命论。"② 胡风与毛泽东、周扬等人对五四革命传统内涵的理解大不相同，我们可以推测 1928 年革命文学论争后在中国马克思主义文学批评内部留下了一个如何评价五四精神的理论黑洞。革命文学的论争让胡风感受到所谓五四的革命传统是差异性的想象，它有待于理论主体与历史权力的复杂互动进行意义的再阐释和再确认，这从后来胡风参与两个口号论争的情况即可证明。可以说胡风正是基于对鲁迅为代表的五四精神的革命价值确认，构建了他独具特色的文学实践主体观。在胡风的精神世界里，五四实际上代表着两个传统：一是中国的启蒙运动或"文艺复兴"的传统；一是反帝反封建的传统。所以胡风在《民族战争与新文艺传统》中讲："就这样地爆发了五四运动，这整合了个性解放的要求和民族解放的要求，中国人民的意志的升华。"③ 胡风所塑造的五四革命精神的圣殿体现了个性解放和民族解放的要求，但在一定这程度上这是胡风基于鲁迅情结而高度抽象化建构出来的"精神五四"。实际上经过革命文学倡导者对五四的另类解读以及随着社会政治形势的变化，《讲话》的出炉，五四的革命光环也是需要主流权威重新评估确认的，所以周扬在《关于"五四"文学革命的二三零感》中说：

---

① 胡风：《胡风全集》（五），湖北人民出版社 1999 年版，第 129 页。
② 毛泽东：《毛泽东选集》（第二卷），人民出版社 1991 年版，第 697 页。
③ 胡风：《胡风全集》（五），湖北人民出版社 1999 年版，第 637 页。

"'五四'新文化运动本身有它脆弱的一面。当时的领导人物在新文化历史舞台上大都还没有演完他们的角色就很快地宣告退场。……青年时期的'暴躁凌厉之气'让位给了老年式的恬淡幽闲。但文化革命是必须继续下去的，于是角色就必须有另外的人来接替。文化上涌出了新的力量，工农大众的力量。"① 胡风从鲁迅为代表的"五四"那里得到了一个"精神五四"，一个以个性主体价值为本位寻求民族解放的五四精神。而毛泽东、周扬等人则看到的是一个"革命五四"，一个大众力量开始崛起的五四。"精神五四"和"革命五四"都共同高举五四的革命价值，但他们对这个革命价值的内涵理解是很不一样的。胡风是在吸取五四的世界性因素基础上，为中国革命的现代性进程注入了具有现代内涵的个性价值观。新的社会形势，"大众"成为时代的关键词，仔细探究会发现胡风对大众的理解完全不是通常意义上的整齐划一的集体大众，而是保持了主体意识的个性组合，它类似于现代社会学意义上的"社群"概念，但又具有必要的整体力量的群体主体，可以说它是一个复合性的主体。

毛泽东对马克思主义实践主体论的理解与胡风存在不相同的地方，毛泽东更加强调人民群众是历史的创造者的主体地位。毛泽东认为人民群众作为历史主体对历史的发展起着决定性的作用，他认为："人民，只有人民，才是创造世界历史的动力。"② 人民群众是社会变革的决定力量，也是中国革命取得胜利的主要依靠力量，因为人民群众是历史实践活动的主体。人民群众是世界上物质财富的创造者，也是精神财富的主要创造者。正是看到人民群众的伟大历史作用，以毛泽东为代表的中国马克思主义提出了"从群众中来，到群众中去"的群众路线。毛泽东在重视人民大众主体的同时，也对个人的历史作用进行了肯定，例如他对作为个体的杰出人物，特别是领袖人物的重视，提出"要把在全党和全国发现许多新的干部和领袖"作为党的一项重要任务。③ 因此可以这样讲，中国马克思主义文学批评实践主体论的核心内容就是为了求得革命的胜利确立了以无产阶级人民大众为主体的革命实践主体观，这个革命的实践主体观既继承了五四启蒙运动的个性主体观，又结合中国的革命现实发展了这一主体观，建立了以人民大众为主体的集体性主体观。

---

① 周扬：《关于"五四"文学革命的二三零感》，选自《周扬文集》（第一卷），人民文学出版社1984年版，第318—319页。

② 毛泽东：《毛泽东选集》（第三卷），人民出版社1991年版，第1031页。

③ 同上书，第277页。

二　启蒙与革命语境下的个人——阶级实践主体

按照马克思主义的观点，人民大众是历史发展的根本动力，人民大众才是真正的历史主体。可以说中国革命在没有取得历史性胜利前，革命文艺的无产阶级革命大众主体的建构一直是中国马克思主义文学批评的主体建构方向。在中国马克思主义文学理论批评的价值系统中，文学的主体是集体化、政治化了的阶级性主体，对无产阶级大众主体的建构实际上是对中国革命主体、政治力量主体革命意识的建构，这个建构的过程主要目的是获得能够整合现代中国革命力量的阶级意识、阶级情感和阶级意志，以不断壮大中国的革命队伍。中国无产阶级政治主体形象的建构，一方面，是通过带有民粹主义倾向的"劳工神圣"、文学大众化运动等文化运动实践形成了创作主体、读者接受主体向符合革命阶级形象要求的聚合；另一方面，又是通过对现实主义、写实主义、普罗文艺的宣传以及现实主义题材、风格的提倡不断强化这一过程的合法性。可以说，中国马克思主义文学批评的主体形象建构的过程就是一个渐次收缩个体意识，逐步趋向政治集体意识的历史实践过程。整体上看，1928 年的"革命文学"的提倡标志着中国马克思主义文学批评开始自觉地进行无产阶级主体身份的创构。革命文学的倡导者认为革命文学家要自觉地书写表现无产阶级的阶级情感、政治苦闷的革命文学，1926 年郭沫若在《革命与文学》中认为："无产阶级的理想要望革命文学家点醒出来，无产阶级的苦闷要望革命文学家写出来。要这样才是我们现在所要求的真正的革命文学。"[1] 王独清在《要制作大众化的文艺》中谈道："大众文艺底任务，我们可以很明确地说，是结合新兴阶级底感情，意志，思想，更予以发扬，光大，使得以加增他本身实际斗争的力量。"[2] 可见早期中国马克思主义理论批评对主体问题的关注是受中国现实革命实践推动的，这种推动又是通过对五四的个性主义、国民意识等现代公民性文化不断进行革命化、阶级化意识的改写进行的。

就其现实历史层面上，实践主体可以分为个人性实践主体和集体性、阶级性的实践主体。个人性的主体可以说就是上面我们提到的启蒙主体，启蒙主体是理论上的建构目标，其内容就是要建立真正个性自由、人格独立的人，

---

[1] 郭沫若：《革命与文学》，选自中国社会科学院文学研究所现代文学研究室编《"革命文学"论争资料选编》（上），知识产权出版社 2010 年版，第 9 页。

[2] 王独清：《要制作大众化的文艺》，《大众文艺》1930 年第 3 期。

所以郁达夫称："五四运动的最大的成功，第一要算'个人'的发见。"① 立人是五四时期的主要目标，具有现代性主体意识的个体人、新国民就成为承载物质现代化文明想象的新主体："从整体上看，中国现代化经历了物质变革（洋务运动）、制度变革（辛亥革命）、思想变革（'五四'新文化运动）三个阶段，前两个阶段的变革只是在表层的硬件设施方面对西方现代化的适应，只有到了'五四'新文化运动，中国现代化变革的中心才真正确立了以人为核心的现代化基点。'五四'时期的一代知识分子意识到，仅仅从物质层面和制度层面上追求现代化是不够的，因此而强调现代化在根本上是人本身的现代化，人的现代化的完成需要在思想上进行彻底的启蒙。"② 五四是一个思想变革的时代，思想的风起云涌、叠汇交织，使五四的思想场域形成了复杂的理论气象，这个理论气象共同的价值指向就是"立人"。但是现代与传统、中国与西方的二元对立的思维模式、怀疑主义的眼光，凸显出立人是建立在缺乏自身物质、文化现实根基的人文理性价值。作为一种外来的人学现代理性价值观念，决定了它需要与中国现实国情、传统的文化气脉进行整合、创新，这也预示着立人需要走出五四思想的发轫期，向一种现实的实践理性思维方式转换。康德在《答复这个问题："什么是启蒙运动?"》中指出："启蒙运动就是人类脱离自己所加之于自己的不成熟状态。不成熟状态就是不经别人的引导，就对运用自己的理智无能为力。当其原因不在于缺乏理智，而在于不经别人的引导就缺乏勇气与决心去加以运用时，那么这种不成熟状态就是自己所加之于自己的了。"③ 在康德看来，启蒙的根本在于人能够和敢于在社会现实中自由独立地运用人的思想和行动意志，从这个角度讲，革命文学所确立的实践行动主体是对五四启蒙文学的内在完成，而不是一般意义上的时代决裂。所以说，革命文学以及后来 20 世纪 40—50 年代的革命文艺运动的发展相当程度上是在自身的历史发展中通过与五四构成精神上的对话来获得理论推进的传统动力，这样也就形成了在中国马克思主义文学批评实践主体结构中启蒙主体与革命历史主体的复杂纠结的理论特征。这种纠结典型地体现在胡风的实践主体论文学观当中。

胡风从鲁迅那里继承了五四的思想启蒙精神，这使他非常重视人的个体的价值意义。正是对五四"人的发现"的精神价值的继承，使他的"主观战

---

① 郁达夫：《中国新文学大系·散文二集·导言》，赵家璧主编《中国新文学大系》（1917—1927）（影印本），上海文艺出版社 1981 年版，第 5 页。

② 刘中树、许祖华主编：《中国现代文学思潮史》，华中师范大学出版社 2009 年版，第 29 页。

③ ［德］康德：《历史理性批判文集》，何兆武译，商务印书馆 1990 年版，第 22 页。

斗精神"具有强烈的人格独立意识。但是民族的危亡和现实的困境，使他认识到了个人与社会并不是对立关系，个人要获得解放首先必须要取得民族的独立解放。但是胡风所建立的以作家个体为本位的精英立场，不可避免地要与实现民族解放的中国革命所要求的一切向大众看齐的平民立场相冲突。所以胡风在《置身在为民主的斗争里面》提出了一个与文学向大众立场转移相对不同的观点，他认为作家深入人民，并与人民结合的过程不仅仅是作家向群众的学习，而且要注意到"他们的精神要求虽然伸向着解放，但随时随地都潜伏着或扩展着几千年的精神奴役的创伤。作家深入他们要不被这种感性存在的海洋所淹没，就得有和他们的生活内容搏斗的批判的力量"①。可见胡风的创作立场更多的是从文学的立场出发，认为作家在深入人民生活的过程中，要保持自身的独立意识。胡风的这种从文学立场出发的偏重作家自由独立精神的创作观念，显然是与毛泽东在《讲话》中从政治立场出发所确立的文艺的工农兵方向是有一定差异的。

与西方的启蒙运动不同，五四时代的社会客观条件决定了启蒙走向社会革命实践的深处成为历史的必然。五四时期启蒙文化实践的一个困境就是鲁迅所说的"醒来了无路可走"的现实矛盾。在深重的民族危机和现实矛盾面前，启蒙主体的价值重担是超负荷的，一个理想的信念和价值是无法完成历史的解放使命的。在五四启蒙者的理论框架中，我们可以看到周作人、胡适等人，包括鲁迅、陈独秀等人的启蒙主体价值理念基本上还是纯粹理性批判层面上的理论，它还不具有拿出一整套理论设计方案和改造社会的实践策略，带有明显的价值理想主义和知识上的精英意识。因此如何让这种理想主义价值意识深接地气，植入中国丰厚的本土现实，就成五四之后的启蒙主义者所要思考的问题，有学者认为："当中国的知识分子从西方的文化思想资源中摄取启蒙理论时，启蒙的意义在某种程度上已经发生了'变异'：启蒙的概念不再是单项突进式的在文化空间上横移，20世纪的中国特定的文化语境必将对启蒙理论进行符合自身文化特点的'再造'，经由输入者的多方述说、特定时代的选择、接收者的生发甚至误读，启蒙成为容纳许多不同甚至对立观念的话语集合体。"② 这实际上就是指出，五四启蒙在遭受文化危机、社会危机的双重危机中，五四启蒙超前地提出了一个不可能完成的普遍命题，一剂文化的猛药，无论从中国自身的文化、历史，还是从现实层面，国民都需要时间、

---

① 胡风：《置身在为民主的斗争里面》，选自胡风《胡风全集》（第3卷），湖北人民出版社1999年版，第189页。

② 刘中树、许祖华主编：《中国现代文学思潮史》，华中师范大学出版社2009年版，第9页。

心理的沉淀来消化这个命题。正走向启蒙大众、社会革命的启蒙，首先就要实现启蒙的理论理性向具有社会改造整体方案和理论框架的革命实践理性的思想转换，由此可知，由革命文学开始到毛泽东《讲话》确立的，以人民大众为核心的革命实践理性主体的重要意义。

第二节　文学主体性理论的推进与建构

长期以来人们对人的问题、人性问题、人道主义问题的研究被看作马克思主义研究的一个禁区。众多学者认为从整体上看，马克思主义与人道主义并不等同，马克思主义并不完全是人道主义、人学的思想体系，但是同时也要认识到这并不意味着人道主义、人学思想不是马克思主义思想中的重要组成部分。

一　文学是人学：启蒙与社会主义文学观念架构下的文学主体观

马克思主义创始人关于人的全面自由发展、人的根本是人本身等关于人的本质的各种命题无不蕴含着丰富的人学思想、人道主义的价值内涵。正如有学者指出的："马克思的写于巴黎流放期间的《1844 年经济学哲学手稿》，充满着'人道主义'，正如他刚开始研究经济学与社会主义、共产主义的文献时的早期思想，以及他第一次真正接触到具有阶级意识和共产主义倾向的工人时所作出的最初的理论反应一样。"① 事实上，人道主义思想是马克思主义思想中的应有之义，"文学是人学"也正是从这个角度提出来的。

"文学是人学"的命题是钱谷融在 1957 年《文艺月报》上发表了《论"文学是人学"》中首次被提出来的，他针对 50 年代文学中存在的把人物当成阶级的工具、政治的傀儡，缺乏人情味和活生生的人性感情，认为："文学的对象，文学的题材，应该是人，应该是时时在行动中的人，应该是处在各种各样复杂的社会关系中的人，这已经成了常识，无须再加说明了。但一般人往往把描写人仅仅看作文学的一种手段。"② 此后，"文学是人学"成为中国文学中持续的一个话题，它与人性论、人情论（巴人《论文学是人情》）、人

---

① ［加拿大］戈德斯蒂克：《"人道主义"与卡尔·马克思的人道主义》，选自［美］戈伊科奇等编《人道主义》，杜丽燕等译，东方出版社 1997 年版，第 193 页。
② 钱谷融：《论"文学是人学"》，选自新文艺出版社编《"论文学是人学"批判集》（第一集），新文艺出版社 1958 年版，第 139 页。

道主义问题交织在一起构成了一个众声喧哗的话语实践。它与 20 世纪八九十年代的文学主体性问题、人文精神大讨论实际上都有内在联系。但是"文学是人学"命题一直没有得到合理的解决，由于其牵涉的问题特别是政治问题的复杂性，讨论者往往不能平心静气、客观理性地去看待这个问题，可以说由于缺乏对"文学是人学"这一重大命题的全面反思，在相当程度上已经制约了当代中国马克思主义文学批评理论体系的推进和发展。

　　历史地看，文学是人学有着深厚的中国现代文学传统积淀。"文学是人学"观念的浮出表现了五四文学观念在当代有了一个内在自觉的演进过程。早在 1916 年 10 月胡适就提出《文学改良刍议》，提出改革旧文学的"八事"对文学进行变革。从语言层面上提倡白话文，可以说是从形式层面打开了新文学的窗口。由语言语体形式的变革运动逐渐过渡到思想内容方面的主体意识的自觉，它本质上是通过语言的形式变革去摆脱潜藏于形式中压抑人性的旧文学的思想桎梏。五四通过白话文运动，输入西方的人道、个性、人性等现代的价值观念，使文学开始去关注现实的人生，人的生存价值和意义的问题，促发了人的觉醒。鲁迅、周作人、胡适、郁达夫、茅盾等人提出的人的文学、人间本位主义、个人主义、平民主义构成了五四"人的文学"的基本内涵。人的文学与传统的古典贵族化文学形成强烈对比，它是大众生活情态的真实反映，描写现实凡俗的平民大众的人生，成为五四人道主义精神的重要体现，所以钱理群指出："周作人所提倡的'人的文学'或'平民的文学'，是以人道主义为本的'为人生的文学'，强调文学是人性的，是人类的，也是个人的。这些主张虽然有些抽象，但恰与'五四'时期个性解放的热潮相合，所以具有相当的代表性，对文学革命的推进起到很大的作用。"[1] 五四时期文学是人学的思想与现代的世界文学普适价值系统建立了精神上的联结，成为中国马克思主义文学批评体系的重要精神资源，胡风就谈道："人所结成的'社会的关联'和人所创造的'生活诸条件'又创造了人，丰富了人，那些又通过千万的路径反转来变成了人的内容，形成了他的主观的感性的要求，去从事劳动生产和社会斗争。人创造了感性的世界，这感性的世界又是活在人的'活的感性的全活动'里面的。这样，人就成了具体的人，成了'感性的活动'。一个人是一个世界。"[2] 正是从人本主义精神思路，分裂和矛盾的五四在胡风那里得到精神上的整合："当时的'为人生的艺术'派和'为艺

---

[1] 钱理群等:《中国现代文学三十年》，北京大学出版社 1998 年版，第 22 页。
[2] 胡风:《胡风全集》（第 3 卷），湖北人民出版社 1999 年版，第 521 页。

术的艺术’派，虽然表现出来的是对立的形势，但实际上却不过是同一根源的两个方面。前者是，觉醒了的‘人’把他的眼睛投向了社会，想从现实的认识里面寻求改革的道路；后者是，觉醒的了的‘人’用他的热情膨胀了自己，想从自我的扩展里面叫出改革的愿望。如果说，前者是带着现实主义的倾向，那后者就带有浪漫主义的倾向了，但他们却同是属于在市民社会出现的人本主义的精神。"① 这是胡风继五四之后 "人的发现"，对马克思主义批评的人性观念的一次深入论述，文学是马克思主义文学批评的一个重要传统，实现了五四文学到革命文学，在世界进步的文艺传统中特别是民主思想、平民意识、人本主义精神背景中的一次发展。正是在此胡风提出了一个富有争议的观点："以市民为盟主的中国人民大众的五四文学革命运动，正是市民社会突起了以后的、累积了几百年的、世界进步文艺传统的一个新拓的支流。那不是笼统的‘西欧文艺’，而是：在民主要求的观点上，和封建传统反抗的各种倾向的现实主义（以及浪漫主义）文艺；在民族解放的观点上，争求独立解放的弱小民族文艺；在肯定劳动人民的观点上，想挣脱工钱奴隶的运命的、自然生长的新兴文艺。"② 胡风较早地在马克思主义批评传统中继承和发展了高尔基 "文学是人学" 的价值命题，这在阶级政治文化氛围中具有重要意义。"文学是人学" 不仅是一个文学的理论观念问题，还是一个现实实践的社会问题，正是理论和实践的具体统一 "文学是人学" 才能真正成为中国马克思主义批评的基本的价值命题。建构具有独立人格的现代的人是现代民族国家的现代化不可缺少的一个重要内涵。人的文学与人的现代化是中国文学的现代性精神逐步与世界进步潮流的人道主义精神结合的典型体现，也是与五四时期人的觉醒这一时代精神相契合的。

　　针对 "文学是人学" 的哲学基础、主体性问题，有学者认为："我们可以构筑一个以人为思维中心的文学理论与文学史研究系统，也就是说，我们的文学研究应当把人作为主人翁来思考，或者说，把人的主体性作为中心来思考。"③ 刘再复试图从人学角度强调文学的主体性的现代性的构建，其目的就在于伸张普遍人性主权、个性化的主体性价值。刘再复认为主体是在实践中建立起来的概念，人作为存在是客体，人在实践行动中则是主体。作为主体的人是受动性与能动性的结合，在文学活动中应当重视主体人的价值，以人

---

① 胡风：《胡风全集》（第 2 卷），湖北人民出版社 1999 年版，第 622—623 页。

② 同上书，第 744 页。

③ 刘再复：《论文学的主体性》，红旗杂志编辑部文艺组编《文学主体性论争集》，红旗出版社 1986 年版，第 3 页。

为中心，赋予人以创造主体的内涵，作品中赋予人物主体性形象，不把人写成玩物，尊重读者的创造审美个性，这是接受主体的内涵。刘再复的主体性是对从五四"人的文学"，到左翼的普罗大众文学，再到社会主义现实主义文学观念的历史反思，有利于克服机械反映唯物论和单向线性思维的模式，在一定程度上充实了中国马克思主义文学批评内部的一些理论结构关系。刘再复认为："文艺创作强调主体性，包括两层基本内涵：一是文艺创作要把人放到历史运动中的实践主体的地位上，即把实践的人看作要把人放到历史运动的轴心，看作历史的主人，而不是把人看作物，看作政治或经济机器中的齿轮和螺丝钉，也不是把人看作阶级链条中的任人揉捏的一环。也就是说，要把人看作目的，而不是手段。或者说我们要把人看作目的王国的成员。而不是看作工具王国的成员。二是文艺创作要高度重视人的精神的主体性，这就是要重视人在历史运动中的能动性、自主性和创造性。"① 刘再复对实践主体和精神主体的划分，对人的主体的哲学认识，形成了主体性人学观。这种主体性人学观着眼于主体结构的现代建构，以文学为主要对象，是对政治"左倾"化下的阶级人性论观点的反拨。但是刘再复所提出的实践主体和精神主体的划分，仍然在一定程度上存在割裂人的实践主体内涵的问题。实践主体是在一定的历史条件下从事实践活动的人，人作为实践的主体是对人的本质的一个限定，离开实践强调精神主体的作用，仍然有许多可以商榷的地方。文学主体性讨论牵涉如何看待马克思主义文艺的本体基础、文艺的意识形态本质、文艺与政治以及文艺的外部规律与内部规律等关系，陈涌认为："那种把文学艺术的特殊规律和它所具有的社会意识形态属性割裂开来，孤立地进行研究，并把马克思主义所揭示的关于文学与政治、文学与社会生活、作家的世界观与创作方法等一系列极其重要的美学原则说成是'外部规律'，在理论上是不能成立的，在实践上也会带来有害的后果。"②

陈涌认为刘再复的精神主体、实践主体概念缺少马克思主义的历史主体的限度性、受动性与主动性的辩证统一，他认为人就是作为实践的主体客观存在着。无论是受动性还是能动性都是由实践着的人体现的，都是在实践实现的。离开社会实践，谈论人的受动性和能动性，不是回到机械唯物主义的直观反映论，就是走向主观唯心主义。刘再复的精神主体概念是要借助实践

① 刘再复：《论文学的主体性》，红旗杂志编辑部文艺组编《文学主体性论争集》，红旗出版社1986 年版，第 4 页。

② 陈涌：《文艺学方法论问题》，红旗杂志编辑部文艺组编《文学主体性论争集》，红旗出版社1986 年版，第 74 页。

主体获得超越性的中介，但他实际上又对实践主体作为超越性的中介缺乏足够的理论信心，因为实践主体的物质性前提决定了它是有限性的角色，所以刘再复所提出的精神主体概念本质上在走向黑格尔的精神哲学，他没有看到实践主体的超越性就在于实践主体自身的现实历史活动，精神主体只不过是实践主体的主观性维度。客观来看，刘再复的主体性人学思想带有鲜明的实践浪漫主义倾向，理想主义气息浓，明显缺乏历史实践的深度介入。他一方面认为"'文学是人学'这一命题的深刻性在于，它在文学的领域中恢复了人作为实践主体的地位"①，另一方面他又认为"'文学是人学'的含义必定要向内宇宙延伸，不仅一般地承认文学是人学，而且要承认文学是人的灵魂学，人的性格学，人的精神主体学"。② 这表明刘再复割裂了实践主体与精神主体的划分，没有看到精神主体的内在特质蕴含在实践主体的内在精神特质，实践主体是精神主体与物质生产主体、主体与客体的合一。这表明刘再复对实践的认识停留在近代认识论当中，仍然是在康德、黑格尔的自我意识、主体先验结构之内来谈主体、主体的精神意识。有学者认为："我们必须认识到，'主体性'是历史地生成的；然而，刘再复的'主体性'却如同在康德那里的一样也是先验的、给定的，'主体性'本身所固有的'生成性'、永不停止的'历史发展性'尤其是它的'当代性'却不在他的理论视野之内。正因为存在这样的理论盲区，也就致使他无法认识到人道主义及其主体性理论本身的历史和时代局限。"③ 刘再复浪漫主义式的人道主义和主体性思想，体现了刘再复主体性人学观的形而上学性和乌托邦色彩，尽管他的观点存在许多问题，但仍然有许多值得去反思的地方。由于各种原因这个讨论没能继续下去，所以朱立元认为："大约正是因为文艺界对人道主义和异化论的批判相对不够'彻底'，才有了1986年刘再复等人'文学主体性'的提出和讨论的展开。在某种意义上这可以说是人道主义和'文学是人学'思想的延续和深化，当然其话题、重点或论域毕竟转移了，人道主义和'文学是人学'的思想退居到了边缘。"④ 刘再复以人为思维中心的理论建构，承接了新中国成立初期以胡风、巴人、钱谷融为代表的文艺思想传统，也包含了对新时期周扬关于人道主义、社会主义异化问题的反思。

---

① 刘再复：《论文学的主体性》，红旗杂志编辑部文艺组编《文学主体性论争集》，红旗出版社1986年版，第6页。

② 同上书，第7页。

③ 詹艾斌等：《文学主体性理论的人学向度评价》，《江西师范大学学报》2008年第5期，第94页。

④ 朱立元：《对"文学是人学"命题之再认识》，《文学评论》2012年第1期，第19页。

　　从现代思想史的视野来看，"文学是人学"命题是要从更高的目的和层面整合从五四启蒙运动到革命文艺运动以来中国马克思主义文学批评的历史经验以建构现代性的实践主体，应该说这个思路是符合中国马克思主义文学批评理论发展的现状和要求的，但需要指出的是"文学是人学"本质上是一个实践命题，它需要通过对中国马克思主义文学批评在实践中提出的问题和应答中不断获得其具体的理论内涵和历史意义。实际上走过革命战争年代的中国马克思主义文学批评，今天已经面临一个非常不同的局面，这就是社会主义市场经济下的中国社会主义历史初级阶段，这个阶段一方面是文学的政治意识形态继续成为文学活动不可回避的价值诉求，另一方面社会主义生产带来文学生产实践方式的重大变化，进而影响文学实践主体的内容构成、理论结构关系的变化。有学者认为："从中国当代文学的历史语境来看，一方面，社会主义文学生产方式无法回避政治意识形态的诉求，如果完全缺失了政治意识形态诉求，社会主义文学生产方式就失去了它的历史必然性；但如果失去了文学象征方式的自律性特征，就不成为'文学'的'生产方式'，从这个角度看，解答'政治性'与'自律化'之间矛盾无疑是理解中国当代文学现代性问题的关键。"① 从这个意义上讲，我们也需要在中国社会主义市场经济的历史阶段下，深化、充实中国马克思主义文学批评实践主体论的当代内涵、当代意识，在马克思主义问题框架下提高中国马克思主义文学批评解决现实问题的能力和水平。

二　当代中国马克思主义文学批评中的艺术生产主体问题

　　有别于革命战争年代，中国马克思主义文学批评致力于构建革命的实践主体，以求得革命胜利所需要的依靠力量，当代社会主义生产阶段的中国马克思主义文学批评是要求得与政治意识形态诉求、社会主义市场经济相适应的社会主义艺术生产实践主体。客观地讲，社会主义阶段下的艺术生产实践主体的认识和构建仍然是在探索中，马克思的艺术生产理论所蕴含的艺术生产主体性问题则为我们的探索提供了根本思路和方法，实际上国内的学者在探讨艺术生产主体问题时，也首先多是从探讨马克思的实践观、艺术生产理论来获得对艺术生产实践主体的认识的。马克思尽管没有系统地论述艺术生产问题，但是散见于马克思的《1844年经济学哲学手稿》《德意志意识形态》

---

　　① 段吉方：《"社会主义文学生产方式"与中国当代文学的现代性》，《文学评论》2008年第4期，第205页。

《1857—1858 年经济学手稿》《共产党宣言》《资本论》中的艺术生产观点则完全是一个有机的整体。他在《1844 年经济学哲学手稿》中提出"劳动生产了美""人也按照美的规律来构造""宗教、家庭、国家、法、道德、科学、艺术等，都不过是生产的一些特殊的方式，并且受生产的普遍规律支配"等观点。① 在《共产党宣言》《资本论》《剩余价值理论》中提出艺术生产的世界化即世界文学的出现，以及资本主义生产与艺术等精神生产的相敌对等观点。在《德意志意识形态》中则从物质生产、精神生产以及人口生产的生产总体视野为人们分析艺术生产提供了思考框架。《1857—1858 年经济学手稿》则是马克思艺术生产理论最为成熟的文本，在这里马克思深刻地提出了物质生产与艺术生产的不平衡关系、古希腊艺术的典范性等问题，而且这些问题的提出是马克思从政治经济学与哲学话语的语境融通中构建出来的，标志着马克思艺术生产理论背后已经有了一个成熟的理论框架，只可惜马克思并没有把这个体系形态直接呈现出来。

按照国内学者李益荪的观点，阐释马克思的艺术生产理论有一个从"显理论"到"潜理论"的理论分析认识过程。② 马克思的显理论就是散见在文本中的各种艺术生产理论观点，潜理论则是真正的马克思所没有直接系统说明的艺术生产理论体系。这给我们一个启发，就是在理解马克思的艺术生产理论主体性问题时，不能局限于马克思艺术生产理论的个别论述，而是要放在马克思艺术生产理论思想提出的问题域或者总体理论框架来思考，马克思指出："当艺术生产一旦作为艺术生产出现，它们就再不能以那种在世界史上划时代的、古典的形式创造出来；因此，在艺术本身的领域内，某些有重大意义的艺术形式只在艺术发展的不发达阶段上才是可能的。如果说在艺术本身的领域内部的不同艺术种类的关系中有这种情形，那么，在整个艺术领域同社会一般发展的关系上有这情形，就不足为奇了。困难只在于对于这些矛盾作一般的表述。一旦它们的特殊性被确定了，它们也就被解释明白了。"③ 物质生产与艺术生产的不平衡性与历史结构的限定性表明分析艺术生产及主体问题要放在一个宏观的理论框架中来思考，那么，马克思分析艺术生产理论的总体理论框架是什么呢？综合来看，马克思在论述艺术生产理论观点时，主要是放在实践唯物论——一般生产（物质生产、精神生产）——特殊

---

① ［德］马克思、恩格斯：《马克思恩格斯文集》（第一卷），人民出版社 2009 年版，第 158、162、186 页。

② 李益荪：《马克思的"艺术生产"理论研究》，巴蜀书社 2010 年版，第 1—7 页。

③ ［德］马克思、恩格斯：《马克思恩格斯文集》（第八卷），人民出版社 2009 年版，第 34—35 页。

生产—艺术生产这样一个分析框架来思考的。同时马克思又指出："艺术对象创造出懂得艺术和具有审美能力的大众，——任何其他产品也都是这样。因此，生产不仅为主体生产对象，也为对象生产主体。"① 由此看来，我们在理解马克思艺术生产的主体性问题时也应该放在这一框架来思考，即实践主体——一般生产主体—特殊生产主体—艺术生产主体—艺术实践主体这样一个艺术生产主体分析框架。马克思认为："正是在改造对象世界的过程中，人才真正地证明自己是类存在物。这种生产是人的能动的类生活。通过这种生产，自然界才表现为他的作品和他的现实。因此，劳动的对象是人的类生活的对象化：人不仅像在意识中那样在精神上使自己二重化，而且能动地、现实地使自己二重化，从而在他所创造的世界中直观自身。"② 马克思认为在本质意义上，生产实践是主体的感性生命的本质力量的对象化活动，这种对象化活动是对主体的现实的肯定方式，所以马克思的实践唯物主义思想从本质上确立了人类主体的生产和再生产活动，是整个社会存在的本体性、基础性的物质实践活动。但是由于私有财产的占有和财富的分化状况导致资本主义社会的现实异化，而为了摆脱这种异化现实，就要通过现实的物质生产交往方式的历史发展，实现人的社会解放。具有内在尺度的人能够按照美的规律来构造属于人应该有的理想世界，艺术生产主体即是通过人的审美实践活动在审美幻象的生产中，肯认人之为人的自由本质特性，所以马克思认为："人把自身当作现有的、有生命的类来对待，因为人把自身当作普遍的因而也是自由的存在物来对待。"③ 由此看来，马克思的艺术生产主体性的基本内涵就是人在现实的历史语境中，能够按照美的规律创造出符合人的理想价值世界的能动性特性。

马克思关于艺术生产的论述是蕴含关于艺术总体认识的深刻命题，新时期我国有众多学者以马克思的艺术生产论为中心推进构建当代形态的马克思主义文艺批评形态的设想和实践。20 世纪 80 年代以来，何国瑞、董学文、李益荪等学者发表了一些重要论著指出马克思的艺术生产论对构建当代形态的马克思主义批评体系的重要性。④ 他们认为现实要求发展马克思主义文艺学，

---

① ［德］马克思、恩格斯：《马克思恩格斯文集》（第八卷），人民出版社 2009 年版，第 16 页。

② ［德］马克思、恩格斯：《马克思恩格斯文集》（第一卷），人民出版社 2009 年版，第 163 页。

③ 同上书，第 161 页。

④ 这些论著主要有何国瑞主编《艺术生产原理》（人民文学出版社 1989 年版），董学文《走向当代形态的文艺学》（高等教育出版社 1989 年版），李益荪《马克思"艺术生产"理论研究》（巴蜀书社 2010 年版），陈奇佳《马克思精神生产理论的当代诠释》（人民出版社 2011 年版）。

开拓马克思主义文艺学研究的新境界，因此要以艺术生产为起点建构当代形态的马克思主义文艺批评体系。董学文认为："马克思主义的美学，是'实践'观（'劳动'观）美学，不是所谓'主客观统一'的美学。没有'实践'概念的引入，主客观统一就是表面的、浅层的、空洞的。直到现在，我仍然认为，从实践角度解释美和美感的产生、美的意识的发展、主客体的统一、自由等问题仍是最深刻的（当然不是唯一的）。"① 为进一步发展马克思主义文艺学，应对我国社会主义历史阶段的时代形势、文艺状况的新变化，马克思主义文艺学有必要从"经典形式"到"现代形式"的理论转换，开掘马克思主义的辩证唯物主义的主体观，在文艺理论上以主体、实践主体，特别是劳动实践主体作为文艺学体系的起点，实现对艺术世界的真实把握，寻求主体人在精神和审美自由层面的解放。何国瑞认为："艺术生产论克服和纠正了人类以往艺术观的片面性。艺术生产论吸收了再现论、表现论、形式论的合理因素，构成一个崭新的有序的理论系统。它是人类至今为止最切合艺术实践的理论。它从根本上克服了以往艺术理论脱离艺术实践的大的毛病，克服了主要从静止的观点、主要从创造成果（作品）去看问题的缺点，而是更把艺术当作一个感性的活动过程来考察。"② 李益荪则进一步试图把艺术生产理论与马克思的物质生产、精神生产、人口生产等问题综合起来，指出马克思的多学科的体系，必须对马克思的生产实践概念进一步地本体论化，认为："马克思、恩格斯的'实践'概念理解为一种'人的''本源性'的生命存在和活动方式，理解为一种不断生成和发展的活动和过程，这就从根本上突破了西方几千年来的实体主义的本体论的思想传统。"③ 文学实践主体生存本体论地位的确认，揭示了文学结构的内在复杂性，从而为准确地把握马克思关于艺术是主体掌握世界的一种方式的理论基础，所以说："艺术生产作为'关于意识的生产'是人和人的心理能力的一种综合性实践，也就是审美实践，即人艺术地把握世界的方式。在这种实践中，主体—人和人的心理能力—决定性因素。"④ 马克思的艺术生产理论内在包含着处于历史结构限定中的人与作为自由的存在物并能够通过审美幻象体认自身本质的人之间的辩证统一关系，深刻地理解艺术生产理论就是要超越以往狭隘的政治本质主体观，在人的社会现实性与审美超越性结构之间的张力关

① 董学文：《马克思主义文艺学当代形态论纲》，《文艺研究》1988 年第 2 期，第 6 页。
② 何国瑞主编：《艺术生产原理》，人民文学出版社 1989 年版，第 69 页。
③ 李益荪：《关于发展马克思主义文艺学的一些思考》，《四川大学学报》2005 年第 2 期，第 82 页。
④ 冯宪光主编：《新编马克思主义文论》，中国人民大学出版社 2011 年版，第 279 页。

系中理解人，即马克思主义文学批评中美学与史学观点的统一。

随着改革开放商业社会的到来，极"左"政治环境已经不再，资本开始成为理解艺术生产的核心问题，中国人开始亲身面对马克思、法兰克福学派所面对和批判的艺术生产、文化工业的社会，这给我们理解艺术生产及艺术生产主体问题既带来困惑也带来深化认识的机遇。有些学者认为："艺术、文学的主体由作家、艺术家个人形态转换为以出版企业为代表的集团形态的实践主体，在这可以称作天翻地覆的巨大变化中，我们的思想观念是否跟上了，我们对此的理论研讨是否深入了，我们是否意识到并开始着手建立一支称职的实践主体的队伍，我们是否在策划、组织、管理、领导等方面形成新的思路，有着高水平的调整和安排等等，我认为，这些才是我们目前的当务之急。"① 胡亚敏教授认为："艺术和审美就其本性来说是一种自由的生命活动，在艺术创造的过程，艺术家需要彰显个性，自由地表现自己的激情、个性和想象力，而这'天性的能动表现'则是与市场规律相抵触的。在这个意义上，艺术生产的审美品格应该有优先权。审美性是保持和提升艺术生产的精神品格的前提，若纯粹为了消费，那就只是生产而不是艺术生产了。"② 在笔者看来，无论是艺术生产主体被拥有资本的文化企业所掌控，还是在市场大潮中坚守文学的审美自律性，就面对中国的现实问题而言，我们都需要放在社会主义市场经济的历史阶段来把握艺术生产主体的特征与内涵问题。由此看来，在中国的语境中把握艺术生产主体的基本内涵，应该主要从两个方面来认识：一是从中国马克思主义文学批评实践主体论的历史经验和现实而言，它应该仍然是人民大众主体为核心内涵的；二是要确立艺术生产主体中艺术家的个性，其中问题的关键是在社会主义市场经济中如何实现作家个性（审美自律）、意识形态诉求、市场效益三者之间关系的结构平衡，这是构建当代形态的中国马克思主义文学批评需要深入思考的问题。

第三节　中国马克思主义文学批评的主体性问题反思

主体性问题一直是中国马克思主义文学批评探讨的基本问题，它牵涉如

① 李益荪：《论"艺术生产"主体的特征》，《当代文坛》2000 年第 1 期，第 9 页。
② 胡亚敏：《再论艺术生产》，《学术月刊》2011 年第 10 期，第 107 页。

何看待马克思主义文艺的本体基础、文艺的意识形态本质、文艺与政治以及文艺的外部规律与内部规律的关系等。进一步具体而言，它还关涉文学创造者的主体性地位、精神独立性问题，也牵涉创作为什么人服务的政治倾向和阶级立场问题。中国马克思主义文学批评在长期的革命文艺实践中，逐渐形成了以人民大众主体为核心内容的实践主体观。

一 实践主体的内在转换与主体性问题的反思

鲁迅在 20 世纪初的 1907 年写下了《人之历史》一文，今天回过头来看这篇文章其影响力与《狂人日记》相比，显然没有后者的社会影响大，但是如果从近代思想史的角度去重估这篇文章的价值，我们却能看到这篇文章对现代中国文学理论批评观念的影响具有深远的意义。这篇文章的关键之处就在于以进化论的现代性视野去审视个体发生与种族演化之关系，鲁迅以文学性的语言和现代性的文化体验写下了当时他对人的历史的现代思考，他认为："黑格尔以前，凡云发生，皆指个体，至氏而建此学，使与个体发生学对立，著《生物发生学上之根本律》一卷，言二学有至密之关系，种族进化，亦缘遗传及适应二律而来，而尤所置重者，为形蜕论。其律曰，凡个体发生，实为种族发生之反复，特期短而事迅者耳，至所以决定之者，遗传及适应之生理作用也。"① 这是鲁迅受到严复和西学影响情况下对"物竞""天择""生存竞争""天演"等描述人的社会进化观念接受的真实写照，人类社会和生物的进化一样总体上是进步发展的，由此生发出后来鲁迅转向革命民主主义阵营。这个转变并不是突然的，而是鲁迅的精神世界由个体发生、社会进化再到现代民族国家革命信仰转变的必然走向。鲁迅的现代社会进化论史观倾向于革命民主主义的立场，实际上形成了鲁迅的思想态度由人种学转到社会学视野去审视个体的人的演化问题，可以说这为五四文学人的发现、个性价值的尊重，提供了心理接受的思想铺垫。从五四新文化运动开始聚焦人的问题，中国现代文学理论批评才真正意义上获得现代性的视野，中国马克思主义批评也在这一人学传统中获得了丰富的历史内涵和现代内涵。如果从实践观的角度看，五四时代的风云激荡、民族屈辱促发现代知识精英痛彻肺腑地认识到要从人的意义、人生的意义是什么这个最高目的的提问和回答来振兴国家、一洗国耻，而五四之后到了红色的 30 年代，中国知识精英经历一番理想人生的洗礼之后则迅速冷静下来，通过对马克思主义的接受致力于回答如何实现

---

① 鲁迅：《人之历史》，选自《鲁迅全集》，人民文学出版社 2005 年版，第 14 页。

人的价值、社会解放的现实问题以着手解决中国积贫积弱的局面，这个发展的历史过程从本质上看，是由理想观念的理论逻辑到现实行动的实践逻辑的转换过程。

从进化论到阶级论，是我们分析鲁迅思想转变的一个重要思路。从进化论观点看人、看社会到阶级论的观点看人、看社会，明显包含的是由抽象的静态的理论分析到具体的动态的现实实践分析的路向转变，反映到中国马克思主义文学批评实践主体的具体演化过程上就是，由自由的启蒙主体、人民大众的阶级性的主体，再到后来逐步复杂而富有争议的政治的革命主体。可以说，五四之后我们对中国马克思主义文学批评实践主体认识的复杂性、困难性在于五四"人的文学"从来没有消失，以鲁迅为代表的五四的人的独立精神也从来没有离去，它总是以各种方式呈现于中国革命、中国马克思主义文学批评实践主体的问题结构当中，这在中国马克思主义文学批评体系内部似乎造成了一种矛盾，即承认主体的人的本质与实现主体本质的手段相矛盾。这些矛盾我们可以在鲁迅、胡风、冯雪峰、周扬以及后来 20 世纪 80 年代文学主体性问题的批评争鸣中明显感受到。我们今天去反思中国马克思主义文学批评的实践主体问题，就是要体会他们的视野里所缠绕的大政治时代下感性世界诗意背后的使命与价值承担，从而在更高的层面去重新认识和重建适合中国语境和时代需要的实践主体观点，正如学者们在谈到鲁迅的马克思主义文学批评观时提道："鲁迅对我们的意义是，不是成为马克思主义的信徒，而是借鉴马克思主义者那样的思维，对一切既成的，哪怕被马克思主义者定型化的模式进行现实性追问。马克思对于鲁迅来说不是既成的信仰，而是一种解放的参照。"①

中国马克思主义文学批评在长期的革命过程中形成了以人民大众主体为核心内容的实践主体观具有历史的合理性，但是这一主体观最大的问题就是对个体的价值缺乏足够的重视，对主体的人的感性存在的意义没有充分的肯定。对于一些文学理论批评者来说，强调个性化的主体就是偏离了马克思主义哲学的理论基础，意味着唯心主义。而实际上唯物主义与唯心主义的划分从来没有以强调个性、个人、个体与共性、社会、群体为标准，相反马克思主义经典作家思考问题的逻辑前提则是现实的个人："我们开始要谈的前提不是任意提出的，不是教条，而是一些只有在臆想中才能撇开的现实前提。这是一些现实的个人，是他们的活动和他们的物质生活条件，包括他们已有的

---

① 孙郁：《鲁迅与现代中国》，北京师范大学出版社 2013 年版，第 119 页。

和由他们自己的活动创造出来的物质生活条件。因此，这些前提可以用纯粹经验的方法来确认。全部人类历史的第一个前提无疑是有生命的个人的存在。"① 文学实践作为人类实践活动当中的重要活动，这种个性化的实践特质表现得尤为明显，离开了个性化文学创作就意味着雷同、缺乏个性，没有实践主体观察世界的独特视角，没有主体自身的独特体验，结果这种缺乏独特和具体个性体验的作品无疑是脱离现实的抽象化的空想。一段时期内，中国马克思主义文学批评常是在脱离文学特殊性规律的情况下强调文学主体的阶级性、政治意识形态性，写本质化、图解政治原则化的创作非常普遍，特别是在《讲话》之后到 60 年代这一段时期表现得尤为明显，周扬 1951 年在《整顿文艺思想，改进领导工作》中认为："因为文艺工作者的职责就是通过自己的作品去教育人民和改造人民的思想。要教育和改造别人，首先就得教育和改造自己。毛泽东同志在《在延安文艺座谈会上的讲话》中，解决了文艺上的许多基本问题，例如文艺与政治的关系，普及与提高的关系等等问题，但是其中一个最根本的问题，就是思想改造。"② 这个思想改造的逻辑就是按照阶级、政治立场改造作家的世界观，强调世界观特别是政治态度立场对作家个性创作的决定性，结果自由创作成为图解政治原则。在"文革"中浩然的《金光大道》以及以《红灯记》《智取威虎山》《奇袭白虎团》等为代表的"八个样板戏"则将这种写本质的创作观发挥到极致，没有文学主体的创作自由可言。文学本质是个性与社会性、个体与集体的辩证统一，反思中国马克思主义批评的主体性问题的一个重要线索就是回到人，回到现实的具体的个人。只有把人拉回现实中，把人看成活生生的感性的生命存在，才可能在文学的诗意世界中体会到人的价值与意义。

马克思的实践生存论美学观则是人类生活价值本性的必然历史趋向，中国的实践美学派可以说是马克思这一理论的回应，海德格尔认为："因为马克思在经验异化之际深入到历史的一个本质性的维度中，所以，马克思主义的历史观就比其他历史学优越。但由于无论胡塞尔还是萨特尔——至少就我目前来看——都没有认识到在存在中的历史性因素的本质性，故无论是现象学还是实存主义，都没有达到有可能与马克思主义进行一种创造性对话的那个

---

① ［德］马克思、恩格斯：《马克思恩格斯文集》（第一卷），人民出版社 2009 年版，第 516、519 页。

② 周扬：《整顿文艺思想，改进领导工作》，选自《周扬文集》（第二卷），人民文学出版社 1985 年版，第 133 页。

维度。"① 海德格尔在这里提出马克思的历史维度为建立科学的马克思主义文学批评提供了根本方法或者理解问题的基本视域，那么问题的关键就转化为我们如何去理解马克思的历史概念，我们还要去追问构成马克思历史概念的理论基石或者本体基础是什么，是什么动力最终推动历史不断向前发展。从马克思、恩格斯的理论著述来看推动历史发展的最终动力是为了满足自身的物质精神层面的各种需要而去从事实践活动的现实的历史的人。恩格斯在《路德维希·费尔巴哈和德国古典哲学的终结》中认为，"要从费尔巴哈的抽象的人转到现实的、活生生的人，就必须把这些人作为在历史中行动的人去考察"，"对抽象的人的崇拜，即费尔巴哈的新宗教的核心，必定会由关于现实的人及其历史发展的科学来代替"②。这个现实的人所从事的实践活动的展开就是主体的不断对象化、客体对象的不断主体化的双向建构过程。这个主客体双向建构的过程，就构成了人类实践活动的辩证法演进的历史。人类以实践的方式走向历史，历史的深处本质上不过是人类生活实践活动的历史内容。马克思在《神圣家族》中指出"历史不过是追求着自己目的的人的活动而已"，历史首先应该是从现实的人的感性活动出发，从具体的人这个社会的类存在物出发来研究历史。马克思和恩格斯在《德意志意识形态》中认为："这种历史观和唯心主义历史观不同，它不是在每个时代中寻找某种范畴，而是始终站在现实历史的基础上，不是从观念出发来解释实践，而是从物质实践出发来解释各种观念形态。"③ 所以我国有学者认为："从根本上说，历史就是人的实践活动在时间中的展开。……实践对于历史具有本体论的意义。'实践'是马克思历史唯物论的真正基础。"④ 正是看到实践在马克思哲学思想中的重要性，一些学者结合现代西方生命哲学和现象学等思想的影响，提出马克思实践观点是一种生存实践论、实践存在论或回归生活世界的生活哲学。

激活马克思生存论实践哲学的意蕴使马克思哲学在人的生存论意义层面与当代哲学特别是生命哲学、存在哲学产生了深刻的对话，充分体现了马克思实践哲学是历史性与当代性、此在性与超越性、个体性与类特性的统一。

① ［德］海德格尔：《关于人道主义的书信》，选自海德格尔《路标》，孙周兴译，商务印书馆2000 年版，第 401 页。

② ［德］马克思、恩格斯：《马克思恩格斯文集》（第四卷），人民出版社 2009 年版，第 294、295 页。

③ ［德］马克思、恩格斯：《马克思恩格斯文集》（第一卷），人民出版社 2009 年版，第 544 页。

④ 杨耕：《为马克思辩护——对马克思哲学的一种新解读》，中国人民大学出版社 2010 年版，第312 页。

可以说马克思实践哲学的深层意蕴是生命诗性的尺度，具有强烈的个体解放意识和生存价值的超越意识。这种诗性尺度和美学气质对构建当代形态的马克思主义文学批评具有重要意义。国内有学者通过把马克思实践观点与亚里士多德的实践观点比较，指出马克思的实践观点根本上是"生产——艺术型"概念："在马克思这里，按照通常的理解，亚里士多德所排斥的生产构成了实践的基本内容，而人际行为或道德伦理行为只有附属的意义；理论活动再没有亚里士多德所赋予的神圣的地位，而是以实践为基础，甚至可以说它是一种特殊的实践样态；亚里士多德的实践的位置被由创制活动中独立出来的艺术活动取代，马克思始终将艺术视为自由的活动的典型。"① 由此我们也可以看出，马克思将人类实践的活动划分为物质生产与精神生产两大类以及提出"人也按照美的规律来建造"是有深层考虑的。同样我们也可以看出马克思主义批评的美学史学观点所蕴含的深层意蕴。马克思文学批评的这种深层实践根基以及体现出来的人学价值内涵为中国马克思主义文学批评实践主体的重构提供了根本的思考路径。我们过去的中国马克思主义文学批评的一个特点就是重视文学实践与政治实践的关系，强调文学的政治意识形态意义，理论基础就是文学作为上层建筑的一种，必须受到政治意识形态性的影响，这在马克思那里也是能够找到文本依据的。但很多学者没有考虑到这一提法是有马克思的文本语境的，这是他在《政治经济学批判·序言》里提出的，我们不能无限扩大这一解释，应该从马克思的思想整体来着手理解这一结论。也就是说，我们要从马克思的实践视野去看。马克思的实践观具有丰富的人学价值思想。马克思认为人是一个多重的主体，既是社会关系主体，也是有独立个性的自由主体。追求人的解放是马克思思想价值的根本内涵，这种解放就是人作为多重主体全面完整的解放，政治主体尽管是人作为主体的一个重要方面，但不能概括人的主体全部，人还要在现实世界中表现自己作为个体所具有的类的特性价值即自由自觉的主体。所以如果片面机械地强调文学实践与政治的关系，走向绝对化成为唯一的关系，杜绝文学实践与其他实践系统的关系，就会窒息文学实践活动的生机。因此说，从实践的角度来理解艺术，它的基本价值就在于通过强化人的自我意识来帮助人在人生实践中确立普遍而自由的行动原则。

---

① 王南湜、谢永康：《后主体性哲学的视域——马克思唯物主义的当代阐释》，中国人民大学出版社 2004 年版，第 85 页。

二　主体性实践观与"实践美学"的构建

从主体的角度理解实践，这是马克思在《关于费尔巴哈的提纲》中提出的一个基本思想，他认为传统的唯物主义对对象、现实和感性，只是从客体的形式去理解，而不是把对象和现实当作感性的、对象性的人的实践活动，从主体方面去理解实践。因此，马克思首先确立了主体性实践观在马克思主义哲学当中的地位，中国的马克思主义在结合中国的革命实践过程，继承和发展了马克思主义的主体性实践观，实践美学的创始人李泽厚认为："我用的'主体性实践哲学'相当于'人类学本体论'也接近卢卡契晚年提出的'社会存在的本体论'概念，即以作为主体的人（人类和个体）为探究对象。"①以李泽厚为代表的实践美学崛起于 20 世纪五六十年代的美学大讨论。在当时围绕美的本质是什么的问题涌现了当代中国美学四大派，即以吕荧、高尔泰为代表的主观派美学，以蔡仪为代表的客观派美学，以朱光潜为代表的主客观统一派美学，以及以李泽厚为代表的客观社会派美学。今天回过头来再去看这场美学大讨论，无疑其意义和影响都是深远的。实践美学似乎要在整合中国马克思主义的历史传统与当代实践的基础上建构具有中国形态的马克思主义美学。实践美学在马克思的实践唯物主义基础上，确立了美学的逻辑起点和基本范畴，克服了以往唯心主义、旧唯物主义对人的主观和客观关系的片面认识和思辨演绎，从马克思的人的本质力量的对象化理论、自然的人化理论等方面阐发了美是人的历史实践活动的结果。

在李泽厚之后众多学者不约而同地参与了建构中国实践美学理论体系的进程，以马克思主义实践范畴为逻辑起点，突破旧有的传统实践美学的理论缺陷和逻辑困境，提出许多创新性的解释，涌现了众多的实践美学流派，标志着实践美学由旧实践美学向新实践美学过渡，易中天认为："旧实践美学的确没能很好地解决许多问题，但这并不等于说实践就不能成为美学的逻辑起点和基本范畴。我们不能因为旧实践美学的失误，就把孩子和脏水一起泼了。我们确实需要有一种新的美学来取代旧实践美学，但不是用'后实践美学'，而是用'新实践美学'。"②以实践为逻辑起点和第一艺术原理，出现了蒋孔阳的美是自由的形象学说、刘纲纪的实践本体论美学、周来祥的美在关系说、朱立元的实践存在论美学、张玉能的实践的创造性自由论美学、邓晓芒的美

---

① 李泽厚：《李泽厚哲学文存》（下编），安徽文艺出版社 1999 年版，第 633 页。

② 易中天：《走向"后实践美学"，还是"新实践美学"——与杨春时先生商榷》，《学术月刊》2002 年第 1 期，第 41 页。

是对象化了的情感说，等等。

新实践美学最为根本的观点就是强调人的本体论与实践本体论的统一，肯定了实践主体在实践美学体系中的中心地位。马克思在《〈黑格尔法哲学批判〉导言》中认为人就是人的世界，人不是蛰居于世界之外的存在物，人的本体性就在于他的社会存在属性。社会存在作为人的本质设定决定了人是有意识、有目的地变革现实世界，逐渐实现人自身的全面自由解放，这个过程是人类主体不断的历史性实践过程。从这个角度讲实践构成了人的存在的根本属性，以实践主体为中介，人的本体论与实践本体论在本质内涵上是统一而密不可分的，既没有脱离人的存在的实践，也没有脱离实践的真正的人，所以刘纲纪认为："由于人的本体是由人类的实践所产生和决定的，因此从主体方面看，人的本体就是人发挥他的实践的和精神的主体性去改造世界的产物。这也就是说，人的本体不是什么同人的生活的实践创造无关的、凌驾于人的生活的实践创造之上的神秘的存在。它存在于人的生活的实践创造之中，它就是这种创造的产物。"① 这就超越了西方的人道主义观念和人本主义哲学观，从宽泛的意义上讲，西方的形而上学的历史伴随着人道主义和人本主义本质论的抽象本体论史，海德格尔认为："每一种人道主义或者建基于一种形而上学中，或者它本身就成了这样一种形而上学的根据。对人之本质的任何一种规定都已经以那种对存在之真理不加追问的存在者解释为前提；任何这种规定无论对此情形有知还是无知，都是形而上学的。"②

为解决实践美学存在的理论困境，特别是审美超越性的问题，新实践美学注重对西方现代哲学成果的吸引和借鉴，表现出生存论或者存在论的转向。人的本体论与实践本体论的统一为实践美学的生存论转向提供了理论可能，将实践还原为人的存在本体或者生存本体性的活动，这样实践活动作为人的最基本的生命活动，就具有了人的尺度与物的尺度、自然世界与属人世界、历史理性与人文感性、经验性与超验性、内在性与超越性、有限性与无限性、主体与对象主体（主体间性）关系的辩证统一。人的实践活动就是在对象性本质活动的辩证统一关系中，构造出现实生活世界的无限生动性和丰富多样性，从而走出人的现实世界的有限性，实现对现实世界的超越。超越首先是人对现实世界的超越，而表现出人的本质的无限性，所以海德格尔说："超越

---

① 刘纲纪：《实践本体论》，选自刘纲纪《传统文化、哲学与美学》，武汉大学出版社 2006 年版，第 100 页。

② ［德］海德格尔：《关于人道主义的书信》，选自海德格尔《路标》，孙周兴译，商务印书馆 2000 年版，第 376—377 页。

首先是在存在者与存在之间的一种从存在者出发向存在过渡的关系。"① 西方的现象学与存在论哲学极大地激活了马克思的人的实践超越性思想。马克思主义的实践的超越性思想走出了传统实践哲学侧重解读马克思实践哲学的现实性思想为主的范式，而走向超越性与现实统一的实践哲学观。实践活动既是人类满足自身需要的物质活动，同时也是人的自由自觉的创造性实现活动，实践活动的这种自由创造性决定实践活动深层的艺术之维与生存的诗意性特质。马克思的思想深层存在着审美辩护，马克思的人也按照美的规律来生产的美学思想，可以看出："马克思把艺术看作真正人类劳动之范型，看作人所特有的类力量的最纯粹的对象化。据此，最好把艺术的对象说成是人化的对象。因此，马克思在 1844 年对人类劳动能力的称赞中包含一个对共产主义的审美辩护。马克思认为审美修养是人之为人的最惯常也最主要的标准。"② 这样审美的生存论意义，从康德到尼采再回到马克思就构成了马克思主义实践美学一个完整意义的生存论转向。从这个角度讲，中国马克思主义实践美学的生存论转向具有重要意义。

新实践美学在生存论转向中拓展了实践的内涵，确立实践是以物质生产为基础的人类改造主观和客观世界的主体性活动，实践主要包括物质生产、精神生产和话语实践三大类型。人的现实的物质生产以及人以自然为对象的生产劳动，这是实践的唯物主义基础。正是实践的人的物质生活的开启，围绕着人的社会物质生活，形成了人类社会的一整套社会文化结构，这个社会文化结构就包括物质生产、精神生产和话语实践类型组成的世界结构。通过把精神生产和话语实践纳入实践结构，很好地解决了后实践美学屡次批评的实践美学的审美超越性问题，张玉能认为："审美活动是处理人对现实的审美关系的实践活动，它是人类实用需要、实用目的得到实践过程中的超越而转化出审美需要、审美目的的结果。它主要以人的情感和想象为内在的心理要素，并通过情感这个中介因素把认知和意志的心理要素和活动沟通起来，形成一个以想象的形象为载体，充满情感、超越各种实用功利目的的活动。审美活动一般具有外观形象性、情感感染性、超功利性。它的价值对象就是美。"③ 由此出发，新实践美学开始关注马克思主义的语言实践的本体论意义。语言的实践存在论意义在于语言在生存本性上与艺术活动是同一的，正如张玉能指出的"审美活动又可以话语实践的形式表现出来，而且审美化的

---

① ［德］海德格尔：《路标》，孙周兴译，商务印书馆 2000 年版，第 468 页。
② ［英］迈克莱什：《马克思对共产主义的审美辩护》，《世界哲学》2005 年第 5 期，第 18 页。
③ 张玉能等：《新实践美学论》，人民出版社 2007 年版，第 23 页。

话语实践或者诗意的语言才是最本真的话语实践（言说）①"。新实践美学通过拓展实践概念的语言实践内涵，就把西方的存在论哲学与中国的实践美学构成了联结，这为新实践美学的当代发展具有重要意义。

实践美学着力从经典的作家中确立理论依据，并结合西方现代哲学成果，同时结合中国美学理论实践的吸收，在美的本质、结构、形态、类型、功能等方面提出较为完善的实践美学体系，并与中国马克思主义实践文论美学的人学观传统实现精神上的对接，具有深厚的历史积淀和实践经验。但是同时也有许多反对者，最主要的就是后实践美学派的质疑。有反对者认为实践美学作为一个现代性的现象已经终结了。他们通过分析以李泽厚、朱立元、张玉能为代表的新旧实践美学的思维模式、体系构造方法、阐释视域、精神指向等方面认为实践美学作为一种传统形而上学体系方法论美学已经走向终结，在他们看来："实践美学的根本特征是以实践为哲学基础按照传统本体论哲学思维方式结构美学体系，这就首先误解了马克思的实践唯物论对于美学研究的意义，直接把哲学命题当作解决美学问题的不二法门，其次是本体论哲学的体系构造法则造成了其理论封闭性，使其在追求逻辑完满的同时无法接纳新的思想资源。"② 章启群也认为就体系自身来说，实践美学的内在矛盾恰恰在于它试图用经验描述的方法来论证形而上性质的命题，这即是命题与理论论证在思维方式上的内在矛盾。在他看来，这是一种方法上的局限性。

应该说现象学美学、生命美学、超越美学、存在论美学、后现代美学对实践美学的批评确实指出了一系列的局限性问题。作为一个发展和建构过程中的中国马克思主义实践美学体系，其理论本身确实仍然有待完善。另外，应该看到，实践美学并不是以实践概念为起点进行抽象的逻辑演绎，而是以实践为逻辑起点在历史唯物主义基础上对实践美学的历史的具体建构。任何一种理论都需要一个逻辑起点，就像超越美学就要以人的存在、生存、生命等概念为逻辑起点。逻辑起点的重要性在于历史逻辑和理论逻辑的统一。马克思的实践哲学观的革命性转换就在于用实践克服了观念与现实、存在与意识、主体与客体的割裂，打破了形而上学思维的幻觉，真正做到思维的行程和历史现实在逻辑上的统一。正因为如此包括生命美学在内的派别都不否认，实践是他们美学体系的一个重要理论基点："美学界所谓'实践美学'从来都

---

① 张玉能等：《新实践美学论》，人民出版社 2007 年版，第 28 页。
② 章辉：《实践美学：历史谱系与理论终结》，北京大学出版社 2006 年版，第 234—235 页。

是指的'实践本体论美学'，生命美学所与之商榷的'实践美学'也只是'实践本体论美学'。因此对实践美学的批评完全不同于对马克思本人的'实践的唯物主义'的美学的批评。这样，我们看到，正如生命美学所早已反复指出的，生命美学这所以要对实践美学提出批评，并不是由于实践美学以马克思主义实践原则作为自己的理论基点这一正确选择——在这个方面，生命美学与实践并无分歧，而是由于实践美学对于马克思主义实践原则的阐释有其根本的缺陷。"① 在生命美学看来，实践美学把人的实践理想化了，没有看到实践的消极意义，劳动创造了美的同时也生产了畸形，因此，生命活动是一个与人类自由的实现相对的范畴，而实践活动、理论活动、审美活动则无非是它的具体展开，实践活动对应的是自由实现的基础，理论活动对应的是自由实现的手段，审美对应的是自由实现的理想。因此可以说，审美活动应该从主体的人的生命活动出发分析它的特殊本质。新实践美学与后实践美学、生命美学等美学流派的论争，客观来看，是有相当深度的，大大深化了人们对马克思实践美学的认识，也丰富和完善了以主体性实践为核心的中国马克思主义实践美学体系，必将产生深远的影响。

---

① 潘知常：《再谈生命美学与实践的论争》，《学术月刊》2000 年第 5 期，第 51 页。

第五章 政治伦理与中国马克思主义文学批评实践的价值取向

如果我们回到马克思的文本结构和问题语境当中，就会发现政治伦理问题应该成为马克思主义批评应有的根本价值尺度，但是从马克思主义批评知识形态的整体演进过程来看，很容易就发现伦理价值问题似乎从来不是马克思主义批评体系建构传统中的一个关键命题。从苏联的文学原理教科书到卢卡奇的《历史与阶级意识》《审美特性》，再到英国马克思主义学者威廉斯的《马克思主义与文学》、马尔赫恩主编的《当代马克思主义文学批评》（其选编文献皆是当代公认的马克思主义文论大家），甚至我们中国当代的马克思主义文论教科书，无一例外地少有专门谈论马克思主义批评政治伦理问题的章节，可以说这在某种程度上构成了马克思主义批评问题史中一段巨大的空白。如果从文学批评的当代处境来看，现代理论批评格局中的政治伦理问题的缺失，一个关键是伦理批评所持有的道德立场和价值标准在一个后理论的多元时代似乎有一种教条式的说教和压迫性的道德恫吓，有学者认为："局限之一便是德里达、杰姆逊等理论家所代表的对伦理批评毫不掩饰的敌意。这种敌意有多种根源，其中最主要的根源就是理论对伦理批评的一种'误读'。"[①]这里隐含着一个问题，在理论批评的多元时代谈论一种道德价值规范，是不是就是一种意识形态同一性的强制，很显然道德的是非、善恶与好坏，是我们谈论文学及批评的普遍价值视点，很难想象如果没有善恶好坏的道德审慎考虑，文学又如何去谈"文学是人学"、文学的人文价值情怀。实际上从马克思主义经典作家那里，政治伦理、道德视点都是他们理论和实践考察的基本精神和价值旨趣。只要我们认真细读马克思在《1844 年经济学哲学手稿》《德意志意识形态》和《资本论》等著作中关于"异化"问题、"劳动创造了美"和劳动也产生了畸形、艺术与资本主义生产相敌对性，以及更为宏大的

---

① 李点：《理论之后：论当代文学研究中的伦理批评》，《文艺理论研究》2010 年第 6 期，第 23 页。

人的全面解放的社会价值理想，我们就会发现这种趋向良善政治生活的政治伦理关切，和实现人的有德行的圆满生活的正义诉求，一直是马克思美学、理论批评思想中的终极关怀和最为重要的现实目标。

第一节　文学实践的政治伦理特质

从马克思主义实践哲学的本有特征来看，政治伦理尺度构成马克思主义批评的一个重要的理论评判尺度。从实践哲学的发展史来讲，亚里士多德的实践哲学思考的问题就是在政治伦理的问题域中展开的，可以说对善政、德性、正义、道德等政治伦理的基本范畴的思考，表明实践哲学的根本价值取向就是对以善本身为目的的政治理性反思。

一　马克思主义文学批评政治伦理尺度的建构

从亚里士多德、卢梭再到康德，西方的实践哲学主要通过考察人的理性能力来试图确立人的良善生活的可能性条件，这样就把实践与道德伦理问题结合起来。康德对人的理论理性和实践理性的批判性划分奠定了实践是和人的生存活动密切相关的本体性活动。后来的胡塞尔、舍勒、海德格尔、伽达默尔都是把实践看作和人的具体生存密切相关的活动。作为对技术现代性反思的出发点，实践哲学是彰显生活世界具有生存价值特性的哲学。美国学者麦卡锡通过详细的资料实证将马克思的实践哲学思想追溯到西方古典伦理传统当中，认为"伦理与社会公正深理于马克思本人的思想体系之中。政治经济学批判为他提供了社会要素"①，所以他认为马克思的后期著作与其说是一门关于政治经济学的科学，毋宁说是给我们提供了一个对资本的伦理批判以及与此相连的要求社会变革的道德命令。

按照一些学者的看法："政治伦理可以大致地分为政治制度伦理、政治行为主体的关系伦理和政治美德以及以国家政治意识形态为主导的社会政治理念和理想三大层面，亦可简称为制度、行为和观念（意识）三个层面。"② 如果从这个角度出发，我们大致可以从政治意识形态批评伦理、政治主体批评伦理和文学组织关系批评伦理三个方面确立马克思主义批评政治伦理尺度的

① ［美］麦卡锡：《马克思与古人——古典伦理学、社会正义和19世纪政治经济学》，王文扬译，华东师范大学出版社2011年版，第7页。

② 万俊人：《政治伦理及其两个基本向度》，《伦理学研究》2005年第1期，第5页。

价值规范层面。

在高度一元化的政治语境中政治意识形态作为唯一的指导理念为社会主义国家的文化建设和文化批评造成了许多灾难，其根本原因就是失去了人是政治活动的根本出发点和目的归宿，马克思主义政治意识形态的目的是实现人的美好生活这个根本的政治伦理目标。实现真正的人的关怀、实现人的全面自由的发展、最终解放人，这是马克思主义文学批评的核心价值理念和最高革命理想。恩格斯在《路德维希·费尔巴哈和德国古典哲学的终结》中谈道："费尔巴哈的道德论是和它的一切前驱者一样的。它是为一切时代、一切民族、一切情况而设计出来的；正因为如此，它在任何时候和任何地方都是不适用的，而在现实世界面前，是和康德的绝对命令一样软弱无力的。……理由很简单，因为费尔巴哈不能找到从他自己所极端憎恶的抽象王国通向活生生的现实世界的道路。"① 马克思的哲学思想是关于现实的人及其历史发展的科学，就是要把抽象的人转到活生生的现实世界，把人看作在历史中行动的人，而不是把人抽象还原为政治的工具和附庸，马克思政治伦理实践维度的根本精神和基本思路是要在历史的现实实践中科学地去实现符合人性需要的理想的善治的社会生活。从这个角度讲，政治伦理批评作为伦理批评的重要组成部分，就是要确立人在批评当中的价值地位，最终在文学的最高价值理想和文学的现实价值层面上与马克思主义批评达到精神对接。

政治主体批评伦理观的目的是要确立文学及批评实践主体的社会历史担当和责任意识。当下的文学批评遭遇严重的道德危机和信任危机，作家和批评家在文化商品的资本逻辑中出现了道德的失衡、政治伦理的失范，最终失去了批评家的道德关怀和历史使命感，这种神圣的道德价值感的匮乏使文学活动的整体现状和价值导向令人担忧。马克思主义哲学的共产主义世界理想观的科学确立和对资本主义社会的理论、实践批判，决定了马克思主义批评是非常强调文学主体的政治使命和道德责任感，这种政治伦理实践精神和强烈的历史使命意识使得马克思主义批评与任何其他现代批评流派显著不同，有学者鲜明指出这种不同点："从不盲从现代知识的马克思，在自己的文学研究中打破了现代学科分工的界限和仅从审美关系上认识文学的思路，在开阔的历史视野和更广泛的社会联系中，通过人类社会实践的多重视角来阐释文学活动的特点和文学艺术的性质。"② 正是建立在对资本主义现代性批判的基

---

① ［德］马克思、恩格斯：《路德维希·费尔巴哈和德国古典哲学的终结》，人民出版社 2009 年版，第 294 页。

② 孙文宪：《回到马克思：脱离现代文学理论框架的解读》，《学术月刊》2013 年第 8 期，第 124 页。

础上，马克思提出了艺术生产理论、物质生产与精神生产的不平衡理论、文学意识形态实践理论、劳动异化美学等思想。马克思主义批评主体性观的问题域核心就是人作为自由的精神主体、实践主体，具有强烈的历史使命感和人间本位的理想价值情怀，这种人间本位的价值情怀也是马克思主义政治伦理批评的价值归宿。

文学的组织关系，作为一种体制性结构，隐含着创作主体与社会集团、知识与权力、个人与社会的多重关系伦理问题，因此如何实现单位组织上的人与人之间良性关系的建立，个体自由与共同体利益的结构平衡，实现组织伦理上的合乎人性的道德规范，就成为一个重要的问题。传统马克思主义文学批评组织机构的缺陷就是忽视作家的个体独立性，形成对作家的严密控制。可以说建立新型马克思主义文学批评的组织关系伦理就要体现出文学组织运行的社会正义性，又要体现出作家个性创作活动的自由性。文学组织伦理作为制度伦理的一种要优先于作家个人伦理，马克思就认为人在现实性上是一切社会关系的总和，因此"在政治伦理的框架内，马克思的制度伦理主要是对政治制度合理性的关注，通过合理政治制度的建立，为人的合乎伦理道德的生活提供客观的社会环境"①。组织伦理作为制度伦理的一种是实现人类个体的生活合理化、生存和谐化的重要秩序环境。马克思的伦理思想为我们提供了文学组织关系伦理上的宏观指导。组织作为一种共同体，一种制度性的结构体制，在现代社会文学生产中起着重要作用。文学的组织化、制度化存在是现代文学实践活动的主要形态。在现代社会分工体制下，作家职业化机制，文学社团、文学机构协会的组织化机制，传播流通媒介的集团化机制，成为制约也是维系文学共同体存在的基础力量，所以有学者认为："作家和作品被文学媒介编织进了或紧密或松散的文学社团，文学社团常带有强烈的组织性、人为性和群体性，于是文学生产也就有了被计划、被组织的可能，出现了因媒介因社团而不同的文学思潮。"② 理想的文学主体的组织关系伦理应该是个体与单位、个体与组织的辩证统一，作家、读者、批评家主体的自由既不是政治之外的无限制的自由，同时文学主体又能在集体中找到价值的归宿和社会的归属。马克思哲学的政治伦理定位就是要在现实生活世界面前通过革命的手段实现政治目的，这就要求革命的道德实践与人道主义价值保持关系上的平衡。但是革命的复杂性在于，文学主体常常成为政令和政策的附

① 陶艳华：《马克思政治伦理思想研究》，人民出版社 2009 年版，第 238 页。
② 王本朝：《文学制度与文学的现代性》，《湖北大学学报》2003 年第 6 期，第 54 页。

庸，文学失去了自身的价值独立性，这构成了马克思主义文学批评伦理的内在困境。我们回到马克思的政治伦理分析框架就要看到，马克思的政治伦理价值追求是显而易见的，马克思对剥削、劳动异化、无产阶级的贫困等问题的关注都表现了马克思对人类整体命运的关怀，对人类个体和社会的全面解放的不懈追求，这就是马克思的政治伦理价值的终极理想。马克思认为哲学的问题不在于解释世界，问题的根本在于改变世界，所以马克思的哲学是革命的世界观哲学，是政治实践哲学，反映到文学批评上，马克思主义认为文学不是个人的呢喃自语而是在个体和大众的和声中奏响时代的要求，所以实践的政治伦理价值是马克思主义文学批评的重要价值尺度。

二 马克思主义文学批评政治伦理价值规范功能的体现

马克思主义文学批评的文学观念不同于现代批评理论的一个重要方面，就是它确立和科学地解释了文学作为实践活动对社会的巨大影响，文学实践观念的提出不同于以往文学批评派别把文学限定为作家的精神活动、自我意识的对象化活动。马克思主义文学实践观颠覆了人们对文学所持有的传统观念，把文学限定在狭小的个人生活圈子内，在广泛的意义上文学直接是社会行动的一部分，而不仅是后者的精神表征，所以威廉斯说："文学生产具有'创造性'，但这并不是指它在意识形态的意义上能提供'新的形象'（那只是它全部创造性中的一小部分），而是指在物质社会的意义上它是一种自我造就［self-making］的具体实践。"① 文学生产的这种物质化的社会创制（self-making）表明文学创作不再仅认为是作家的自我意识活动，而是作家有意识或者无意识地在虚构的艺术世界中实现对社会的改造意图，这种改造意图通过文学传播媒介和接受主体，形成一种对社会的重新建构的力量，从而产生变革社会的意识形态实践作用。这种实践变革服从于马克思主义的总体解放使命，因此马克思主义批评的实践精神在根本价值上是政治伦理的。

马克思在《神圣家族》中明确指出："无产阶级能够而且必须自己解放自己。但是，如果无产阶级不消灭它本身的生活条件，它就不能解放自己。"② 对于马克思主义文学批评来说，文学当中所传递出来的无产阶级叙事、无产阶级阶级意识、革命意识形态、生活态度、政治立场或者党性都是文学发挥观念力量影响社会历史进程的重要方面。文学所以被认为不仅仅是一种自我

---

① ［英］雷蒙德·威廉斯：《马克思主义与文学》，王尔勃等译，河南大学出版社 2008 年版，第 222、224 页。

② ［德］马克思、恩格斯：《马克思恩格斯文集》（第一卷），人民出版社 2009 年版，第 262 页。

的精神观念，很大程度上是阶级意识、政治立场、革命信仰等一系列的宏大历史概念通过文学创作、文学的个体化阅读阐释和批评获得了微观上的具体呈现。这种历史与现实细节在文本话语中的结合，形成了美学性的政治穿透力，深刻地改变了个体固有的生活观念，进而演变成为一种符合革命要求的个体政治实践，这就是马克思主义文学批评所指出的意识形态实践功能体现，阿尔都塞认为："所有意识形态都通过主体这个范畴发挥的功能，把具体的个人呼唤或传唤为具体的主体。"① 阿尔都塞进一步指出意识形态的政治实践功能植根于意识形态的物质性当中："一种意识形态总是存在于某种机器当中，存在于这种机器的实践或各种实践当中。这种存在就是物质的存在。"② 意识形态的物质性实践存在正是通过一套意识形态国家机器把个人传唤为主体。

　　马克思主义文学批评的政治伦理规范功能，主要是通过意识形态的实践功能体现出来的，受阿尔都塞的思想影响，西方马克思主义进而重新反思了传统马克思主义批评的反映论文学观。反映论的哲学基础是社会存在决定社会意识的唯物主义基本原理。反映论文学观，忽略了文学的本质特征和审美的特殊性，尽管有列宁的能动的反映论，但作为一种消极的解释视角和存在的一些问题，引来各种非议。从阿尔都塞开始，文学作为意识形态的物质实践转变了马克思主义批评的传统意识形态观念，正如托尼·本尼特所指出的："'真正的艺术'是一种实践，它运用自己的生产工具，工作并将意识形态提供的原料加工成为产品。"③ 后来巴利巴尔和马歇雷发展了阿尔都塞的文学意识形态实践观，他们首先反思了传统马克思主义批评的反映论范畴，认为将文学作为一种观念形式的文学观点并不能轻易舍弃，我们应该将文学作为一种观念形式的看法放在整体的社会实践系统中辩证分析并历史地加以定位。文学总是在意识形态国家机器（如教育制度）、特定的语言实践等历史性的实践整体中存在的，可以说我们持有的"什么是文学"的概念是现代资产阶级教育、语言文化实践的社会产物，我们对文学的认识以及种种矛盾分歧也应该放在文学的历史客观性当中来分析。文学通过现实效果和虚构效果的生产，不断生产幻觉的现实来实现主体对资产阶级社会的政治认同，最终完成对社会矛盾的想象性解决，这种美学实践效应带来的政治效果或者审美政治实践

---

　　① ［法］阿尔都塞：《哲学与政治：阿尔都塞读本》，陈越编译，吉林人民出版社 2003 年版，第 364 页。

　　② 同上书，第 356 页。

　　③ ［英］托尼·本尼特：《形式主义和马克思主义》，曾军等译，河南大学出版社 2011 年版，第 101 页。

问题，成为战后西方马克思主义文学批评着力探讨的重要问题。

第二节 政治伦理价值是中国马克思主义 文学批评价值评判的内在尺度

中国马克思主义文学批评的理论形态显示出自身知识系统的开放性，马克思的实践观则是其体系开放的理论前提。在长期的革命实践和社会主义建设过程中，中国马克思主义文学批评的一个重要特点就是逐步形成了现代革命伦理型批评，这一批评既有马克思主义文学批评自身的理论原因，也有中国传统的儒家伦理批评的影响因素。面对经济全球化、消费文化崛起的现实情况，当代中国马克思主义批评有必要进行理论模式上的调整，我们认为重要任务之一就是构建蕴含个体价值关怀的人民本位的马克思主义政治伦理批评，以丰富和充实当代中国伦理生活的现代内涵。

一 中国传统伦理批评与马克思主义文学批评的政治伦理尺度

中国的小农自然经济和宗法制的社会政治结构，产生出传统中国社会的政治伦理型文化形态，这种伦理型文化精神决定了中国文学及理论批评的价值核心是政治化的伦理道德观，所以有学者认为："中国古代浓郁的伦理道德之风，对中国古代文学艺术及文艺理论产生了极其重大的影响。'经夫妇，成孝敬，厚人伦，美教化，移风俗'几乎成了中华文艺的根本任务。……中国文学艺术与文艺理论始终没有脱离儒家伦理的轨道。"[1] 传统中国文学注重现世人生的实践理性精神、文以载道的文学教化观，构成了传统中国文学批评稳固的长时段的本体性政治伦理批评传统，如刘勰在《文心雕龙》中所指出的"文之为德也大矣，与天地并生"的"原道""宗经"的道德本体观。在近代遭遇亡国灭种的民族危机情况下中国古典文学的政治伦理型批评传统受到挑战，梁启超认为："欲新道德，必新小说。"[2] 文学的道德伦理与现代民族国家的政治理论实践紧密联系起来，最终在五四新文化运动中陈独秀、胡适等人直接提出"推翻旧道德，建立新道德"的现代文学政治伦理观。

五四时期提出的现代伦理观建立在两个思想框架基础上，一是现代的人

---

① 曹顺庆：《中西比较诗学》，中国人民大学出版社 2010 年版，第 19 页。
② 梁启超：《论小说与群治之关系》，选自《梁启超文集》，北京燕山出版社 2009 年版，第 150 页。

学观念，二是社会进化论的思想意识。现代伦理的建立，直接由"人的文学"观念开始成为最受重视的文学伦理观念，这种"平民文学""国民文学"都是对旧的贵族文学的颠覆。所以陈独秀说："我们希望道德革新，正是因为中国和西洋的旧道德观念都不彻底，不但不彻底，而且有助长人类本能上不道德的黑暗方面的部分。"① 第二种思想框架是陈独秀所指出的现代伦理观是"现代生活"、文明进化之社会的必然，在陈独秀看来："现代生活，以经济为之命脉，而个人独立主义，乃为经济学生产之大则，其影响遂及于伦理学。"② 所以在陈独秀看来贵族文学、古典文学、山林文学均应受到排斥。可以这样设想在传统的古典生活中文学与伦理是紧密联系的，这种联系构成传统的文学伦理本体基础。但是随着现代生活的到来，古典文学与人伦日用生活产生了分化，这种分化具体表现在观念和知识体系上的分化，这迫切需要重构一种新的文学伦理观念或者与传统的这种文化道德观直接决裂。但在如何重构一种文学政治伦理观念上，五四新文化阵营产生了分裂，这种分裂以及它所呈现的问题，为知识界引入马克思主义以及马克思主义批评的文化文学观念提供了历史语境和思想契机。实际上，作为中国最早的马克思主义者李大钊在《青春》《物质变动与道德变动》《〈晨钟〉之使命》中，已经较早地从马克思主义唯物史观出发分析和研究文艺与道德关系问题的新领域。他较为系统地阐发和论述了革命的人生道德观、文艺观，揭示了马克思主义为劳工大众谋福利的价值理想。可以说李大钊直接在努力推动现代中国伦理文化由启蒙伦理向现代革命伦理的价值转变。李大钊于 1919 年 12 月 1 日在《新潮》第 2 卷第 2 号发表《物质变动与道德变动》，他根据马克思主义实践唯物史观深刻指出："我们今日所需要的道德，不是神的道德、宗教的道德、古典的道德、阶级的道德、私营的道德、占据的道德；乃是人的道德、美化的道德、实用的道德、大同的道德、互助的道德、创造的道德！"③ 在这里李大钊的文艺思想鲜明地体现出由五四时的启蒙伦理批评观到现代革命伦理批评观的过渡。

在一些学者看来，传统中国的文化道德价值并没有在近现代的社会冲击下走向死亡，而是经历着价值结构转换以传统的道德伦理价值逻辑支配着现

---

① 陈独秀：《调和论与旧道德》，选自《陈独秀文选》，四川文艺出版社 2009 年版，第 44 页。

② 陈独秀：《孔子之道与现代生活》，选自《独秀文存》，安徽人民出版社 1987 年版，第 82—83 页。

③ 李大钊：《物质变动与道德变动》，选自李大钊《李大钊全集》（三），人民出版社 2006 年版，第 117 页。

代人的社会生活，而成为一种深层的结构，这种深层的结构、把握思想变迁的稳固长程模式决定了中国社会历史一直保持着历史连续性和文化特殊性的超稳定结构，因此："依靠价值系统和观念系统的互相整合而形成社会各个部分互相维系的组织机制，不仅在汉代到清朝两千年传统社会中存在，而且支配着中国社会近现代变迁甚至今天的社会生活，它构成我们称为普遍一体化结构的模式存在。"① 那么支配中国思想长时段变迁的模式是什么，以及这种模式对马克思主义理论和实践产生着怎样的影响呢？按照金观涛、刘青峰的观点："五四时期，中国知识分子认同的马列主义是理学式的，共产主义道德和革命人生观由社会发展规律推出，而社会发展规律又建立在辩证唯物论世界观上。共产党人要坚定无产阶级立场、建立新道德理想，就必须先掌握马列主义本本。这样，学习原典和马列知识是建立新道德的前提。而毛泽东和刘少奇把理学式的知识和道德的关系颠倒过来，让它具有类似于宋明理学第三系的结构，这就是道德决定宇宙观和知识。"② 学习马列知识是建立中国无产阶级革命新道德的前提，是不是就是传统宋明理学世界观或者思维结构的体现？而毛泽东和刘少奇对这一理学式的知识和道德关系的颠倒，建立无产阶级的革命道德就在于呼应了宋明理学第三系中道德心的决定作用，对于此一观点我们可以进行商榷。但是，我们的确可以在毛泽东和刘少奇等革命家对学习方法的改造、本本主义、实践调查、思想意识修养等问题上，看出传统儒学的修身内省、经典学习方法对中国马克思主义的影响。刘少奇在《论共产党员的修养》中指出："共产党员是要担负历史上空前未有的改造世界的'大任'的，所以更必须注意在革命斗争中的锻炼和修养。我们共产党员的修养，是无产阶级革命家所必需有的修养。我们的修养不能脱离革命的实践，不能脱离广大劳动群众的、特别是无产阶级群众的实际革命运动。"③ 毛泽东在《讲话》中明确指出要确立无产阶级的立场、深入群众与群众打成一片，解决为什么人服务作为文艺的根本指导方针，这在背后有传统的文化因素在起作用，特别是这种革命文艺道德观有传统的伦理价值逻辑在起作用。

不过我们需要注意的是，不能过分夸大传统的道德伦理因素对中国马克思主义批评理论模式的影响。一个显见的例子就是，中国马克思主义文学批评如果一直遵循着传统的道德批评模式，特别是儒学的伦理批评观念，那么中国马克思主义文学批评作为一种现代文学批评的现代性又是从哪里来的？

---

① 金观涛、刘青峰：《中国现代思想的起源》（第一卷），法律出版社 2011 年版，第 12 页。
② 同上书，第 268—269 页。
③ 刘少奇：《论共产党员的修养》，人民出版社 1962 年版，第 6 页。

对现代文学稍有认知的人都知晓，中国现代白话文学与传统的文言作品有着质的不同，这种质的不同决不仅是文体、语体形式的不同，也不仅是传统文言文学的"价值逆反"，这种本质上的不同是严复等人一再说明的中国两千年未有之变局的一种现代历史现实。这种现代历史与古典世界的巨大差异，严复认为："观今日之世变，盖自秦以来未有若斯之亟也。夫世之变也，莫知其所由然，强而名之曰运会。运会既成，虽圣人无所为力，盖圣人亦运会中之一物。既为其中之一物，谓能取运会而转移之，无是理也。"①　"不能与外国争一旦之命""灭四千年之文物"的民族文化的生存危机状况，表明现代中国人所面对的现实是前所未有的严峻。这种不以圣人、个人意志为转移的现代中国社会现实，即是中国马克思主义文学批评所要回应的文学及历史问题，这显然与中国古典文学及批评所针对的传统世界有着质的不同。传统诗词曲话所追求的言志、写意与意境营构的价值目标，已经远远满足不了民族救亡所需要的开民智、鼓民力效果的现代中国文学及理论批评活动。因此，我们需要理性辩证地看待传统的道德伦理因素在中国马克思主义文学批评模式中的作用。中国传统的伦理道德观念有和马克思主义批评相通的东西，但那只是形似，而不是神似。至少从人的觉醒、启蒙的语境来看，传统的儒家文化支配模式总体上对促发现代个体意识的觉醒都不具有必然性，中国现代思想的起源某种意义上可以说是历史现实、民族危机这个外力发动的，进而激活了传统中国人的文化世界观、中国人的文化道德世界的现代转变。正是在与西方文化的剧烈碰撞中，近现代中国社会才重新开始审视自身的文化转型问题，即是严复在《原强》中所指出的："今之扼腕奋舌而讲西学、谈洋务者，亦知五十年以来，西人所孜孜勤求，近之可以保身治生，远之可以利民经国之一大事乎？"②　可以说近现代社会的救亡语境及"优胜劣败，适者生存"的社会进化论氛围，反映到现代文学及批评活动方面就是在整体上比较重视文学的政治功利性和社会的干预性作用。从中国现代文学中启蒙主义文学思潮、白话文学思潮、浪漫主义文学思潮、左翼文学思潮、民族化与大众化的文学思潮等几大文学思潮，可以看出中国现代文学对文学的社会使命、文化使命的关注，特别是对建构具有独立意识和个体价值的人的关注。正如有的学者所言："1918 年，周作人的《人的文学》一文的发表，已将这一问题点明了，

① 严复：《论世变之亟》，选自黄克武编《中国近代思想家文库·严复卷》，中国人民大学出版社2014 年版，第 3 页。
② 严复：《原强》，选自黄克武编《中国近代思想家文库·严复卷》，中国人民大学出版社 2014 年版，第 7 页。

那就是人。以人为中心展开新文学的追求，以人为起点，让新文学走向新世界。正是从人的发现开始，新文学和文学思潮找到了自己发展的方向：唱出人的赞歌、人的欢歌、人的悲歌、人的哀歌、人的壮歌。"①

综合来看，中国现代文学的现代性体验和传统伦理批评经验为我们分析中国马克思主义批评的政治伦理尺度提供了多方面的理论参照。

首先，中国马克思主义批评是在现代中国寻求建立现代民族国家的政治实践语境中引入和生成的，它不是传统批评的当代延续，而是现代的政治伦理追求的产物。在中国的语境中文学的现代性要求基本上是政治的现代性要求，就是实现具有独立人格的公民、富强的现代民族国家。中国现代化实践的伦理价值核心是现代人的历史解放需要，具体地说是中国现代人民对国家富强的需要，只有在这个基本问题框架中才能揭示出中国马克思主义批评的价值和意义。进行社会革命的改造逻辑支配现代中国人的整体文化思想和政治行动，所以陈独秀说："我现在所谈的政治，不是普通政治问题，更不是行政问题，乃是关系国家民族根本存亡的政治根本问题。此种根本问题，国人倘无彻底的觉悟，急谋改革，则其他政治问题，必至永远纷扰，国亡种灭而后已！"② 可以说20世纪初年以来的废科举、废读经、废祭孔运动，事实上已经将原来是一个有机整体的孔教与国家，分成文化与政治两个不同的领域，这种对传统家国同构的政治伦理秩序的冲击在20世纪初的共和政体格局中形成了尖锐的社会结构性矛盾："当提倡孔教的是清一色的军阀时，儒家不可避免地被政治标签化，更增一般人的恶劣印象。'孔教'与'共和政体'这两个矛盾太大却又相邻太近的领域，催发出一种思维，这种思维认为社会文化是一个整体，不可能以旧心理去运用新制度，所以要求全人格的觉悟。"③ 这种对改造中国的全体文化觉悟就是彻底推倒旧的制度、政治道德秩序，建立一套新的政治制度、道德秩序，应该看到一种政治伦理秩序代替旧的秩序，但政治伦理这个价值支撑点并没有变。因此，毛泽东在《讲话》中提出政治标准第一、艺术标准第二的批评标准，这是因为在这个社会的基本问题框架和历史语境没有改变的情况下，政治标准背后它有一个很大的古典批评背景推动这个标准的出现。

有学者认为从梁启超、陈独秀、胡适所进行的诗界革命、文界革命、小说界革命、文学革命到革命文艺（包括革命文学论争）绝不是传统载道文学

① 刘中树、许祖华主编：《中国现代文学思潮史》，华中师范大学出版社2009年版，第3页。
② 陈独秀：《今日中国之政治问题》，选自《独秀文存》，安徽人民出版社1987年版，第150页。
③ 王汎森：《中国近代思想与学术的系谱》，吉林出版集团有限责任公司2011年版，第251页。

论的翻版，而是受到政治现代性追求的牵引对儒家政治伦理理论批评观的现代性改造，"由于梁氏的'三界革命'强调文学的群治工具性，它不同于个体自然主义的异端诗文论；由于它强调文学为现代政治革命服务，并要求以欧西之道取代孔孟之道以更新文学的内容，以通俗之文取代精雅之文以更新文学的形式，从而彻底更替'文以载道'的具体内涵，它又不同于原教旨主义的儒家诗文论。正是这一差异使梁氏的'三界'革命区别于晚清诗文革新运动，成为 20 世纪文学革命的先声"①。也就是说，从梁启超开始中国的文学及批评界已经基本上确立一条政治化的文学革命之路，这种思路的主要特征就是："立足于政治现代性的追求而论证现代政治革命的优先性，从而确立为政治革命而文学革命的工具性思路。"② 尽管具体到五四新文化运动时期陈独秀、胡适、鲁迅、周作人与梁氏等偏重国家主义现代化路线的欧陆思想不同，他们更看重个体自由、独立现代的人格价值，但是在建立富强的现代民族国家需要文学这个思想启蒙的工具要求并没有多大改变，因此经过五四时期在文学自主性与政治的现实关怀之间的短暂摇摆之后，救亡自强的民族主义、对帝国主义批判的马克思列宁主义最终成为中国人的革命武器。

其次，传统伦理批评与中国马克思主义批评的政治伦理维度构成了理论上的相互观照，这有助于我们检讨中国马克思主义批评在其现实发展中所遭遇到的困境与危机。中国马克思主义批评在其历史发展中出现泛政治化和功利化的问题，最终使文学沦为政治的工具，一些学者认为："如果政治道德被定位于整个社会生活领域，那么，就必定会出现如中国古代社会的政治道德化与道德政治化的现象，就势必造成整个社会生活的泛政治化。"③ 政治的根本价值是维护个体的价值和公共利益，政治的伦理尺度的遗忘，就是人的本质价值的遗忘。因此追问政治的本质是什么，应该是中国马克思主义文学批评的首要问题。要建立当代形态的马克思主义批评就要打破文学作为政治附属物的观点，用马克思主义政治伦理思想审视文学的价值判断尺度，做到马克思所说的美学的观点和史学观点的统一。马克思主义的政治本质是为人民服务，人的尊严和价值的维护是文学话语所蕴含的根本价值理想。传统的反映论文学观，把文学看作帮助人们认识生活的知识性活动。这种知识性活动没有从深层上回应文学是人学的价值命题，也违背了马克思所说的艺术是人

---

① 余虹：《20 世纪中国文学革命的现代性冲突与阶段性特征》，选自杨春时、俞兆平主编《现代性与 20 世纪中国文学思潮》，广西师范大学出版社 2005 年版，第 254 页。

② 同上。

③ 彭定光：《政治伦理的现代建构》，山东人民出版社 2007 年版，第 22 页。

掌握世界的一种方式的价值命题。

二 思想改造与革命伦理

实现大众的文化解放实际上是一个政治的目的，马克思主义批评就要在理论和实践上拆解传统的文学自律观念，将文学与社会的经济、政治问题关联起来，具体地说就是要以马克思主义的分析模式和框架来阐明文学的政治问题，以唤醒大众的阶级身份意识，这种阶级意识的政治启蒙是马克思主义批评实现对社会进行干预的重要方法和策略。这种批评的政治在某种程度上构成马克思主义批评本身的本质特征。伊格尔顿在《沃尔特·本雅明或走向革命批评》中指出："'马克思主义批评家'的首要任务，是积极投身并帮助指导大众的文化解放。"① 如果将这一观点放到中国的历史语境来考量，由于批评的政治内涵与批评的问题框架有着显著的不同，那么我们在分析中国马克思主义批评的阶级意识、政治伦理内涵时显然有着相当不同的意义。

革命的历史文化语境构成了中国马克思主义批评长时段的基本问题框架，正是由于"谁是我们的敌人？谁是我们的朋友？这个问题是革命的首要问题"，决定了中国马克思主义批评的阶级问题成为文学批评的基本伦理、政治公义问题，所以毛泽东说："中国无产阶级有哪些特出的优点呢？第一，中国无产阶级身受三种压迫（帝国主义的压迫、资产阶级的压迫、封建势力的压迫），而这些压迫的严重性和残酷性，是世界各民族中少见的；因此，他们在革命斗争中，比任何别的阶级来得坚决和彻底。"② 阶级分析揭示了文本中的社会关系、政治关系，促使广大的民众认清自身的历史现实处境、历史地位，唤起主体的政治行动的阶级意识。阶级意识是实践的阶级意识，这种实践的阶级意识直接引起全体无产阶级阶级主体的革命实践，按照卢卡奇的看法："革命的命运（以及与此相关联的是人类的命运）要取决于无产阶级在意识形态上的成熟程度，即取决于它的阶级意识。③" 阶级分析的方法如此重要，我们从大众化、民族形式的讨论中都可以看到，这些运动和讨论可以说都是为了解决阶级意识如何调动起来，以配合中国革命的实践需要问题，周扬说："'五四'以来，进步的革命的文艺工作者不止一次地提出过与讨论过'大众化'、'民族形式'等等的问题，但始终没有得到实际的彻底的解决。直到文

① ［英］伊格尔顿：《沃尔特·本雅明或走向革命批评》，郭国良等译，译林出版社2005年版，第128页。
② 毛泽东：《毛泽东选集》（第二卷），人民出版社1991年版，第644页。
③ ［匈］卢卡奇：《历史与阶级意识》，杜章智等译，商务印书馆1999年版，第134页。

艺座谈会以后，由于文艺工作者努力与工农群众相结合，努力学习工农群众的语言，学习他们萌芽状态的文艺，'大众化'、'民族形式'的问题就自然而然地得到了解决，至少找到了解决的正确途径。"① 在周扬看来赵树理的《李有才板话》《小二黑结婚》等作品之所以在解放区影响这么大，原因在于赵树理的文学语言是人民大众日常生活中的语言，其平易质朴、毫无矫揉造作的痕迹充满着无产阶级的阶级意识和道德立场。可以说赵树理方向的确立有力地配合了中国革命的实践，具有重要的现实价值和理论意义。

毛泽东认为中国无产阶级的压迫的严重性在世界上也是少有的，因此革命性很强，中国的无产阶级革命的正义性也建立在这个价值根基上。胡风从文学批评的角度提出了"精神奴役的创伤"理论，认为几千年的压迫和精神奴役也使中国人民身上留下了落后的观念，问题是胡风的这种看法很明显带有浓厚的五四时代的启蒙大众的精英意识。而第一次大革命的失败，国共合作的破裂，以及随之而来的反革命清洗，已经证明了五四精英式的启蒙是一套失败的文化革命的实践逻辑。当理论上的知识启蒙不足实现救亡的目的时，实践上就会提出革命的理论和革命的行动，个体价值就要向集体价值认同和靠拢，周扬在《〈马克思主义与文艺〉序言》中指出了这一批评观念逻辑的变化："'大众化'。我们过去是怎样认识的呢？我们把'大众化'简单地看做就是创造大众能懂的作品，以为只是一个语言文字的形式问题，而不知道同时甚至更重要、更根本地是思想情绪的内容的问题。初期的革命文学者是自以已经'获得无产阶级的意识'。那时所理解的'大众化'就是将这'无产阶级意识'用大众容易接受的形式灌输给大众，为的是去改造大众的意识。……却没有或至少很少提过改造自己的意识。"② 周扬在这里阐释了毛泽东在《讲话》的知识分子应该向大众看齐，向劳动人民学习，要摆脱五四时期的启蒙大众的教化意识，这种知识价值观和道德价值观的变化，就是一种新的革命道德观的建立，这种革命的道德观不是知识分子而是大众的阶级身份，被置于正义的优先性地位。中国现代社会所确立的革命的正义性价值，是集体的价值认同秩序，这种革命的道德观必然决定了文学主体的革命道德、政治伦理观念。

革命的道德立场在中国马克思主义文学批评当中具有重要的作用，按照李泽厚的看法："无论是下层或上层，在中国小生产传统社会里，道德主义或

---

① 周扬：《新的人民的文艺》，选自《周扬文集》，人民文学出版社 1984 年版，第 518 页。
② 周扬：《〈马克思主义与文艺〉序言》，选自《周扬文集》，人民文学出版社 1984 年版，第 460—461 页。

伦理主义在意识上、理论上、哲学上是有其强固的力量和影响的。"① 这种道德立场决定了作家的道德修养、精神改造具有内在的相通性。从理论上看，胡风和毛泽东都有一个共识就是革命的队伍并不全是纯粹的无产阶级阶级意识，对于来自不同阶级的革命者需要进行思想改造以不断地淬炼无产阶级的革命道德与思想的纯洁性，这也是贯穿中国马克思主义批评的重要特征。作为担负革命文艺创作的作家、批评家不仅是革命的一分子，而且还是担负着对广大人民进行革命教育的政治动员力量，这种对文学及批评的重视，特别是对批评家的重视从革命文学运动时期就得到贯彻，黄药眠在 1928 年《文艺家应该为谁而战》中指出文学及批评应该同"工人农人的利害结在一起！站在无产阶级的地位上来表现出无产者的疾苦，提醒他们阶级的意识，站在无产阶级的观点来批评的人生，来促进社会的变革更要真的参加实际行动来"②。

强调思想改造、个人修养和写作的无产阶级立场，是延安时期党的建设的突出特点，这种思想改造运动转化和提升为自觉的革命实践意识，极大地推动了革命的实践活动。林伯修在《1929 年急待解决的几个关于文艺的问题》中认为："普罗文艺运动是普罗斗争中的一种方式，它和政治运动一样地是阶级解放所必要的东西。"③ 在对无产阶级的政治运动统一旗帜下，政治斗争与无产阶级文艺斗争并没有实质上的区别，只是"工作上分配的问题"，这表明无产阶级文艺工作有特定的工作对象、工作方法和一套特殊的工作程序，署名干釜的作者在《关于普罗文学之形式的话》中指出革命文艺实际上是让情感实现无产阶级的阶级伦理意识、道德化："艺术是用作'情感社会化的方法'的，这便是唯物史观者的主张。在这句话里包含两种意义：一是作者组织自己应于日常生活而起的喜怒哀乐种种不同的情感而使之社会化，再用特殊技巧形态而作客观地的表现。其他，是读者在读作者作品时，在心中能再现起作者底社会化的情感。使作者读者联合在同一的'社会'下。那么所谓'情感社会化的方法'这句话的目的就达到了。"④ 把情感意识阶级化、政治伦理化构成整个中国革命年代的革命文艺生产的典型结构特征，可以说革命文学、文艺大众化、延安文艺界整风运动和民族形式问题的讨论，都表现出这方面的特征，所以说："20 世纪三四十年代中国革命文学强烈的政治伦理

---

① 李泽厚：《中国现代思想史论》，安徽文艺出版社 1999 年版，第 1003 页。
② 药眠：《文艺家应该为谁而战》，《流沙》半月刊 1928 年 5 月 15 日第 5 期。
③ 林伯修：《1929 年急待解决的几个关于文艺的问题》，《海风周报》1929 年 3 月 23 日第 12 期。
④ 干釜：《关于普罗文学之形式的话》，《白露》月刊 1929 年 5 月第 1 卷第 5 期。

性，不仅展现了审美政治化的文学参与历史变革的盛大场面，也深刻影响了后来人们的思维方式和情感世界。"① 历史的形势推动了中国文学由五四时期的启蒙社会伦理向文学政治化、审美大众化的政治革命伦理突变。

革命文学的这种政治美学精神通过改变人们的情感结构、审美意识，最终在个体意识的内部实现了由文学革命到革命文学的根本转轨，所以有学者说："革命文学话语在如此之短的时间内便取得这样强大的支配地位，这在世界文学发展史上都是罕见的，也许，我们还很少看到这种基于审美政治化的倾向将文学作为一种参与历史变革重要手段的盛大场面，它把审美意识之于实践的意义张扬到前所未有的高度，因而不仅影响了人们的思想方式，而且渗入到人的情感世界中。"② 这种具有高度实践意识的情感形态是一种群体化的阶级伦理情感意识，是审美化的政治，反映到文学的风格类型上就是革命的浪漫主义精神，因此可以说革命的浪漫主义文学是马克思主义文学批评观念本土化的重要表现，这一观念标志着苏俄的社会主义现实主义类型在中国的创造性发展，所以说："中国先锋派的理论家们在 20 年代末期依据革命的背景，确实为我们创造出了一种全新的审美意识，这就是人们通常所说的'革命浪漫主义精神'，它构成了浪漫主义本土化的一个重要标志。"③ 这种实践的浪漫美学精神可以解释人们对中国革命浪漫主义的疑惑，那就是在一个整体上处于高度弱化的国内革命形势下人们为什么狂热地走向革命，一个重要原因在于革命文学通过生产出政治审美激情强化了人们的阶级情感伦理结构，进而形成一种政治实践的参与能力，这使革命文学完成了在当时许多人看来都不可能实现的对革命的创制，所以李初梨说："无产阶级文学是：为完成他主体阶级的历史的使命，不是以观照的——表现的态度，而以无产阶级的阶级意识，产生出来的一种斗争的文学。"④ 革命文学是无产阶级阶级情感意识的生产和实践，这种审美效果的政治生产表明中国马克思主义批评作为政治诗学、实践诗学是历史的必然要求，所以毛泽东在《讲话》中认为："文艺作品中反映出来的生活却可以而且应该比普通的实际生活更高，更强烈，更有集中性，更典型，更理想，因此就更带普遍性。革命的文艺，应当根据实际生活创造出各种各样的人物来，帮助群众推动历史的前进。"⑤ 革命文艺

---

① 陈永明：《启蒙与革命：中国文学的政治伦理维度》，《黑河学刊》2013 年第 2 期，第 16 页。
② 冯奇：《革命文学话语权的建立和发展》，《中国现代文学研究丛刊》2003 年第 1 期，第 52 页。
③ 同上。
④ 李初梨：《怎样地建设文学》，《文化批判》1928 年 2 月 15 日第 2 号。
⑤ 毛泽东：《毛泽东选集》（第三卷），人民出版社 1991 年版，第 861 页。

的创造不仅是美学上的要求，而且是政治实践的必然推动，革命文艺通过集中典型的审美形象，生产出符合革命需要的对于社会的重新接合、叙述和理解，所以威廉斯说："从某种意义上讲，写作始终是自我编撰和社会编撰，但它不能总被化约为个性的或意识形态的结果；即使在被化约为这种结果的情况下，也必须看到写作仍是能动的。"①

第三节 中国马克思主义文学批评的政治伦理价值尺度反思

马克思认为人是一切历史活动的出发点，我们不能抽象地去谈论人，而应当在现实的人及其历史发展中去理解人。一方面人是自由的能动的存在物，另一方面又是受动的社会历史中的存在物。历史既是对人的存在的限定，也是人得以实现无限自由的前提条件。马克思关于个人与社会关系的论述以及未来社会达到"自由人的联合体"的人类解放价值理想，为我们认识和反思中国马克思主义文学批评的政治伦理问题，提供了根本的理论判断尺度。

一 个体责任与人民性价值尺度的建立

尊重个体自由是当代文化的价值共识，包括马克思主义在内，问题是如何谈论和实现个体的权利价值，马克思认为这不仅是一个理论问题，更是一个现实问题、实践命题，他认为："只有当现实的个人抽象的公民复归于自身，并且作为个人，在自己的经验生活、自己的个体劳动、自己的个体关系中间，成为类存在物的时候，只有当人认识到自身'固有的力量'是社会力量，并把这种力量组织起来因而不再把社会力量以政治力量的形式同自身分离的时候，只有到了那个时候，人的解放才能完成。"② 马克思关于人的解放思想与他的实践哲学观是根本统一的。马克思并不是孤立地看待人的权利、人的解放问题，而是把人的解放与人的社会政治实践活动联系在一起考虑的。从笛卡尔到康德我们一直是从理性人的角度去分析人，这种分析剥离了人与社会的现实血肉联系，忘记了人的异化的历史现实语境，也忘记了如何去实现人的解放这个根本的目的，最终是抽象、空想地去谈论人、个体的价值。

---

① ［英］雷蒙德·威廉斯：《马克思主义与文学》，王尔勃等译，河南大学出版社 2008 年版，第 224 页。

② ［德］马克思、恩格斯：《马克思恩格斯文集》（第一卷），人民出版社 2009 年版，第 46 页。

马克思吸取了黑格尔的历史维度，从辩证唯物论角度去重新分析人。在他看来人是社会的人，个人离不开社会，个人与社会之间是相互规定的，谈论个体与社会的矛盾也只有在特定的历史条件下才具有意义。马克思认为关键不是去抽象地谈论个体与社会的矛盾、个人利益与普遍利益的矛盾，而是要追问这种对立矛盾的现实根源，所以他批判施蒂纳、桑乔等人的利己主义观点时指出："共产主义者既不拿利己主义来反对自我牺牲，也不拿自我牺牲来反对利己主义，理论上既不是从那情感的形式，也不是从那夸张的思想形式去领会这个对立，而是在于揭示这个对立的物质根源，随着物质根源的消失，这种对立自然而然也就消灭。"[1] 正确理解马克思的关于个人与社会关系的论述，是理解马克思政治伦理思想的根本基础。马克思是以辩证唯物主义的统一性思想来看待个人权利与集体权利、个人与社会的关系的，在他看来，个人是集体属性的个人，集体是个体存在的集合体，个人与集体是互相规定，所以有学者认为："马克思的人类解放具有个人解放与社会解放的双重意蕴向度，而这本身又是同一过程的两个方面，这正是马克思关于个体与群体、个人与社会的辩证法，也是事物的本真。"[2]

中国的马克思主义在宏观的理论演进上基本注意到个人与社会关系的统一性，但在实践上中国马克思主义及其文学理论批评也都存在忽视个体价值的问题，这直接导致了当代中国马克思主义文学批评的危机。需要说明的是，中国马克思主义文学批评在革命历史进程上并没有出现我们在西方马克思主义身上看到的自身的合法性危机，其中一个重要的理论原因就是中国马克思主义文学批评一直非常注重问题意识，善于将马克思主义的理论观点与中国具体发生的现实问题紧密结合起来，提出解决问题的对策。这方面最突出的表现就是提出了人民性、文艺大众化、普及与提高、利用民族形式、生活源泉论、双百方针等原创性的命题，解决了从五四时期开始一直存在的个体与社会的矛盾关系。从五四启蒙运动开始强调个体自由权利的启蒙政治伦理道德秩序，就与传统社会注重集体价值的道德秩序存在矛盾关系。鲁迅曾经形象地描述过这种个体面对社会的精神困境，就是觉醒的青年走进无物之阵，承受社会黑暗的重压却找不到反对的对象。传统儒家思想通过"修身、齐家、治国、平天下"的一套政治伦理规范构成了一个完整严密的家国同构的道德秩序，作为对这样一种思想的反叛，五四提出了"人的文学""平民的文

---

① ［德］马克思、恩格斯：《马克思恩格斯全集》（第三卷），人民出版社 1960 年版，第 275 页。
② 陶艳华：《马克思政治伦理思想研究》，人民出版社 2009 年版，第 121 页。

学"、妇女解放、无政府主义、人道主义等现代命题，的确对传统道德造成了很大冲击，但五四的启蒙思想因为缺乏传统文化道德秩序的支撑，也没有一整套严密地推翻这个社会文化系统的现代革命理论和实践策略，所以在实践中必然无法落到实处，最终走向低潮。马克思主义及其文学批评找到了人民这个德行化的伦理主体，很好地处理了个体与社会的关系。

人民是由个体所组成的，人民是客观的社会历史力量，同时又是创造历史的主体，人民如同卢卡奇所谈到的无产阶级一样，是历史主客体的统一。毛泽东在《讲话》中指出"文艺为工农兵服务，为人民服务"可以说是他的政治伦理思想特别是人民性伦理思想在革命文学实践活动当中的体现。在《论联合政府》中，毛泽东鲜明提出"人民，只有人民，才是创造世界历史的动力"。① 人民构成了中国马克思主义文学批评政治伦理的价值核心。人民的尺度规定了文艺的结构、语言、题材、人物形象塑造、典型塑造等问题。人民在中国马克思主义批评当中是一个政治伦理主题，也是中国无产阶级群体充满革命道德情感的话语，所以有学者认为："人民性标准的提出应该是十分具有现实意义的。这种批评标准也是毛泽东文艺思想的一大发明和贡献，在一个半殖民地半封建社会的中国进行新民主主义革命和社会主义革命的进程中具有重大的现实价值和理论意义。"② 人民性伦理批评标准的提出，很好地解决了长久存在的个体与社会的矛盾冲突，促进了作家创作与社会需要的深层统一。正如有国内学者所指出的："中国传统美学的伦理意识形态性在与马克思主义实践美学相互作用的过程中，使得中国化马克思主义文学批评具有了美善相乐伦理性，也就使得中国化马克思主义文学批评成为了天人合一的文学批评，建构起人与自然、人与社会、人与自身对立统一的价值体系。"③ 但是在革命实践过程中，不可回避是为了达到革命胜利，中国马克思主义文学批评一段时期过于重视集体价值意识，忽视个体情怀，我们倡导回到马克思，就是要回到马克思的分析框架来处理个体与社会关系的二元对立问题。我们应当认识到，提出人民这个包容实践性、主体性和客体性内涵的范畴在马克思主义文学批评发展史当中具有重要的意义，也是当代中国马克思主义文学批评需要重新认真反思的崭新课题。

---

① 毛泽东：《毛泽东选集》（第三卷），人民出版社 1991 年版，第 1031 页。

② 张玉能：《中国化马克思主义文学批评的美学特征》，《青岛科技大学学报》2010 年第 4 期，第 46 页。

③ 张玉能：《中国化马克思主义文学批评的美学之维》，《江海学刊》2013 年第 5 期，第 191 页。

二 从文学的人性到文学的人民性

人性论是中国马克思主义文学批评发展史上一个重要课题，周扬曾经指出："对文艺的看法，大概可以分为两种：一种认为文艺是反映阶级斗争的（在阶级社会中），另一种认为文艺是表现一般的人性，这就是文艺与文艺批评上马克思主义方法与非马克思主义方法的分水岭。"① 中国现代思想史上真正对这个问题进行科学性的探讨是从五四时期开始的。五四时期提出的国民性批判、人道主义、打倒吃人的礼教以及反对旧道德提倡新道德等问题，其论题的核心都是探讨人性问题，追问现代中国人人性文化的缺失，以构建现代的人性文化和价值。马克思主义对人性问题探讨的一个重要特征就是从阶级的视角看人性，反对超阶级的人性论和存在普遍永恒的人性之爱。从五四时期到延安文艺讲话时期，梁实秋等人认为存在普遍的人性，这个普遍的人性是超越阶级、阶层差异的永恒价值，这包括人类普遍存在的爱、怜悯和追求人的生活的幸福，这也是文学人性论的立论基础。鲁迅等人提出了批评，认为根本不存在超阶级的人性，只存在阶级性的人性，人性必然存在着阶级的烙印和阶级立场。这个问题同样存在于延安解放区文学当中，毛泽东在《讲话》中进行了批判，他认为："有没有人性这种东西？当然有的。但是只有具体的人性，没有抽象的人性。在阶级社会里就是只有带着阶级性的人性，而没有什么超阶级的人性。"② 毛泽东认为人性不是抽象的理论概念，而是在具体的社会实践中活动着的人本质特性，人的社会现实性决定着人性的阶级性。在毛泽东看来，关于人性论的美化不过是阶级意识形态的政治意图。这与马克思所论述的资产阶级在革命时期，把本阶级的利益普遍化为全人类的永恒利益同属一个逻辑，毛泽东认为抽象论的人性论，不过是资产阶级的个人主义的伦理意识形态。小资产阶级个人主义的人性伦理观，是毛泽东对持文学普遍人性论观念的作家的阶级实质概括。对于有作家认为无产阶级的人性不合于人性，毛泽东认为是阶级立场的偏见使然。革命的实践逻辑必然使毛泽东提出阶级道德立场的改造问题，这种道德立场的改造就是要树立无产阶级的人性、人民性的伦理标准："我们主张无产阶级的人性，人民大众的人性。"③

---

① 周扬：《王实味的文艺观与我们的文艺观》，北京大学等中文系编《文学运动史料选》（第四册），上海教育出版社 1979 年版，第 633 页。

② 毛泽东：《毛泽东选集》（第三卷），人民出版社 1991 年版，第 870 页。

③ 同上。

从中国马克思主义批评的视野来看，人性论主要经过封建阶级人性、资产阶级人性、小资产阶级人性再到无产阶级人性、人民大众的人性这几个阶段。这样无产阶级的人性观、人民大众的人性观就是和新民主主义革命事业、社会主义共产主义事业统一联系在一起的政治伦理问题。毛泽东的文学伦理观、人民大众的文学人性观是马克思主义伦理观的具体化、中国化，目的就是要建立起具有中国作风和中国气派的革命文学、人民文学。在中国马克思主义批评看来，人民性的文学伦理标准是判断文学好坏的重要道德原则，为了人民的利益应当成为包括作家在内的共产党人和一切革命战士的行为准则和人生担当。作家只有和人民血肉相连，扎根人民的现实大地当中才能获得丰饶的创作源泉，作家的创造才能具有普遍的人生价值意义。五四新文化运动期间的文艺大众化运动没有取得成功，一个重要原因就是没有将文艺大众化服务的对象——工农大众、人民——真正道德实践化，化为主体行动的道德力量。正是人民转化为一个具有正义德性化的历史主体，提出"历史是人民创造的""一切从人民的利益出发""从群众中来到群众中去"等观点，后来的民族文学形式问题、解放区文艺大众化实践的开展才具有了实践的和客观伦理基础。

从文学的人性到文学的人民性，标志着中国现代文学批评伦理核心价值取向的转变，这个转变导致文学主体从抽象的道德认知主体到具体的历史道德实践主体转向，而文学人民性的价值确立则是标志着这个转变的完成。周扬说："爱与憎这二个概念的名称可以永远不变，但其内容是各个历史阶段不相同，各个阶级不相同的。它们是意识形态，但是具体历史条件规定的意识形态。"[1] 人性的启蒙道德实践结构转化为阶级化、革命化的政治道德实践结构，真正使文学成为一种既具有内在道德支撑又具有外推到社会世界的伦理实践力量。可以说人民性对人性论的诠释，解决了中国马克思主义文学批评当中一直存在的，文学与政治、文学与革命、阶级性与审美性的问题，具有重要意义。但是新中国成立后也出现了种种问题。问题的关键是无论是阶级性、政治性、伦理性，都是一个历史阶段性概念，从本质上讲它们都是对人性这个根本命题的历史阶段性阐释，阶级性和政治性的阶段性内涵决定了这种以人斗人为特征的极"左"革命批评哲学形态，会随着这些历史条件的消失而要做出相应改变，不幸的是新中国成立后的中国政治环境、批评氛围和

---

① 周扬：《王实味的文艺观与我们的文艺观》，北京大学中文系编《文学运动史料选》（第四册），上海教育出版社1979年版，第637页。

文化惯性，都没有为这种历史语境的转型做出理论转换的准备。

三　实践与中国马克思主义批评的政治伦理尺度

马克思主义文学批评的基本价值深植于马克思实践哲学所确立的基本价值观当中，马克思实践哲学的基本价值观，就是以人的自由全面发展作为变革世界的唯一目的和终极归宿。马克思实践哲学所确立的，以人作为根本目的的基本价值观并不是空想的哲学理论，而是以科学为前提的历史哲学、实践科学："历史哲学现在要做的只是盯住历史的构成因素——实践行为，从实践的角度来阐明历史本身。这样，历史哲学就把握住了真正的历史，而不是它通过反思构成的历史。"① 实际上随着现代历史哲学的发展和以海德格尔、伽达默尔为代表的现代生存解释学哲学的推动，使我们重新发现了马克思实践哲学中所蕴含的实践生存解释学的革命性价值。马克思生存论实践解释学的革命性价值就在于指出了人的生存的历史性构成了人类存在的基本事实，人类的实践生活就内在地深嵌于这种历史性当中，因此要理解人类的历史活动，首先就要说明和把握人的生存实践的活动本质。历史的存在并不是为了印证和显现通过理性反思所构造出来的精神运动历史的正确性，而是历史的存在就是人的生命存在活动本身的实践史，理解历史源于人的生命本质、人生实践的需要。人对历史发展、生命发展、人生发展的善的需要，决定了人的历史实践活动本质上是人如何实现自由发展、全面解放的政治伦理问题。就这一点上，马克思实践哲学与亚里士多德的实践哲学在根本价值取向上是统一的。同样，马克思生产行为的政治伦理维度也是通过对资本的生产、支配和交换行为的批判和分析，揭示了资本主义社会的价值剥削和人性异化现象，从而将政治经济学的伦理批判，上升为实现人的自由全面发展的政治伦理实践。现代哲学的实践生存视域与马克思实践哲学的政治伦理价值精神的对接，为中国马克思主义批评的当代发展打开了广阔的理论实践空间、历史境遇和现实可能性。

英国马克思主义学者伊格尔顿认为："'马克思主义美学'问题归根结底是马克思主义政治问题。"② 伊格尔顿对马克思主义美学及理论批评特征的这一概括已经成为马克思主义批评界的重要共识，可以设想一旦马克思主义批评缺少了政治问题也就失去了作为一个流派存在的本质特征，但是我们仍然

---

① 张汝伦：《历史与实践》，上海人民出版社 1995 年版，第 83 页。

② ［英］特里·伊格尔顿：《沃尔特·本雅明或走向革命批评》，郭国良等译，译林出版社 2005 年版，第 123 页。

有必要对美学批评的政治问题的本质进一步追问，马克思主义批评的政治问题是什么？实际上正是在对政治是什么的追问和回答中，马克思主义批评形成了形态各异的批评变体。这些形态各异的马克思主义批评变体同样带来另外一些问题，面对马克思主义批评历史中的种种危机，人们开始找寻什么是真正的马克思主义批评？人们试图通过这种回答中来重构马克思主义批评在当代文化境遇中的活力。中国化的马克思主义批评实际上也是在回答政治是什么、政治之于文学究竟意味着什么的过程中不断彰显自身理论的形态特性。从中国革命时期开始，马克思主义批评所提出的文艺为普罗大众服务，到为工农兵服务，再到为人民服务，为社会主义服务，马克思主义批评的政治问题就是不断调整研究对象、目标和释放自身阶级主体历史内涵的过程。中国马克思主义批评政治问题的复杂性在于，普罗大众、工农兵或者人民都不仅是政治主体，而且也是历史客体，人民是历史的创造者，历史是由人民组成的，这说明在政治视野中人民既是一个历史的主体创制者，也是历史的客观力量，这种阶级身份的矛盾的主客体合一与中国革命的政治实践环境，形成一个复杂的纠结，最终的负面后果就是文学的个性与主体意识淹没于抽象的阶级意识、政治观念当中，文学成政治的附庸和工具化。英国学者伯尔基在《马克思主义的起源》中认为马克思思想作为现代思想的综合体，包含着三个人类解放的维度：一是革命共产主义里自由主义的政治观念；二是空想社会主义的社会观念；三是激进人本主义的哲学观念三个方面。在这三个人类解放的维度中，"'政治'观念突出的人类解放是从社会、群体、集体和人类视点出发的——首先在人与人关系上的解放"①，这表明马克思主义政治道德观当中似乎潜伏着一个危险的先天性原则，即社会、群体的价值大于个体的价值，为了实现整体的人类解放福祉必要时可以放弃个体的权利和价值，所以："在革命共产主义中，所应突出者是美德观念和平等主义的纯洁与热情，以及将个体到提升一个更高的道德水平并吸收他们进共产主义团体的决心和愿望。在传统中最接近这个超越性视角，是由其不妥协的战斗性，以及黑白分明地看待事物的倾向所带有的'冷酷'——更确切地说，冰一样的冷酷——来补充完成的。"② 伯尔基的这个观点放到中国马克思主义批评的政治问题当中，是有一定借鉴意义的。马克思主义文学批评的中国化，首先是马克思主义文学批评与中国革命实践相结合，它的目标是实现人民大众的彻底解放，这个

---

① ［英］伯尔基：《马克思主义的起源》，伍庆等译，华东师范大学出版社 2007 年版，第 102 页。
② 同上书，第 102—103 页。

政治的实践逻辑决定了中国马克思主义批评的政治正义性，必须要说明的是这个批评的政治正义性是由中国革命事业所追求的自由、平等、幸福、美德和福利的未来社会理想所决定了的。在这个前提下，政治的实践逻辑要求文学要在总体上为当时的革命事业服务。但同样也不可遗忘的是，马克思主义批评本质上应该是一个长时段的历史批评理论，这个文学实践活动的长远规划与中国革命的未来目标是一致的，因此决不能把革命文学的革命性看作中国马克思主义批评的常态语境，它更像是一个短时段的过渡时期的政治权宜之计。中国马克思主义批评的革命历史语境决定了它的实践功能就是为中国革命服务，但同样需要注意的是中国马克思主义文学批评作为马克思主义批评传统的一部分，它必然要体现出马克思主义理论和实践的政治伦理特征。马克思实践哲学的革命性在于立足于人的现实生活，将理论和实践、哲学和人、思维与存在统一起来，最终实现自由人联合体的社会解放构想，这一构想也决定了马克思主义批评在中国具体化的实践的终极目的是实现人的自由价值，因此中国马克思主义批评政治伦理的终极视域当是实践生存论的，而不仅仅是认识论上的。

结　　语

自马克思确立了"问题在于改变世界"的实践哲学以来,马克思主义整体上就是关于政治实践的革命理论。不过,实践的逻辑在马克思主义及其文学批评的理论结构中并不是直接以经济基础/上层建筑、科学/意识形态、唯物/唯心的形式中表现出来的,而是在马克思主义本土化的过程中结合各国国情具体复杂地呈现出来的。因此我们对中国马克思主义文学批评实践观的研究,既需要用马克思实践观的整体视野来观照中国马克思主义文学批评的实践范畴,又需要将实践及其问题结构融入中国马克思主义文学批评历史语境的内在机制。本论文主要从马克思的实践观这个理论参照去反思中国马克思主义文学批评的实践观,而过去我们确实就在于没有把实践作为总体的知识批判视野去检讨主体性问题、人民大众问题、反映论问题、政治意识形态问题等中国马克思主义文学批评的基本知识内容。

为了从学理层面深化对中国马克思主义文学批评实践观的研究,就不能仅仅围绕个别理论批评观点,那样会把作为整体的中国马克思主义文学批评的实践特征,当作孤立存在的事实呈现出来。我们需要在马克思实践观的总体视野下进行批判性的历史反思,通过深入中国马克思主义文学批评的实践思想及其问题结构当中,全面理解和把握中国马克思主义文学批评,在面对自身的历史问题语境中,建构出属于自身民族文化特色的马克思主义文学批评的中国形态的实践观。从这个角度出发,论文全面梳理了从亚里士多德到马克思实践观的历史发展脉络,阐释实践的基本内涵、研究对象和关注的问题,这也是反思中国马克思主义文学批评实践观的必要知识环节和理论参照。西方实践观的根本问题就在于主要是从理论哲学角度出发研究实践,扩张理论作用,忽略理论与实践、观念与现实的内在统一性,实质上是建立了理论优位的理论理性实践观。而马克思实践观的革命性在于:一是实现哲学形态的根本变革,使哲学由理论哲学到实践哲学的转变,在历史唯物主义基础上确立了实践的优位性;二是代表了哲学思维方式的根本转变,使哲学思考的根本进路由理论思维方式向实践思维方式的转变；三是将实践看作人的存在的根本方式，使实践哲学的问题框架由认识论、知识论的层面上升到生存论的层面。马克思实践观的革命性变化为我们理解实践提供了三个维度：一是实践由主客体的双向建构活动构成；二是在理论与实践的辩证关系中确立实践的优先性地位；三是在价值维度上强调实践是对个体的伦理关怀。可以说马克思的实践观具有实现人的自由全面发展的政治理想和高远的人文价值诉求。因此在马克思看来，实践就是感性的人的本质力量的对象化活动和历史性的价值创造活动，这种对象化的价值创造活动是主体与客体、理论与现实、感性与理性、能动性与受动性、限定性与超越性关系辩证统一的历史性活动，其根本目标就是不断推动社会向和谐良善的方向发展，最终实现人的全面自由发展。所以实践又是人的自由生存的根本存在方式。马克思之后，以列宁为代表的苏联马克思主义以及卢卡奇、葛兰西、阿尔都塞、哈贝马斯等人为代表的西方马克思主义都从不同角度丰富和拓展了马克思实践观的内涵。

马克思主义传入中国是作为解决中国现实问题的革命理论而被接受的，马克思主义中国化的过程就是马克思主义的普遍原理与中国问题、中国国情的结合过程，这个过程也是中国马克思主义文学批评实践观的形成与建构的过程。中国马克思主义文学批评实践观的形成过程，就是主客体的历史的双向建构过程，一方面是中华民族遭遇亡国灭种的危机，整个民族和时代都在呼唤和寻找一种能够解决实际问题、挽救整个中华民族命运的理论体系；另一方面是马克思主义文学批评强烈的实践意识，符合当时人们救亡现实、解决中国落后局面的要求，这是中国人根据自身国情主动、客观选择的结果。这样，在历史与现实、理论与实践的主客体双向建构中，经过五四启蒙运动、新民主主义革命，完成了中国马克思主义文学批评理论体系实践思想的建构与生成。在具体的理论演进中，中国马克思主义文学批评在批评观念上实现了从人的文学观到人民文学观、文艺大众化的主题推进，在文学的主体性问题上强调无产阶级历史主体的阶级实践意识，在创作观念上先后提出了社会主义现实主义、"两结合"创作，在理论话语逻辑上强化阶级感情话语、革命道德伦理话语，可以说中国马克思主义文学批评的理论演进表明实践构成了中国马克思主义文学批评的本质内涵。

从整体上看，中国马克思主义文学批评实践观或者实践思想特征，主要体现在三个方面：一是重视实践与认识论的关系；二是重视实践的主体问题；三是重视实践的政治伦理问题。从实践与认识论的关系角度，我们主要探讨了中国马克思主义文学批评的反映论批评模式。反映论批评模式为中国马克思主义文学批评实践观的形成和发展做出了重要贡献，但是在理论和实践中也存在一些弊端，最大的问题就是相对忽略文学反映社会生活的特殊性，将文学作为意识形态并直接是社会生活的反映。鉴于人们在理论和实践中对反映论文学观的理解存在一些偏颇，反映论批评模式有必要向辩证反映论、审美反映论、审美意识形态论文学观发展。从实践的主体方面来看，中国马克思主义文学批评实践主体论的核心内容就是为了求得革命的胜利确立了以无产阶级人民大众为主体的革命实践主体观，这个革命的实践主体观既继承了五四启蒙运动的个性主体观，又结合中国的革命现实发展了这一主体观，建立了以人民大众为主体的集体性主体观。从启蒙主体到无产阶级人民大众主体的构建，表明中国马克思主义文学批评的实践主体观，在中国的历史问题语境中具有自身独特的民族性的理论内涵。同时，当代中国马克思主义文学批评面对社会主义市场经济现实和多元化的理论存在格局，仍然在新实践美学、艺术生产主体、文艺的人民性等方面，努力地探索和拓展反映新时代内涵的中国马克思主义文学批评实践主体观。从实践的政治伦理方面来看，政治伦理价值是马克思主义文学批评本有的价值尺度，它的基本内涵和终极关怀就是通过人的政治实践趋向良善正义的社会生活和实现人的有德性的圆满生活。中国马克思主义文学批评在发展过程中淡化了这一理论价值维度的追求和构建，但是这一特征并没有消失，而是在中国马克思主义文学批评的历史实践过程中表现出来。从传统政治伦理型文化批评到革命的阶级伦理、思想改造、党性修养、思想道德立场来看，中国马克思主义文学批评仍然表现出重视政治伦理的特征，但是革命年代的战争文化又使政治伦理的正义关切和终极关怀偏重于直接的政治意识形态诉求。极"左"政治的泛滥酿成政治对文学的绑架与利用，损害了文学的独立性和本有的审美超越性价值。今天我们从马克思实践观角度重审文学的政治维度，反思我们既有的理论传统、历史经验，就是要回到马克思的实践生存视域重建中国马克思主义文学批评的政治伦理价值，伸张马克思主义文学批评价值的正义诉求和终极人文关怀。从这个意义上讲，中国马克思主义文学批评实践观的基本内涵，就是将文学看作人民大众主体在一定的历史条件下认识和改造社会的政治伦理活动。

纵观中国马克思主义文学批评的理论历史演进，从倡导无产阶级革命文学、文艺大众化，再到社会主义现实主义、"双百"方针、"两结合"创作方法、文学是人学以及人民大众主体文学观的确立，中国马克思主义文学批评在实践中不断地与中国现实问题展开互动，形成了多层次的开放型的理论体系。尽管中国马克思主义文学批评在其实践过程中产生了这样或那样的问题，但是冷静下来客观总结中国马克思主义文学批评的理论传统、知识经验，以实现当代马克思主义文学批评健康合理的发展，是中国马克思主义文学批评者的重要责任和历史任务。当代的中国马克思主义文学批评一度遭遇到理论发展的困境，对现实问题的阐释能力弱化。之所以出现这种局面，一个重要原因就是其面临着与以往非常不同的文艺状况、社会现实和文化格局，特别是大众文化的崛起、批评方法多元化带来的融通困难，以及文化研究对传统研究范式的冲击，这些新的情况和问题都迫切需要中国马克思主义文学批评转变批评观念和研究方式，以提高应对现实挑战的能力。

面对马克思主义文学批评的整体格局所发生的巨大变化和新的时代要求，中国马克思主义文学批评界适时提出建构马克思主义文学批评的中国形态问题，是在新的时代境遇当中重新让马克思主义文学批评焕发现实活力的重要理论尝试。可以说建构中国形态的马克思主义文学批评，既是中国马克思主义文学批评自身历史发展的合理结果和现实要求，也是中国马克思主义文学批评理论逻辑演进的内在表现。中国马克思主义文学批评经历百年的发展历程，既是马克思主义文学批评中国化的百年理论历程，也是马克思主义文学批评植根中国民族现实土壤，形成和建构有中国民族特色的马克思主义文学批评的文化实践过程。正是从这个意义上讲，"作为一种建设性的马克思主义文学批评'中国形态'，它将不满足将马克思主义文学批评研究局限在历史描述和一般规律总结上，而是将研究指向未来，这是马克思主义文学批评'中国形态'与中国化的又一区别"①。可以说马克思主义文学批评中国形态的提出和建构，是中国马克思主义文学批评立足自身现实问题，强化理论主体自觉意识的表现，也是一种前瞻性的理论视野，极大地拓展了我们研究中国马克思主义文学批评的研究思路和思维方法。从这个角度讲，我们对中国马克思主义文学批评实践观的研究，即是彰显这一理论视野和研究思路。我们在马克思的实践观视野下，聚焦实践范畴来研究中国马克思主义文学批评，就是试图在与马克思的理论对话中，立足中国当今现实问题、民族文化语境，深化中国马克思主义文学批评体系形态结构的认识，为构建当代形态的中国马克思主义文学批评提供一种研究路径和思维方式。

---

① 胡亚敏：《马克思主义文学批评"中国形态"三问》，选自《华中学术》（第五辑），华中师范大学出版社 2012 年版，第 14 页。

参考文献

中文参考文献（著作类）

1. ［德］马克思、恩格斯：《马克思恩格斯文集》（十卷），人民出版社 2009 年版。

2. ［苏联］列宁：《列宁专题文集》（五卷），人民出版社 2009 年版。

3. ［古希腊］亚里士多德：《尼各马可伦理学》，廖申白译注，商务印书馆 2003 年版。

4. ［德］康德：《康德著作全集》（第三、四、五卷），李秋零主编，中国人民大学出版社 2007 年版。

5. ［德］康德：《纯粹理性批判》，邓晓芒译，人民出版社 2004 年版。

6. ［德］康德：《判断力批判》，邓晓芒译，人民出版社 2002 年版。

7. ［德］黑格尔：《法哲学原理》，范扬等译，商务印书馆 1961 年版。

8. ［德］黑格尔：《哲学史讲演录》（四卷），贺麟等译，商务印书馆 1978 年版。

9. ［德］黑格尔：《精神哲学》，杨祖陶译，人民出版社 2006 年版。

10. ［南斯拉夫］马尔科维奇、彼德洛维奇编：《南斯拉夫"实践派"的历史和理论》，郑一明等译，重庆出版社 1994 年版。

11. ［德］阿多诺：《否定的辩证法》，张峰译，重庆出版社 1993 年版。

12. ［匈］卢卡奇：《历史与阶级意识》，杜章智等译，商务印书馆 1999 年版。

13. ［法］阿尔都塞：《保卫马克思》，顾良译，商务印书馆 2006 年版。

14. ［法］阿尔都塞、巴里巴尔：《读〈资本论〉》，李其庆等译，中央编译出版社 2001 年版。

15. ［英］弗朗西斯·马尔赫恩编：《当代马克思主义文学批评》，刘象愚等译，北京大学出版社 2002 年版。

16. ［英］威廉斯：《马克思主义与文学》，王尔勃等译，河南大学出版社 2008 年版。

17. ［英］伊格尔顿：《马克思为什么是对的》，李杨等译，新星出版社 2011 年版。

18. ［英］伊格尔顿：《马克思主义与文学批评》，文宝译，人民文学出版社 1980 年版。

19. ［英］本尼特：《形式主义和马克思主义》，曾军等译，河南大学出版社 2011 年版。

20. ［加拿大］马克·昂热诺等主编：《问题与观点——20 世纪文学理论综论》，史忠义等译，人民出版社 2010 年版。

21. ［英］伯尔基：《马克思主义的起源》，伍庆等译，华东师范大学出版社 2007 年版。

22. ［美］李欧梵：《现代性的追求》，生活·读书·新知三联书店 2000 年版。

23. ［美］马尔库塞：《苏联的马克思主义——一种批判的分析》，张翼星、万俊人译，中国人民大学出版社 2012 年版。

24. ［美］魏斐德：《历史与意志：毛泽东思想的哲学透视》，李君如等译，中国人民大学出版社 2005 年版。

25. ［美］迈斯纳：《李大钊与中国马克思主义的起源》，中共北京市委党史研究室编译组译，中共党史资料出版社 1989 年版。

26. ［美］阿里夫·德里克：《革命与历史：中国马克思主义历史学的起源，1919—1937》，翁贺凯译，江苏人民出版社 2005 年版。

27. ［美］安敏成：《现实主义的限制：革命时代的中国小说》，姜涛译，江苏人民出版社 2011 年版。

28. ［德］伽达默尔：《赞美理论——伽达默尔选集》，夏镇平译，上海三联书店 1988 年版。

29. ［德］哈贝马斯：《理论与实践》，郭官义、李黎译，中国社会科学出版社 2004 年版。

30. ［德］哈贝马斯：《现代性的哲学话语》，曹卫东译，译林出版社 2011 年版。

31. ［德］奥特弗里德·赫费：《实践哲学：亚里士多德模式》，沈国琴等译，浙江大学出版社 2011 年版。

32. ［英］卢克斯：《马克思主义与道德》，袁聚录译，高等教育出版社 2009 年版。

33. ［美］夏兹金等主编：《当代理论的实践转向》，柯文等译，苏州大学出版社 2010 年版。

34. ［美］赖特：《阶级》，刘磊译，高等教育出版社 2006 年版。

35. ［英］奥克肖特：《经验及其模式》，吴玉军译，文津出版社 2005 年版。

36. ［英］吉登斯：《资本主义与现代社会理论：对马克思、涂尔干和韦伯著作的分析》，郭忠华等译，上海译文出版社 2013 年版。

37. 毛泽东：《毛泽东选集》（四卷），人民出版社 1991 年版。

38. 刘少奇：《论共产党员的修养》，人民出版社 1994 年版。

39. 邓小平：《邓小平论文艺》，人民文学出版社 2002 年版。

40. 鲁迅：《鲁迅全集》，人民文学出版社 2005 年版。

41. 李大钊：《李大钊全集》，人民出版社 2006 年版。

42. 李达：《唯物辩证法大纲》，武汉大学出版社 2007 年版。

43. 胡适编选：《中国新文学大系——建设理论集》（影印本），上海文艺出版社 2003 年版。

44. 郑振铎编选：《中国新文学大系——文学论争集》（影印本），上海文艺出版社 2003 年版。

45. 任建树主编：《陈独秀著作选编》，上海人民出版社 2009 年版。

46. 北京师范学院中文系中国现代文学教研室编：《文学运动史料选》（五册），上海教育出版社 1979 年版。

47. 中国社会科学院文学研究所现代文学研究室编：《"革命文学"论争资料选编》（上、下），知识产权出版社 2010 年版。

48. 饶鸿竞等编：《创造社资料》（上、下），知识产权出版社 2010 年版。

49. 刘增杰等编：《抗日战争时期延安及各抗日民主根据地文学运动资料》，知识产权出版社 2010 年版。

50. 徐迺翔编：《文学的"民族形式"讨论资料》，知识产权出版社 2010 年版。

51. 汪木兰、邓家琪编：《苏区文艺运动资料》，知识产权出版社 2010 年版。

52. 文振庭编：《文艺大众化问题讨论资料》，知识产权出版社 2010 年版。

53. 洪子诚、钱理群等编：《二十世纪中国小说理论资料》（五卷），北京大学出版社 1997 年版。

54. 瞿秋白：《瞿秋白文集》（文学编），人民文学出版社 1985 年版。

55. 郭沫若：《郭沫若全集》（文学编），人民文学出版社 1982 年版。

56. 蔡仪：《蔡仪文集》，中国文联出版社 2002 年版。

57. 胡乔木：《胡乔木集》，中国社会科学出版社 2002 年版。

58. 周扬：《周扬文集》，人民文学出版社 1984 年版。

59. 胡风：《胡风全集》，湖北人民出版社 1999 年版。

60. 茅盾：《茅盾文艺杂论集》（上、下），上海文艺出版社 1981 年版。

61. 冯雪峰：《冯雪峰文集》，人民文学出版社 1981 年版。

62. 北京大学等主编：《文学运动史料选》（全五册），上海教育出版社 1979 年版。

63. 罗荣渠主编：《从"西化"到现代化——五四以来有关中国的文化趋向和发展道路论争文选》（上、中、下），黄山书社 2008 年版。

64. 李泽厚：《美学三书》，安徽文艺出版社 1999 年版。

65. 李泽厚：《中国现代思想史论》（上、中、下），安徽文艺出版社 1999 年版。

66. 李泽厚：《历史本体论·己卯五说》，生活·读书·新知三联书店 2003 年版。

67. 蒋孔阳：《美学新论》，安徽教育出版社 2007 年版。

68. 刘纲纪：《美学与哲学》，湖北人民出版社 1986 年版。

69. 张岱年、方克立主编：《中国文化概论》，北京师范大学出版社 2004 年版。

70. 董学文等：《中国当代文学理论（1978—2008）》，北京大学出版社 2008 年版。

71. 童庆炳等：《中国现代文学理论价值观的演变》，北京大学出版社 2005 年版。

72. 童庆炳、程正民编：《20 世纪中国马克思主义文艺理论研究》，北京大学出版社 2012 年版。

73. 钱中文、丁国旗、杨子彦编：《新中国文论 60 年》，知识产权出版社 2010 年版。

74. 童庆炳、许明、顾祖钊主编：《新中国文学理论 50 年》，安徽大学出版社 2000 年版。

75. 朱立元：《走向实践存在论美学》，苏州大学出版社 2008 年版。

76. 陆贵山主编：《马克思主义与当代文艺思潮》，高等教育出版社 1992 年版。

77. 王先霈：《中国文学批评的解码方式——王先霈自选集》，华中师范大学出版社 2010 年版。

78. 胡亚敏：《中西之间：批评的历程——胡亚敏自选集》，华中师范大学出版社 2012 年版。

79. 黄曼君主编：《毛泽东文艺思想与中国文艺实践》，华中师范大学出版社 2002 年版。

80. 赵宪章：《文艺学方法通论》，浙江大学出版社 2006 年版。

81. 杨匡汉主编：《20 世纪中国文学经验》（上、下），东方出版中心 2006 年版。

82. 张玉能等：《新实践美学论》，人民出版社 2007 年版。

83. 王元骧：《文学理论与当今时代》，浙江大学出版社 2000 年版。

84. 杨春时：《走向后实践美学》，安徽教育出版社 2008 年版。

85. 王杰：《审美幻象研究》，广西师范大学出版社 1995 年版。

86. 李西建、畅广元：《追求与选择：全球化时代文学理论的价值思考》，商务印书馆 2010 年版。

87. 季水河：《回顾与前瞻：论新中国马克思主义文艺理论研究及其未来走向》，中国社会科学出版社 2009 年版。

88. 季水河、周忠厚主编：《马列文论研究（第 15 辑）》，湘潭大学出版社 2010 年版。

89. 冯宪光：《马克思美学的现代阐释》，四川教育出版社 2002 年版。

90. 刘勇等：《马克思主义与 20 世纪中国文学》，百花洲文艺出版社 2006 年版。

91. 黄曼君主编：《中国 20 世纪文学理论批评史》，中国文联出版社 2002 年版。

92. 温儒敏：《中国现代文学批评史》，北京大学出版社 1993 年版。

93. 李衍柱：《马克思主义文艺理论在中国》，山东文艺出版社 1990 年版。

94. 谭好哲等：《现代性与民族性：中国文学理论建设的双重追求》，社会科学文献出版社 2005 年版。

95. 葛兆光：《宅兹中国——重建"中国"的历史论述》，中华书局 2012

年版。

96. 王培元：《延安鲁艺风云录》，广西师范大学出版社 2004 年版。

97. 艾晓明：《中国左翼文学思潮探源》，北京大学出版社 2007 年版。

98. 林伟民：《中国左翼文学思潮》，华东师范大学出版社 2005 年版。

99. 陈顺馨：《社会主义现实主义理论在中国的接受与转化》，安徽教育出版社 2000 年版。

100. 陆建德主编：《马克思主义文艺理论研究》（第 1 辑．2011），中国社会科学出版社 2011 年版。

101. 章辉：《实践美学：历史谱系与理论终结》，北京大学出版社 2006 年版。

102. 红旗杂志编辑部文艺组编：《文学主体性论争集》，红旗出版社 1986 年版。

103. 敏泽、党圣元：《文学价值论》，社会科学文献出版社 1997 年版。

104. 刘勇、杨志等：《马克思主义与二十世纪中国文学》，百花洲文艺出版社 2006 年版。

105. 李益荪：《马克思"艺术生产"理论研究》，巴蜀书社 2010 年版。

106. 九歌：《主体论文艺学》，中国社会科学出版社 1989 年版。

107. 张弓：《历史视野中的实践美学》，法律出版社 2009 年版。

108. 王南湜：《追寻哲学的精神：走向实践哲学之路》，北京师范大学出版社 2006 年版。

109. 汪子嵩等：《希腊哲学史》（第三卷），人民出版社 2003 年版。

110. 杨耕：《为马克思辩护：对马克思哲学的一种新解读》，中国人民大学出版社 2010 年版。

111. 张一兵：《回到马克思——经济学语境中的哲学话语》，江苏人民出版社 2014 年版。

112. 欧阳康、张明仓：《在观念激荡与现实变革之间——马克思实践观的当代阐释》，中国人民大学出版社 2008 年版。

113. 贺善侃：《实践主体论》，学林出版社 2001 年版。

114. 陶艳华：《马克思政治伦理思想研究》，人民出版社 2009 年版。

115. 金观涛、刘青峰：《中国现代思想的起源：超稳定结构与中国政治文化的演变》，法律出版社 2011 年版。

116. 任剑涛：《伦理王国的构造：现代性视野中的儒家伦理政治》，中国社会科学出版社 2005 年版。

117. 贺来：《辩证法的生存论基础——马克思辩证法的当代阐释》，中国人民大学出版社 2004 年版。

118. 李德顺：《价值论——一种主体性研究》，中国人民大学出版社 1987 年版。

119. 刘森林：《实践的逻辑》，社会科学文献出版社 2009 年版。

120. 杨学功：《超越哲学同质性神话——马克思哲学革命的当代解读》，北京大学出版社 2010 年版。

121. 王善忠主编：《马克思主义美学思想史》（四卷），中央编译出版社 1999 年版。

122. 张汝伦：《历史与实践》，上海人民出版社 1995 年版。

123. 张永清、马元龙主编：《后马克思主义读本》（理论批评），苏仲尔译，人民出版社 2011 年版。

124. 杨庙平：《〈巴黎手稿〉与当代中国美学理论形态建构》，中国社会科学出版社 2013 年版。

中文参考文献（期刊类）

125. 蓝以琼：《文学的真实性与实践性》，《文化史》1933 年第 1 卷第 1 期。

126. 果人：《研究与实践》，《二十世纪》1931 年第 1 卷第 4 期。

127. 杰克逊：《由存在与思维的统一到理论与实践的统一》，《世界动态》1936 年第 1 卷第 1 期。

128. 胡亚敏：《马克思主义文学批评"中国形态"三问》，选自《华中学术》（第 4 辑），华中师范大学出版社 2012 年版。

129. 胡亚敏：《中国马克思主义文学批评的人民观》，《文学评论》2013 年第 5 期。

130. 张玉能：《实践转向与文学批评》，《文学评论》2014 年第 1 期。

131. 张炯：《马克思主义与中国新文艺》（上、下），《中国社会科学院研究生院学报》2011 年第 6 期、2012 年第 1 期。

132. 王先霈：《赵树理大众文学思想的特色及其历史命运》，《山东师范大学学报》2013 年第 4 期。

133. 陆贵山：《对话与重构——建设当代形态的马克思主义文艺理论的重

要理路》,《中国人民大学学报》2014 年第 2 期。

134. 陆贵山:《重构文学的政治维度》,《华中师范大学学报》2008 年第 3 期。

135. 钱中文:《最具体的和最主观的是最丰富的——审美反映的创造性本质》,《文艺理论研究》1986 年第 4 期。

136. 朱立元:《对反映论艺术观的历史反思》,选自《马克思主义美学研究》(第 2 辑),广西师范大学出版社 1998 年版。

137. 孙文宪:《试析马克思主义批评与其中国形态的关系》,《华中学术》(第三辑),华中师范大学出版社 2011 年版。

138. 孙文宪:《回到马克思:脱离现代文学理论框架的解读》,《学术月刊》2013 年第 8 期。

139. 张永清:《马克思主义文学批评的当代形态》,《学术月刊》2011 年第 10 期。

140. 党圣元:《马克思主义文论中国形态化的问题意识及其提问方式》,《贵州社会科学》2012 年第 9 期。

141. 赖大仁:《马克思主义文艺理论中国化的理论形态》,《中国人民大学学报》2008 年第 6 期。

142. 王杰、段吉方:《六十年来马克思主义文论在中国的范式转换及其基本问题》,《社会科学家》2011 年第 3 期。

143. 谭好哲:《马克思主义问题性与文艺理论创新》2013 年第 5 期。

144. 彭修银、张子程:《论实践的美学之维》,《马克思主义与现实》2007 年第 4 期。

145. 黄念然:《马克思主义文学批评中国形态的历史进程》,《中国人民大学学报》(哲社版)2012 年第 2 期。

146. 赖力行:《论马克思主义文学批评和中国文学批评的深层契合》,《华中师范大学学报》(哲社版)1992 年第 6 期。

147. 代迅:《马克思主义文艺理论:中国化的内在逻辑》,《文学评论》1997 年第 4 期。

148. 马驰:《马克思主义文艺思想在中国的传播与发展》,《文艺研究》2000 年第 4 期。

149. 程正民:《20 世纪马克思主义文艺理论的多样性、当代性与开放性》,《马克思主义与现实》2012 年第 1 期。

150. 冯宪光:《人民文学论》,《当代文坛》2005 年第 6 期。

151. 段吉方：《中国马克思主义文学批评的知识经验、理论模式与当代语境》，《华南师大学报》2014 年第 4 期。

152. 段吉方：《社会主义文学生产方式与中国当代文学的现代性》，《文学评论》2008 年第 4 期。

153. 万俊人：《政治伦理及其两个基本向度》，《伦理学研究》2005 年第 1 期。

154. 刘为钦：《"文学是人学"命题之反思》，《中国社会科学》2010 年第 1 期。

155. 朱立元：《对"文学是人学"命题之再认识——对刘为钦先生观点的若干补充和商榷》，《文学评论》2012 年第 1 期。

156. ［英］德鲁·米尔恩：《解读马克思主义文学理论》，选自《马克思主义美学研究》（第 11 辑），陈春莉译，中央编译出版社 2008 年版。

英文参考文献

1. 著作类：

Pierre Bourdieu, The Logic of Practice, Translated by Richard Nice, *Stanford University Press*, 1990.

Pierre Bourdieu, Outline of a Theory of Practice, *Cambridge University Press*, 1977.

John Roberts, Philosophizing the Everyday: Revolutionary Praxis and the Fate of Cultural Theory, *London: Pluto Press*, 2006.

Mark Gamsa, The Reading of Russian Literature in China: a Moral Example and Manual of Practice, *Palgrave Macmillan*, 2010.

Slavoj Žižek, *introduction*, Mao Tse-tung, On practice and contradiction, *Verso*, 2007.

Gavin Kitching, Karl Marx and thee philosophy of praxis: an introduction and critique, *London: Routledge*, 1988.

2. 期刊类：

Paul G. Pickowicz, Ch'u Ch'iu-pai and the Chinese Marxist Conception of Revo-

lutionary Popular Literature and Art, The China Quarterly, *Volume* 70, *June* 1977, *pp.* 296 – 314.

Nick Knight, *The Dilemma of Determinism*: *Qu Qiubai and the Origins of Marxist Philosophy in China*, China Information, *Vol.* 13, (*Spring* 1999), *pp.* 1 – 26.

Andrew G. Walder, *Marxism*, *Maoism*, *and Social Change*, Modern China (*Sage Publications*, *Inc*), *Vol.* 3, *No.* 1, (*Jan.*, 1977), *pp.* 101 – 118.

Annette T. Rubinstein (1997), *Fundermental Problems in Marxist Literary Criticism*: *Form*, *History and Ideology*, Socialism and Democracy, 11: 1, 1 – 23.

后　记

　　本书是在我的博士学位论文的基础上修改而成的。改完书稿的最后一页时，已是深夜，心情依然激动，一个人在客厅里来回走动，就像当年刚刚写完论文时一样。转眼之间博士毕业已经快三年了，一切都好像刚刚发生，论文写作时的痛苦与焦虑似乎还如影随形般没有离去。这种状态既让我唏嘘不已，又让我很是亢奋，论文的重新阅读营造的这种特殊氛围，让我时空穿越，又重温了一次求学时的欢乐、痛苦与兴奋。这本书能够出版问世，我要感谢很多人，他们是我生命中的贵人，正是因为与他们的生命相遇，让我的人生不再黯淡，让我坚信这个世界的美好。

　　首先，我要感谢我的导师胡亚敏教授，胡老师从论文的选题、开题、大纲的制定以及内容的修改、完善等方面，都做了大量细致而辛苦的工作。没有胡老师的严格要求和热情鼓励，这篇论文是难以完成的。在胡老师指导我撰写论文的过程中，她渊博的学识、开阔的学术视野以及敏锐的学术眼光，使我受益终生。从中学到的很多治学和做人的道理，我将永生难忘。感谢胡老师四年前在我对自己的学术道路感到有些迷茫的时候，把我收入门下，成为胡门弟子中的一员。这份荣幸，让我感到骄傲，也让我倍感压力。我也一直在努力，无奈学生愚钝，依然有很多令人不满意的地方。"勤能补拙是良训"，希望在以后的时间里通过不断钻研，不断努力，能够有所弥补，以期不辜负老师的期望。

　　还要感谢文艺学专业的诸位导师，他们是王先霈教授、张玉能教授、孙文宪教授、修倜教授。王老师大家风范，治学严谨，在论文开题时，提出要注意一些重要概念的辨析和处理，让我受益匪浅。张老师学养深厚，充满学术热情，对我的论文结构提出许多建议，给我以很大启发。孙老师待人谦和，博学多识，他提出要注重中国的思想资源等建议，我也时刻谨记。修倜老师思想敏锐，见解独到，给我以很大启示。还要感谢论文答辩委员会主席张永清教授，他的睿智、学识以及给予我的精彩点拨，使我的论文写作受益良多。

　　同时要感谢伴随我一路走来的同窗师友们，他们是谢龙新师兄、郭琳师姐、范生彪师兄、肖祥师兄、方英师姐、毛郭平师弟、颜芳师妹、李文宁师妹、王东昌师弟、闵建平师弟，感谢他们的帮助和关心，与他们的生命相遇是我在华师校园里弥足珍贵的记忆。还要感谢同门好友周晓露、胡俊飞，我的许多想法是在和他们的切磋、激辩当中得以打开的，华师的食堂、餐馆、绿荫小路都留下了我们美好的生活回忆。

　　还要感谢我工作单位的领导和同事们，他们是赵松元教授、孔令彬教授、张福清教授、刘文菊教授、杨庙平博士、宋迪老师、周纯梅老师，没有他们的关心支持和教学工作的分担，我是无法有充足的时间去完成论文的。

　　最后，我也要感谢一下我的家人。为了支持我的学习，我的岳父岳母始终像救火队员一样，总是在我最需要的时候帮助我们照顾孩子、承担家务。感谢他们无私的爱和无微不至的关心，我将永生感念。感谢我的妻子赵雅娟女士，她除了要忙于照顾孩子、工作学习之外，还要不停地回应我关于论文改进意见的追问，感谢妻子的那份宽容、理解和鼓励，是她的善解人意使我从情绪的低谷中一步步走出来，得以完成论文的写作。最后的最后，还要感谢我的两个小天使，她们的降临给我的生活增加了一些忙碌，同时也给我带来了无穷的欢乐，使我倍感家庭的温馨。由于爸爸写论文的缘故，我的大女儿朵朵小小年纪就知道了世上有个名字叫马克思的伟大人物。我和女儿同一个时间入学，一个读博，一个读幼儿园，又同一个时间毕业，一个博士毕业，一个幼儿园毕业，命运使然，让我们共同成长。感谢你们，让我在学术的道路上一路前行，心存温暖。

2017 年 12 月 5 日